原来这漫长的一生
一直都有你的存在

有爱的青春陪伴者

我喜欢你，你早就知道

花知否 著

图书在版编目（CIP）数据

我喜欢你，你早就知道 / 花知否著. —石家庄：花山文艺出版社，2019.5
ISBN 978-7-5511-4622-7

Ⅰ. ①我… Ⅱ. ①花… Ⅲ. ①长篇小说－中国－当代Ⅳ. ①I247.5

中国版本图书馆CIP数据核字(2019)第082230号

书　　名	我喜欢你，你早就知道
著　　者	花知否
策　　划	张采鑫
责任编辑	卢水淹
特约编辑	廖　妍
美术编辑	胡彤亮
责任校对	齐　欣
装帧设计	颜小曼
封面绘制	小石头
出版发行	花山文艺出版社（邮政编码：050061） （河北省石家庄市友谊北大街330号）
销售热线	0311-88643221/29/35/26
传　　真	0311-88643225
印　　刷	长沙鸿发印务实业有限公司
经　　销	新华书店
开　　本	880×1230　1/32
印　　张	10
字　　数	283千字
版　　次	2019年5月第1版 2019年5月第1次印刷
书　　号	ISBN 978-7-5511-4622-7
定　　价	36.80元

（版权所有　翻印必究·印装有误　负责调换）

目 录
Contents

第一章
暗·恋·如·捕·风

001

1. 只爱看同一张脸
2. 唯明日朝阳与昨日的你
3. 今天也要努力靠近你
4. 又不止你一人爱而不得
5. 总有人生在白日却活在深渊
6. 人们都在传颂我和另一个人
7. 最怕你笑着一语成谶

第二章
饮·鸩·不·止·渴

042

1. 叫我如何见好就收
2. 十二点的辛格瑞拉
3. 你只是被保护得太好
4. 浮浮沉沉皆是大梦
5. 想把全世界捧到你面前
6. 一端是白昼一端是黑夜
7. 万众瞩目何必淡泊
8. 这一刻心跳比花开还安静
9. 不必回头，我就在身后

第三章
时·光·编·年·史

— ❤ —

085

1. 你的拥抱就是最好的解药
2. 将琴声碾成灰锁入柜
3. 像是从未靠近过的局外人
4. 一生一次孤注一掷
5. 今天只唱一首歌
6. 最不擅长的就是遗忘
7. 你的人生很有趣吗

第四章
为·来·时·盛·放

— ❤ —

119

1. 我的心机都是你
2. 光阴不过是沉默的傀儡
3. 其实命运从不屑操纵任何人
4. 不过是自私伪善的面具
5. 谎言都是从谎言开始的
6. 你所热爱皆为我所热爱
7. 一个吻是一个宇宙
8. 他一错到底还不知悔改
9. 有个喜欢的人是多么美好

第五章
超·甜·蜜·算·法

— ❤ —

167

1. 如果爱你也是一种病
2. 偏执只是一种习惯
3. 只有他给的才叫惊喜
4. 你眸中是百万年星夜宇宙
5. 我想和你看岁月年年
6. 一颦一笑一生长
7. 分清对错又能如何
8. 万钟于我何加焉

第六章
春·树·与·暮·云

— ❤ —

215

1. 别等以后,以后不会更好了
2. 自始至终只是一个人的剧本
3. 从未开始,何谈结束
4. 说了再见就真的再也见不到
5. 而你又是谁的一生意义
6. 许一个愿,初见仍是初见
7. 第二次亡命人生
8. 我生本无乡,心安是归处
9. 若是有幸陪伴你

第七章
世·界·在·身·后

— ❤ —

265

1. 浮浮沉沉皆是大梦
2. 以无尽作为最后句号
3. 最后总是隔了山川与眉头
4. 你看我这一眼，我陪你这一生
5. 人和人之间总是各有路旅
6. 未来某一天身边没有你

第八章
前·路·皆·热·土

— ❤ —

300

1. 那些盛开后便凋零的心事
2. 但凭此身奔赴万千路途

第一章

暗·恋·如·捕·风

● 1.只爱看同一张脸 ● 2.唯明日朝阳与昨日的你 ● 3.今天也要努力靠近你 ● 4.又不止你一人爱而不得 ● 5.总有人生在白日却活在深渊 ● 6.人们都在传颂我和另一个人 ● 7.最怕你笑着一语成谶

1. 只爱看同一张脸

"唐小姐，一个人独自打拼很不容易哦，那你一个月的 wages（工资）能有多少呢？还有，不知道你以前谈过几个男朋友啊？初吻还在不在？唐小姐长得这么漂亮，条件又这么好，一定有不少人追的吧？"

"……"

这就是母亲口中可遇不可求的优秀稀世高品质相亲对象？

唐向晚略有些震惊地看着眼前这个据说是在海外硕博连读，回国后经营着一家珠宝公司的男人，开始对母亲的审美观产生了深深的怀疑。好半天才放下手中的筷子，她问出了一个应该算是比较重要的问题："先生您……是不是经常看偶像剧？"

"怎么会呢，我平时还是很少看电视剧的，我比较喜欢阅读 classical literature（古典文学）。"男人手指交叉，报以微笑。

"是吗，这样子哦。"唐向晚抿了一口茶，尴尬地笑了笑。

"那，唐小姐你还没有回答我的问题。"男人似乎有些不满她的打岔，推了推眼镜，再次问了一遍，"伯母并没有透露太多信息，除了名字和大概情况，我对你几乎一无所知，所以我觉得我对唐小姐您还是缺乏一定了解的，如果我们以后要组建家庭的话，这些信息都是 essential（基本、必须了解）的。"

唐向晚的心思显然不在这里，若无其事地将菜盘里用来装饰的西兰花夹到

了自己的碗中，有一搭没一搭地跟他打着太极："有时候了解一个人不一定要知道对方的工资，也不一定要知道对方谈过几个男朋友，最重要的是要了解这个人的人生观、价值观和世界观。从高先生您进门到现在，我已经对您有了清晰而深刻的认识。"

男人一脸得意地抬起头："比如？"

"比如你其实英语刚过三级吧？"

话刚落音，唐向晚夹起来的西兰花悬在了半空中，窗外清冷的男声飘进了她的耳朵里，那样随意却又突然。

"有人问我你究竟是哪里好，这么多年我还忘不了……春风再美也比不上你的笑，没见过你的人不会明了。"

歌声断断续续地传了进来，带着往日一样温润而低哑的嗓音，唐向晚微微抬头，目光透过玻璃窗紧紧锁在了那张熟悉的脸上，便怔在了原地。

还是那么英气逼人，只是多了几分恰到好处的成熟。

她还没来得及细想他怎么会出现在这座城市，往事便扰乱了她所有的思绪。

高一时，她为了庆祝自己的生日，和闺蜜祝萌萌在操场上放孔明灯，一不小心，孔明灯就挂在了树上，当时正是冬天，叶子都掉光了，眼看就会酿成火灾，就在两个人急得准备徒手爬树的时候，陈曳路过了。

面容清隽的少年将手足无措的她拨到身后，随手捡起一块小巧的石头掷了过去，几秒钟不到，孔明灯便应声落地。

所谓少女情怀总是诗，对方相貌之清秀，投掷之精准，动作之潇洒，多年以后的唐向晚回想起来仍然可以流下三升鼻血。

于是高中三年，唐向晚无数次绕道打水只为了路过陈曳的教室门口，每学期都努力担当早操的领队，也只是为了能更近一点看到因为太高而总是站在最后面的他。只可惜高中时期的唐向晚比较害羞，根本不敢表白。加上对方似乎早就忘记了孔明灯的事情，对她这个人可能更没什么印象了。

所以直到高中毕业，直到八年后的今天，她的暗恋也只是暗恋而已。

大概每个人的青春里都会有这么一个人，不是朋友，也不是恋人，但他却占据你整个青涩时代的全部色彩。

这段无疾而终的感情，我们通常称之为，暗恋。

……

神思恍惚之间，许多岁月就这样过去了。

而面前相亲的男人依然在滔滔不绝。

"其实你的想法是很片面的，英语多少级并不能代表什么，更何况我在美国留学这么多年……"

唐向晚突然站了起来，伴随着她的动作，椅子也朝后"咯吱"了一声，把对面正滔滔不绝的男人吓了一大跳。

"唐小姐，有话好好说，请你不要动手动脚。"

唐向晚这才意识到自己的失态，僵笑了两声："我有点急事，先走一步。"

对面的人推了推眼镜，有些不悦："这怎么可以呢，菜都还没有上齐呢，更何况我对唐小姐你还没有一个清晰的了解……"

"你这么想了解我，不如动动手指查一下百度百科吧，有时候我自己都没有它知道得详细。"

唐向晚拎起包起身就准备去结账，想了想，又回过头对他灿烂一笑："还有，既然以后都不会再见面了，那我就回答一下你的问题。我没谈过恋爱，初吻也还在，谢谢。"

被莫名其妙抛下的男人一时语塞，想到了她刚才说的那些话，鬼使神差地拿出手机，打开百度，输入了三个字——唐向晚。

一张清秀的照片便出现在了他的视线之中。

唐向晚，汉，生父为已故昔日文坛泰斗唐毅老先生。1994年出生于平城，毕业于Z国传媒大学。Z国作家协会成员，金牌编剧，自由撰稿人，两次荣获金牛奖最佳编剧奖，二十二岁被媒体封为新时代畅销女王，一篇文章被编入中学生语文课本，毕业半年以四百八十万版税荣登Z国作家富豪榜之列，成为榜

上年纪最小的作家。

男人推了推眼镜,有些惊讶地看向了唐向晚的背影。

"厉害了。"

出了餐厅,唐向晚捂着心口直奔陈曳所在的方向,幸好赶到得及时,人还在街头的露天舞台上唱歌,只是不再是刚刚那首《鬼迷心窍》,而是另外一首歌。

看着自己心尖上的男神在台上一本正经地唱《小苹果》,唐向晚捂着心口,一脸惨不忍睹。

不得不说还是有些幻灭的,没想到昔日的男神竟然沦落到街头卖唱的地步了,也不知道这几年他都经历了些什么。

声音倒是好听,但原本应该是很逗的一首歌,却被他唱得无比深情。唐向晚黑着脸远远站在台下,莫名觉得有点羞耻,仔细一想又觉得自己好像没有替他羞耻的资格和立场,只得干咳了两声继续往前挤。

她觉得丢脸,身边疯狂的大妈和年轻姑娘倒是只多不少,又喊又叫,把舞台围了个水泄不通。大概都是冲着陈曳这张脸来围观的,立在一旁真正做活动卖手机的棚子倒是无人问津。很快,她的想法就得到了证实,陈曳唱完歌后面无表情地下了场,活动主持人刚上来说了两句手机广告词,人群便如潮水般散去,一点面子也不留。

主持人抹了一把辛酸的泪,望着观众离去的背影,一脸悲愤,差点都忘词了。

虽然很同情主持人,但他长得实在没有陈曳好看,啊,不对,是实在没有陈曳面善,所以还是不管他了。

唐向晚低头检查了高跟鞋有没有被人踩脏,整理了一下自己的发型和妆容,然后便朝后台冲了过去——

宛如扑火飞蛾!

五年了。

上天终于给了她再次见到男神的机会。

只是唐向晚的情怀刚一涌出来就被打碎了,她找了半天也没发现人在哪儿,只好随便找了个工作人员问道:"美女,请问你有没有看见刚刚从台上下来的那个歌手?高高帅帅的,有点面瘫。"

"就在你后面啊。"

唐向晚冷不丁一个激灵,僵硬地回过头,果不其然地对上了陈曳那双看不出任何情绪的眸。依旧是那么高挺的鼻梁,眉骨下深邃的双眼带着几分探究,还有几分说不上的意味。

撞上他视线的那一刻,整个世界几乎都亮了起来,在同一个时间里冰雪消融。

设想过几千次的见面,却唯独没有想过会是这样。唐向晚有些心虚地瞟了他一眼,刚对上他的眼神便低下头,慌张得一句话也说不上来。

他还记得她吗?

哦,他从来就没有认识过她。

原来在心里打过无数次草稿的表白,最后都在他略带陌生的眼神里不甘心地收了回去。

"那个,你好……"唐向晚尴尬地笑了两声,用几乎用烂了的老桥段说道,"我是个作者,下本书的男主设定是一名歌手,但是我对音乐这方面不太了解,可能需要向您请教一些问题,不知道您方便给我留个电话吗?"

斑驳的光影里,那人的眸中带着无尽的光彩与……疏离。

陈曳皱了皱眉,几分鄙夷,几分失望,随即转过身毫不留情地答:"不方便。"

实在不甘心到嘴的鸭子就这么说走就走,唐向晚急忙追了上去:"你别怕!我不是什么好人!"

"……"

意识到自己说错了话,唐向晚很不好意思地挠了挠头:"反正您先别急着拒绝嘛,我会付给您很丰厚的咨询费,考虑考虑再走也不迟啊。"

看陈曳仍旧不为所动的样子,唐向晚终于决定豁出去了,要不……就给你卖个萌好了。反正我的萌也不值钱,卖给你也不怎么亏。

某人的嘴还没有完全嘟好,陈曳就拿出了手机,翻了两下,声音没有一点温度:"写在哪儿?"

写?被男神迷得七荤八素的唐向晚没来得及想清楚前因后果,迅速从包里拿出一支笔递到了他的手中:"就写在我手背上好了!"

陈曳微微低着头,精致的下巴与她只有一拳之隔,近到能够听见对方心跳的声音。说起来,以往总是那么远远地看着,这次还算是他们之间最近的一次距离了。水笔在皮肤上画来画去有些痒,唐向晚一动也不敢动,直到陈曳写完电话号码转身离去,她还站在原地有些发愣。

好不容易回过神来,她低下头看对方写在自己手上那一串好看的数字,又忍不住感叹:"还是座机号码呢,发展这么快不太好吧……"

傍晚回到家,刚一打开门,唐向晚就被满屋子的辣椒味呛得直咳嗽。

"哎哟,妈,你来怎么也不跟我打个电话?"

"妈妈来自己女儿家还需要打电话?还不是想给你一个惊喜。"向岚一把盖上锅,怒斥道,"倒是你!我听说你今天的相亲又吹了。都快二十三岁的人了,看不上这个看不上那个,等人家把高质量的男人都挑走了,你就找个老男人过一辈子吧!"

"二十三岁怎么了,二十三岁年轻着呢。"唐向晚一边嘟囔一边脱外套,"更何况你当年还不是二十多岁嫁了四十多岁的我爸。"

向岚迅速竖起耳朵:"你说什么?"

"没什么……我说你丈夫昨天又从我这里要了三万,你什么时候劝劝他,让他找个正经工作自己赚点钱,别天天想着怎么算计我,我又不是他的提款机。"

"他是你爸,要点儿钱怎么了?"

唐向晚嫌弃地转过身,小声纠正道:"是继父,又不是亲爸。"

听了这话,向岚眼底忽然闪过了一丝不安,只是半响,便毫不留情道:"我不管你怎么说,反正你必须在今年把自己嫁出去,不然我就把你轰出去!"

唐向晚无力地翻了个白眼："妈，你轰我去哪儿，咱们又不住在一起。"

"就轰你怎么了，找不到对象你以后就流落街头吧。"

"哼，"唐向晚骄傲地将手背伸给她看，"以后不要再随随便便给我安排相亲了。我有意中人了，这是他家的座机号。"

向岚一脸惊讶，语气中终于带了几分欣慰："真的？"

"当然，也不看看我是谁，我唐向晚像是找不到对象的人吗？"唐向晚得意地掏出手机，照着手上的电话号码拨了过去，顺便重重地按了一下免提键，"不信我现在就打给你看。"

"嘟嘟"两声之后接通了。

……

"你好，这里是安定医院神经内科咨询中心，请问有什么需要帮忙的吗？"

她大概一辈子都不会忘记亲妈看她的那个眼神了……

2. 唯明日朝阳与昨日的你

清晨的空气一如既往的干净宜人，还带着点轻微的凉爽，如果没有这个女人一直在边上聒噪个不停的话，还算是愉快的一天。

祝萌萌瞪了唐向晚一眼，终于忍不住插话："你说陈曳这个人已经整整说了一个小时了，还要不要吃早餐了？拜托，我以前可是他的同班同学，他是个什么人我比你清楚多了好吗！"

唐向晚完全没有继续吃东西的意思，仍旧一脸陶醉地说："可是他真的比高中还要帅啊。不枉我守身如玉等了这么多年，终于等到了他！感谢天，感谢地，感谢命运，让我们相遇……"

祝萌萌面无表情开始擦嘴："接下来是不是要唱《匆匆那年》了？"

"不！"唐向晚眼神坚定地看着她，"我要念诗。"

于是，她就开始念诗了。

"啊！用多久的坚持，才让雨水滴穿山脊！啊！又是怎样的执着，才让我

心甘情愿在海港等一架飞机!"

"所以你等到他的原因,"祝萌萌瞟了一眼她的胸,"是因为你在海港等飞机把自己等成了飞机场?"

"祝萌萌,你……"

"谢天谢地你终于发现我的存在了,我要去上班了,今天要采访一个大咖,台里事多着呢。快点吃,吃完记得结账。"祝萌萌再懒得搭理这个聒噪的人,潇洒地拎起包,踩着十厘米的恨天高扬长而去。

唐向晚回过头刚想喊住她,电话却不合时宜地响了起来。

瞥了一眼名字,唐向晚极其不耐烦地接通了电话,将手机听筒离了八丈远,果不其然——

"晚晚!"

肉麻到发腻的声音透过听筒几乎要穿透整个餐厅,好半晌,唐向晚才嫌弃地将手机贴了回来,骂道:"余烬你要死啊?"

一听到她的声音,电话那头没心没肺的男声里便带了几分莫名的温柔:"晚晚,这个国家的姑娘们都长得好丑啊,都没有你好看。"

"出差就好好出差,你还想找个外国媳妇回去啊?"唐向晚一边吃着快要冷透的早餐,一边反驳,"不对,突然夸我是何居心,说吧,是不是有事求我。"

"晚晚你放心,就算你是丑八怪那也是一个漂亮的丑八怪。"对方语气坚定。

她翻了一个他看不见的白眼,语气却缓和了一些:"好吧,既然你没有什么要我帮的忙,那我就让你帮个忙好了。"

"说吧,想让我做什么,除了娶你其他都不可以。"

唐向晚直接无视了他的话:"帮我找一个人。"

想起陈曳昨天在台上唱歌的样子,唐向晚的嘴角都不自觉地弯了起来:"你余大公子那么能耐,随便弄到某个人的电话应该不难吧?"

"男的女的?黑还是白?比我高还是比我矮?"余烬忽然有些紧张地捏住了手机,凝神屏气地等待着她的回答。

"行了,余烬,我告诉你,我昨天见到高中时代暗恋的男神了!机不可失时不再来,此唐向晚非彼唐向晚,看我怎么在三天之内把他拿下!"

余烬大惊:"等等!你说什么?晚晚你别乱来啊,我马上订机票回来!"

唐向晚看了一眼时间:"算了,你好像不太乐意的样子,我还是自己想办法吧,拜拜。"

"晚晚你先别挂,我们这边……"

"喂喂,信号不好,我先挂啦,先挂啦,挂啦……"

"嘟嘟嘟……"

一切归于平静。

余烬慢慢放下手机,清隽的眉宇间带着难以掩饰的失落,看了看面前那片平静无波的大海,就着剩下的酒咽下了未能说出口的那些话。

"我们这边……日出了,晚晚,你不是最爱去海边看日出的吗……"

日光金色的倒影镶嵌在海面上,几乎就要延伸到自己脚下。海边的空气总是那么令人心旷神怡,心里却仍旧闷得透不过气来。自然将这世间最美好的蓝、最耀眼的波光都涂在了这幅画卷上,却吝啬于给他一个想要的人。

都说男人喝醉时打电话等同于表白,可惜他的表白似乎早就不值什么钱了。她的反应永远都是这样,其实现在这样已经足够了,他也不能太贪心。

余烬站了起来,朝向坐在远处礁石上发呆的矮个助理:"订最早的返程航班,咱们回去。"

助理一脸不可思议:"这……董事长会不高兴的吧?"

"叫老余自己过来处理,把他儿媳妇弄丢了能赔我个更好的?"

听说人一旦贪心,连仅有的东西也会离他而去。可是怎么办呢,他就是放不下。

强行挂了电话的唐向晚却并没有像刚刚一样平静,她闭着眼睛,脑子里一片浑噩。

纨绔子弟，标配富二代，却在大学里勤勤恳恳帮自己抄了四年的实验报告，在女生宿舍楼下铺过百米红毯表白，请婚庆公司在元旦晚会上准备过求婚仪式。行事做派夸张却又浪漫至极，旁人都说这是他最大的优点，却也是她最讨厌的地方。

谁都猜不到明天彩票的中奖号码，就像她永远也猜不到余烬下一秒会干出多么极品的事情一样。

她并不是铁石心肠的人，也并非感受不到这个男人长久以来对自己的情谊。但这个世界上最不能用常理来判断对错的就是感情。不爱就是不爱，谁也强求不了。

结了账，唐向晚去了昨天遇见陈曳的那条街。

仍旧是昨天的简陋舞台，仍旧是那个不受欢迎的主持人，仍旧是一板一眼的手机广告词。两个小时过去了，却怎么也等不到陈曳的身影。这样等下去也不是个办法，唐向晚看了一眼时间便走向了临时导购台，本来凑热闹的人就不多，刚好便宜了她。

"阿姨，我想请问一下，您有昨天在台上唱《鬼迷心窍》那位先生的联系方式吗？"

导购阿姨抬起头瞥了她一眼，没搭理。

唐向晚有些莫名，以为她没听清，忍不住稍微提高音量又问了一遍。

"烦不烦哪，你们这些小姑娘，今天第几十个来问了？知不知道'矜持'两个字怎么写啊？我们是卖手机的不是卖个人信息的！"

还是头一回被人这么骂，唐向晚有点不好意思地挠了挠头。

导购阿姨一边填表一边摇着头，和旁边的人碎碎念："现在这个社会真是世风日下，人心不古！一个年轻的小姑娘，看到帅气点儿的小伙子就想黏上去，又是问星座又是要电话号码的，和倒贴有什么区别？简直不知道廉耻。"

唐向晚被噎了一下，瞥了她一眼，然后掏出钱包走到了旁边那位更年长的导购员面前。

"你们手机怎么卖啊?"

刚准备凑凑热闹接朋友抛出来的话茬,冷不丁被这么一问,年长导购员连忙回答:"四千五百九十九元,还送话费和甩脂机。"

唐向晚将信用卡递了过去,笑得又甜又乖:"阿姨,我想问问,您有昨天做活动请来的那位先生的联系方式吗?"

"有有有,我帮你问问。"秉承着顾客就是上帝的原则,那人迅速拨了一个电话,问了几句,在纸上记了一下便递了过来,笑得如沐春风,"小姐您要的电话。"

"谢谢。"付了款签了名,唐向晚将包装好的手机递了回去,"送给您了,就当是帮我要到联系方式的感谢费。"

没等人家反应过来,她就又走到刚刚骂她不知廉耻的导购阿姨面前,呵呵了两声:"虽然你满嘴跑火车,但有句话你确实说对了。这个社会就是世风日下,人心不古,有钱就是大爷。"

她抱起甩脂机,留下全程目瞪口呆的导购阿姨扬长而去。

"喂?"

日上三竿,对方的声音却清朗干脆如山涧泉水,刚一入耳,唐向晚一下子就精神了。不愧是她男神,就这么一个字就能让她心神大乱。

兴奋之余,她却没忘了昨天他耍自己的事情,上来就一口标准的普通话:"您好,有您的快递。"

"我没买东西。"

唐向晚低头看了一眼。

"可能是别人寄给你的礼物呢,是一个甩脂机。"意识到这句话不太专业,唐向晚支支吾吾两下又压着嗓子道,"既然先生不确定是否是您的快递,请报一下家庭住址方便我们核对。"

"嘟嘟嘟……"

挂电话了?唐向晚不敢置信地看着自己的手机,终于相信了能量守恒这个定理。在一个人身上做的坏事,总会有另外一个人还给你。

她气冲冲地又拨了过去,电话一接通却什么话也说不出来了。说实话,她有什么资格打这个电话?是生气要闹分手的情人?是言语不和起冲突的兄妹?还是没有谈拢生意的合作双方?都不是,只是单方面暗恋的关系罢了,人家连自己的名字都不知道。

想到这里,唐向晚的声音软了下来,开始道歉:"不好意思,不该跟你开这种玩笑的,但我也只是以牙还牙……啊,不、不,我只是礼尚往来而已。"

感觉越描越黑,她索性闭上眼睛豁出去道:"陈先生,我真的找你有事,方便见面谈谈吗?"

无数汽车呼啸而过,等待回答的这一刻却安静如深夜。

良久,陈曳语气平静地回道:"我在朝阳客栈。"

朝阳客栈,顾名思义,是一家仿古式客栈的酒楼,兼有吃饭打尖看表演等基本功能。坐落于最繁华的市区中心地带,是前几年一部红遍大江南北的武侠剧《朝阳客栈》的衍生产物之一。

听到这四个字,唐向晚有些发愣:"可是还没到吃饭时间呢,你为什么会在这种地方?"

"洗盘子。"

"……"

唐向晚站在喧闹的转角处,抱着重重的甩脂机,有些迷茫地皱了皱眉,想说又不敢说。忍了好久,她终于开了口:"那个,朝阳客栈是我开的……你知道吗?"

3. 今天也要努力靠近你

朝阳客栈在平城还是小有名气的,毕竟这部电视剧曾经红透了半边天,加上是该剧原著作者跟朋友合资开的店,慕名而来的人也是络绎不绝,几乎成了平城星级景点一般的存在。

唐向晚抱着甩脂机站在门口,呆呆地看着面前专心致志刷盘子的陈曳,只觉得有着说不出的违和感。实在想不通,以前连仰视都看不清脸的男神,会以这般落魄的样子出现在自己面前。

一切都有专人打理,作为名副其实的幕后老板,她几乎很少来这家店。所以周围不少新员工对她也很面生,加之这里又是厨房操作间,所以也没有人出声向她打招呼。

唐向晚刚朝前走了一步,很快就有一个中年男人上来拦住她:"小姐,这里不方便进。"

因为也不怎么管事,实在是没脸告诉他自己是这里的老板。唐向晚尴尬地往后退了两步,朝里头喊道:"陈曳你出来一下。"

陈曳听见声音,回头一看是她,擦了擦手刚准备出来,却又被刚刚那个中年男人拦住了。

"搞什么呢,谁准你上班时间无故旷工的,旷一次扣半个月工资!"中年男人打量了两人一眼,嘟嘟囔囔,"还敢让女朋友探视,我要是你我就没脸告诉人家自己在做多么窝囊的工作,丢不丢人?"

"女朋友"这三个字听得某人春心一荡,却只能违心地说:"谢谢,我不是他女朋友。还有,您觉得什么样的工作才算不窝囊?"

纵横厨房无敌手的中年男人没想到这小姑娘还敢跟自己呛声,一时置上气了:"我看你这个人也是挺闲的吧,我管我自己的员工你在旁边胡咧咧什么,脑子有病吗?"

"请问您是后勤经理吗?"唐向晚客客气气地问。

"不是,但我管着事,怎么了?"

"不是也可以是啊。"唐向晚瞥了一眼他胸前牌子上的名字,拿出手机拨了个电话,咧出假惺惺的微笑,"喂,裴晓啊,厨房操作间有个'管着事'的

罗建军你有印象吗？哦……这样啊，嗯，我没什么事，就是觉得这个人长得挺刺眼的，就让他做个后勤经理吧你看怎么样？啊，你不用过来了，我一会儿就该走了，好的，拜拜。"

挂掉电话，唐向晚转过身对着一脸喜悦与惊愕俱在、震惊与不可思议并存的罗建军轻轻说道："你被解雇了。"

先把话撂这儿，一会儿再给裴晓发短信让他炒了你！唐向晚瞥了他一眼，拉起陈曳的袖子转身就走。

人来人往，根本没有人注意到这里发生的事情。走了好几步，陈曳在后面轻飘飘地说了一句："何必这样呢。"

唐向晚停下脚步，明明是迫不得已才仰头看他，却又似乎很强势的模样："我炒掉工作态度不好的员工，有什么问题吗？"

"他女儿刚上高中，妻子没有工作。你知不知道自己一个任性的举动，可能会让他一家受累？"

"我知道。"唐向晚松开了他的袖子，"可是他先骂你的啊，他既然这样骂你，也应该有胆量为自己说出口的话负责。每个人的工作都是平等的，不是为了被人随意漫骂的。况且我本来就不是什么好人，真是对不起，让你失望了。"

陈曳久久地注视着她的眼睛，分明是面无表情的模样，却似乎带着一丝若有似无的冷笑："你还真是跟从前一样啊。"

……

直到他转身消失在她的视线里，那句话还久久回荡在她的耳边。唐向晚浑浑噩噩地朝前走了两步也没能等到他回头，满心只想着那句话的意思，什么叫和从前一样？他不应该是从来都没有见过自己的吗？

正在她尴尬地站在原地不知如何是好的时候，周围突然魔音穿耳地传来几道音响的刺拉声，然后莫名其妙地响起了《我们结婚吧》的前奏音乐。

唐向晚很愤怒，高端大气上档次的朝阳客栈里怎么可以放这么违和的歌。刚想打电话问问裴晓到底是怎么经营的，她整个人就抱着甩脂机僵在了原地。

一条金边红底的大长条幅从三楼连廊拉到了一楼,大厅中几乎所有的人都抬头看了过去,只看见金光闪闪的几个大字:风华绝代小晚晚,请你嫁给我吧!

众人开始议论纷纷这个"小晚晚"是何许人也。

唐向晚简直连肺都要气炸了,这个裴晓,工作效率不怎么样,出卖起老板来倒是很在行嘛。在大厅里转了好几圈都没找到余烬的影子,最后只能冲到门口抓了个保安让他去拆了条幅。

还没有走进门的陈曳不经意侧过头,在看见那几个字的时候忽然顿住了脚步,清隽的脸挡在阴影中,看不出什么表情,然而只是一瞬,他便收敛了目光,抬脚迈了出去。

夹杂着电流的嗞嗞声,《我们结婚吧》的前奏按部就班地放完,很快响起了男人一本正经的温柔歌声:"不管变老变丑生病有我爱着你,工作如果不顺心,记得我会养你。白发苍苍,也带你看电影,牵着的手,不离不弃!"然后突然捏起嗓子变成了腻死人的假女声,回荡在整个大厅中。

"你别怕,不管变老变丑生病有我爱你,为你学会煲汤煮饭,慢慢喂胖你,白发苍苍在公园散步,牵着的手,不离不弃,我愿意……"

唐向晚火气噌噌就上来了,拨电话的时候屏幕都快给按碎了,刚一接通就是一顿咆哮:"别唱了,吵死人了!"

电话那头余烬的声音温柔得能够滴出水来:"我没唱啊,只是让他们循环播放一整天而已呢。"

唐向晚深吸一口气:"你怎么知道我在这里,余渣渣你居然敢派人跟踪我?"

"对啊,我不但敢派人跟踪你,我还敢,直接见到你。"余烬按了按喇叭,"上来。"

喇叭声同时从手机里和身边传了过来,唐向晚吓了一跳,抬过头,终于透过门口的玻璃看见了那辆和他本人一样高调的玫红跑车。她白了他一眼道:"我要是不上呢?"

余烬满意地看了一眼大厅里的条幅:"那我就让他们连续挂一个月,挂到

你嫁给我为止。"

　　唐向晚刚准备反驳，之前的保安就走了回来，很是抱歉地对她说道："小姐不好意思，我刚刚问过大堂经理了，他说这是上头交代下来说不能拆的，请您谅解。"

　　唐向晚满心愤懑无处发泄："余渣渣！你到底给了裴晓多少钱，他才答应帮你办这破事的……"

　　"你管那么多干什么，赶紧上车，你们这儿的停车费太贵了！"

　　唐向晚黑着脸出门上了"贼船"。

　　"这么久没发病了我还以为你治好了呢，居然又来了，你到底想怎么样？"

　　余烬叼烟："我来宣告主权的啊。"

　　宣告什么主权？唐向晚愣了一下，好半晌才想起来他有可能是在说陈曳的事情。

　　"你怎么知道他在这儿？"唐向晚一脸惊奇。

　　"你看，你这不就告诉我了。"余烬斜了她一眼，"几百年不来的地方突然跑过来视察，能有什么好事？我还真想进去看看，能让你惦记这么久的所谓男神究竟是何许人也。"

　　唐向晚毫不相让，挺胸抬头道："和某个号称一个月泡三十个妞的人相比，我男神简直就是极品中的极品，男人中的男人！"

　　"你口中的某人向来奉行一个中心一百个基本点的原则，作为我坚定不移的中心妞，你应该感到荣幸才对。"余烬笑里藏刀。

　　战斗结束，唐向晚翻了个白眼。

　　"呵呵，生平最看不起你这种没心没肺的人。"

　　"是吗，每个人都有自己的生活方式，你有什么资格看不起我？"

　　车窗将滑稽的歌声挡在了外面，周围突然安静了下来，阳光透过婆娑的树叶打在他的脸上，光影斑驳，掩住了他眼神里的一丝愠怒。

　　唐向晚也觉得气氛有些怪异，还是忍不住说道："总之我希望他没有看见，否则我还没有开始追呢,就被你扼杀在摇篮里了。"

"他看不看见我都已经这么做了,更何况我本来就是做给他看的,求他知难而退好吗。"余烬开始倒车,从后视镜里看见了她手里抱着的大盒子,问了一句,"你上午干什么去了?"

唐向晚将上午和导购阿姨的事情一五一十地告诉了他。

"所以你花四千五买了个甩脂机?"

"对,没错。"

余烬一时无语,却难得没有跟她拌嘴,而是淡淡道:"你总是这个样子,不过我就喜欢你这个蠢样子。"

唐向晚心中一惊,脑子里又想起了陈曳那句"你还真是跟从前一样啊",开始胡思乱想,完全没有听见余烬又说了些什么。

难道今天的事情真的是自己做错了?

想了很久很久,唐向晚最终还是给裴晓发了个短信:"我刚刚给你打电话说的那个人,就让他做后勤经理吧。"

裴晓很快回了短信:"老大,同一件事情你为什么要交代两次?"

唐向晚咬牙切齿按屏幕:"废什么话,你跟余渣渣同流合污的事情我下次找你算账!"火气上头,"啪"的一声将手机扔在了旁边。

余烬专心致志地开着车,也不敢回头看她,只问道:"家里食材够吗?"

其实他平时开车并没有这么乖过,只有她坐在里面时例外。

"别一副自己人的语气好吗,那又不是你家。"

余烬从不跟他计较:"需要去买菜吗,我想吃你做的红烧狮子头了。"

"狮子头说它不想被你吃!"

"是吗?那麻烦你转告狮子头,我这辈子吃定它了。"

男人不再说话,只轻轻笑了起来,温暖的笑容里挑不出一点破绽。

听说坚持一件事,十年下去就会有一个惊喜。对于爱你这件事情,还差六年。

4. 又不止你一人爱而不得

唐向晚开了门,小心翼翼地朝里头打量了一番,确认没有发现母上大人的身影才允许余烬进门。

余烬显然被她这样的举动伤透了心,赌气的方式就是先她一步进门,迈开大长腿三步并作两步仰在了沙发上。

"红烧狮子头、水煮鱼片、拔丝山药、干煸茶树菇,再来一杯葡萄酒!"

"今天你是喝不到了。"唐向晚瞥了一眼角落的透明玻璃罐,"还没酿好。"又打开冰箱上下扫了一眼,"我没买鱼,有好多西兰花你吃吗?"

余烬一听见这三个字,整个脸部就开始抽搐。天知道这女人怎么就对西兰花情有独钟,从认识她的第一天开始,只要是在同一张餐桌上进餐,基本没少过西兰花的身影,让他几乎都开始怀疑她的性取向是不是蔬菜了。

她从来不请保姆,性格使然,倒不是有没有钱的问题。外表看上去张扬不羁,内心却极其抗拒接触外人,让一个陌生人住在她家里打扫家务,不如让一群蚂蚁去波士顿跑马拉松。

"过来帮忙洗菜。"唐向晚头也不回,像使唤丫鬟一样使唤着金贵的余大少爷。

余烬不伦不类地双手合十:"君子远庖厨。"

"那你也别闲着啊,收拾收拾桌子,打扫打扫卫生,不能每次都让你白蹭吃蹭喝的。"唐向晚一边吩咐一边穿围裙,脖子后面的系带够了两次没够着,余光瞥见余烬准备起身,连忙胡乱地塞在了领子里,塞完便很快将头偏了过去,掩饰自己慌乱的眼神。

她抗拒他的靠近,一直都这样。

将一切尽收眼底的余烬却并没有表现出什么太大的情绪,反而真的开始起身给她收拾桌子了。

大概自己现在在她面前唯一的价值也就是当临时工了,所以她才不排斥自己三天两头地擅闯民宅。因为每次只要他来一趟,从房间到客厅再到厨房全部整整齐齐纤尘不染,几乎如春风冬风携手过大江,无一遗漏。没办法,谁让他是处女座呢。

自怨自艾了半天,余烬一脸嫌弃地拎起沙发上的浴巾:"你昨天在客厅洗的澡?"

唐向晚砰砰砰地切山药:"放回去,你管我在哪里洗澡?"

余烬满脸委屈,转身去了阳台,认认真真地将浴巾铺在了晾衣架上。想他堂堂衣来伸手饭来张口的大少爷,居然需要委身为一个女人做这种事情,真是"宫阙万千都喂了狗"。

转过身的一瞬间,他看见了唐向晚摆放在阳台上的小书架,是她一向喜欢的白色镂空风格,空格中依然摆放着两盆六月雪,枝叶懒散,开着温柔的小白花。书架旁边是素白色的靠椅和玻璃茶几,上面还放着淡紫色的双头风信子,在不经意中散发出淡淡的清香。

如果单单在一个姑娘的阳台里看到这些东西,或许只能说明这个姑娘很会生活,不至于没有品位,然而他喜欢的远远不止于此。余烬朝前走了两步,目光从第一本长篇慢慢挪到最后一本短篇合集,每一本书的书脊都雅致而有气韵,每一个书名的下方都落着简简单单的三个大字——唐向晚。

透过玻璃窗看向了她在厨房里忙碌的身影,以及不经意露出的精致侧脸,心里忽然有一块角落宁静了下来。

在认识她之前,他一直以为"把日子过成诗,简单而精致"这句话在现实中是不可能存在的。当然,话不能说太满,得抛开她的部分性格和作为来看,比如现在——

"余渣渣先生,您放个东西要放上一整天吗,那我可是非常不高兴的。"唐向晚举着菜刀回头调侃他,"所以阳台对面是有漂亮姑娘在洗澡吗?"

"你吃醋了?"男人难得露出雀跃的表情。

"吃'翔'了都不会吃你的醋。"唐向晚冷哼一声,毫不在意自己说出口的话有多么粗鄙。

余烬一脸无语地走了回来，觉得她现在的行为简直就是在啪啪打自己脸，前一秒还在心里夸她把日子过成诗，看来他只是猜中了拼音，猜不中这声调。

穿着小碎花围裙的唐向晚将品相可口的菜一一摆好，只要不开口说话，完全一副贤妻良母的样子，每当看到她这么温柔的时候，余烬都宁愿她是个哑巴。

事实证明，他对她的了解简直到了深入骨髓的地步，没出三秒钟，唐向晚突然爆发出一阵极其震怒的狮吼声："我的皮呢？"

余烬有点儿愣："我没扒啊……"

"我是说我切了两个小时的柚子皮！你给我放哪里去了？"唐向晚黑着脸四处看了看，终于在垃圾桶里看到了支离破碎的尸首。她顿时捶胸顿足、痛心疾首道，"近日天气炎热，我拿小刀刮了许久，又搁在盐水里泡了整整一宿，不过是想喝口纯天然的蜂蜜柚子茶润润嗓子，不想你竟如此狠心，连这点微末的心愿都不让我完成吗？"

余烬了悟："你那篇宫斗文是不是还没完结？"

"你怎么知道？"唐向晚瞥了他一眼，"我下午还要码两万字的稿。所以你快点吃，吃完赶紧走人，别在这儿耽误我时间。"

"两万？"余烬惊呆，"你怎么这么可怕。"

"为什么你永远对我的时速充满惊奇呢？"高冷的唐向晚再懒得搭理这个天天来蹭饭的人，取了两双筷子自顾自吃饭。

和之前不同的是，一切都很平静，没有人主动说话，却各自想着自己的心事。微风从二十层的高楼的窗外吹了进来，让人耳根发痒。

咽下最后一口菜，余烬轻轻搁下筷子，轻声唤了一句："晚晚。"

似乎早有预见，唐向晚没抬头，也不理会。

"有些事情，你不要总是视而不见。"余烬静静注视着她的眼睛，语气有些悲哀，已经分不清是无奈还是习惯，"无论我做了怎样疯癫的事情，你接受也好，当成闹剧也好，总该看我一眼。"

于是，唐向晚抬头看了他一眼。

"……"

男人无可奈何,英气上扬的眉毛深深纠在了一团:"算了,我不逼你。"话毕,起身就要离去,连个再见也疲惫地说不出口,只在走到门口的时候回头看了她一眼,想说些什么,最终都咽了回去。

耳边传来门被带上的声音,那样突兀却又在意料之中,唐向晚慢慢舀起一勺汤。

有句话说得好,世界上所有没在一起的人,除了生离死别就是因为不爱。

余烬,我……并不爱你啊。

也不知道一个人在车里坐了多久,余烬按了按太阳穴,拿出手机,面无表情地拨通了一个电话。

那头的声音明显是故意压低、带着几分小心翼翼:"您放心吧,都拍好了,没问题。"

他"嗯"了一声,什么也没说便挂了电话,却不像自己以为的那般松一口气。他曾经最讨厌为了达到目的而不惜一切代价的人,却没想到自己最终也成了其中之一,可人的一辈子总会做一些违背初心的事情,无论如何,他绝不会后悔。

晚晚,我不太喜欢这样没有确定性的日子,以前从不逼你,是因为没有那个人出现,但现在不一样了。

车里似乎还残留着她身上香水的味道,和她的人一样独特又难以接近,余烬深深吸了一口气,想要将一切抛诸脑后,却又深陷其中无法自拔。

"那女孩对我说,说我是一个小偷,偷她的回忆,塞进我的脑海中。我不需要自由,只想背着她的梦,一步步向前走,她给的永远不重……"

耳边突然响起了《那女孩对我说》的歌声,那些契合的歌词句句伤人肺腑,以至于余烬愣了好久才意识到这是手机铃声,四周看了一番,终于在后座发现了一个振动得非常欢快的手机。唐向晚这个春天的虫虫,东西走哪儿落哪儿。

大长手一伸拿了过来,他却没有接听,任由它继续响着。以前从来没觉得

这首歌好听，现在竟然舍不得让它停掉。直到对方挂了电话，余烬才看见未接来电上写着"一定要接电话的暮暮"，刚准备吃个醋才想起来这是唐向晚的编辑。

鬼使神差地，他开始试密码，抬手输了一个"1212"居然就解锁了，果然，她的脑子构造就是这么简单，银行卡手机密码全都是自己的生日。余烬虽然在她面前总是吊儿郎当毫无下限，但做人最起码的原则还是有那么一丁点儿的，没有偷看她的短信或者照片，只是打开了通话记录，整整齐齐的一页只有一个电话号码没有备注，直觉告诉他，这个电话号码就是那个男人的。

手指停顿了一秒便拨了出去。

电话响了很久才被人接起，还没来得及开口，那头的陈曳冷漠而疏离地问了一声："还有什么事？"

都说唱歌好听的人声音也差不到哪里去，对方的声音更是干净醇和、带着一种极有味道的磁性，作为一个男人，余烬都忍不住扬了扬眉。可惜他是个直的，想弯都弯不了。

"贵姓？"

电话那头突然传来男声，陈曳皱眉了片刻，便疏离地回道："有事直说。"

余烬用指节轻轻敲打着方向盘，也许是周围太安静，也许是那头的人声太过嘈杂，他甚至能够清楚地听见有人训斥的声音，隐隐约约传来的几个词组，碗筷、洗干净、下班，让人不自觉地联想到厨房，总之绝对不是什么高端的地方。一般有点身份的人怎么会无缘无故出现在餐厅的厨房呢，思及此处，余烬嘴角突然扯出一丝笑。

"没事，就是想提醒你一下，离这个手机的主人远一点。"

陈曳莫名停顿了片刻，手中捏了很久的盘子险些就要滑下去。半晌，却好像什么也没发生过一样，他轻描淡写道："我对她没兴趣。"

5. 总有人生在白日却活在深渊

唐向晚抿了一口刚煮好的奶茶，呸了两根茶叶出去，心想下次一定不能加这么多红糖。

　　如果不是噼里啪啦的键盘声，这屋子里好像从来没有人住过一样。唐向晚扶了扶平常基本不戴的两百度黑框眼镜，随意地披着薄毯、跷着二郎腿，全然没有平日里优雅矜持的样子，若不是姣好的面容证明她是个女的，几乎就要让人以为是哪个乡野村夫钻进来了。

　　毫无防备，安安静静的屋子里突然传来诡异的对话声。

　　"啊！当真如此！"

　　"朕的话还能有假？"

　　感觉不对，唐向晚摇了摇头，咬起下唇，一副楚楚可怜的模样抬头看了过去："陛下说的……都是真的？"

　　话刚落音，一只手朝虚空缓缓伸去，瞬间换上了一张严肃刻板到极致的脸，语气沉重却又宠溺：" 阿月，朕这一生何曾骗过你？"

　　"陛下……"

　　"阿月……"

　　"bingo(完美)！"唐向晚飞快地扶了一下眼镜，又开始噼里啪啦敲打着键盘。

　　以前和母亲住在一起的时候，当她写到某某某嫌弃地看了某某某一眼时，就会下意识做一个嫌弃的表情，眼白都快翻到外太空去了，害她妈妈以为她在屏幕上看见了什么不堪入目的东西。

　　她之所以从来不请保姆，也不习惯和母亲住在一起，基本就是出于这个原因。作为一个思维时常一人分饰三四五六角的作者，不管是早上、中午、下午，还是深更半夜，唐向晚经常会自己和自己对话……表情之到位、感情之充沛，令人叹为观止。

　　没有得人格分裂症已经是上天莫大的恩赐了……

　　两个小时过去便搞定了六千字，唐向晚松了一口气，朝后伸了一个大懒腰。倒不是她真的那么勤奋一天两万字，相反，是因为太懒太拖的缘故。离合同上的交稿日期只剩下四天，她居然还差八万字。

虽说也不是过了这个时间交稿就一定要赔款,但是一想到一催稿就变身超级赛亚人的编辑暮暮,唐向晚就浑身一哆嗦。曾几何时,她也被暮暮貌美如花的外表给骗了……绝对想不到,女神光环背后,藏着一颗班主任的心。

不过今天很奇怪,暮暮居然难得没有打电话过来催稿?

不对……她的手机呢!

唐向晚心中一惊,口袋里翻了半天,又将刚刚经过的所有地方都找遍了也没有看见自己的手机。一拍脑门儿,这才想起来好像落在了余烬的车上。

开玩笑!作为一个极度没有安全感的人,手机借给别人看一下时间都会全身不自在,更何况是掉在了别人的车里?家里的座机基本上没用过,也不记得他的号码,唐向晚迅速抓起iPad给他的各种通讯全发了一遍消息,等了半天都没有回应,干脆拎起包准备去余烬的公司找他。

换好高跟鞋,才打开门,吓了一大跳的唐向晚瞬间就冷了脸色。

"你又来干什么?"

钟谦戴着一顶奇怪的帽子站在门口,眼角纹又深又长,见她突然开门也很是诧异,却带着一脚泥巴毫不客气地走了进来。

"亏你还是个念过书的,父亲过来一趟,连口茶都不给吗?"

"你是谁父亲?"唐向晚冷冷地看着他。

钟谦丝毫没有在意,似乎早就习惯了她这样的回答,自顾自走到沙发上坐了下来,目光扫到了桌子上,看见果盘里的桃子,便皱起了眉来。

"我的好女儿,你不知道爸爸吃桃子会严重过敏吗,家里怎么还放着这么多桃子?你就是这么欢迎爸爸的?"

"谁要欢迎你?"唐向晚厌恶地皱起了眉,"有些人上次不是向我保证过,一个月之内绝不会再来打扰我的生活吗,又厚着脸皮来干什么?要钱,没有。"

钟谦自己给自己倒了一杯水,声音却无比温和:"怎么会没有?我的乖女儿前几天还给灾区捐了三十万的善款,又上新闻了,你以为爸爸看不到?"

唐向晚恨道:"对,没了,都捐了,有本事你找人慈善机构要去啊。"

"好，你把他们的电话给我，我去要。"

被这样的回答彻底激怒，唐向晚气得牙齿都疼了："姓钟的我告诉你！看在我妈的面子上，这么多年来我对你这个名义上的继父已经仁至义尽了！你自己摸着良心数数你从我这里狮子大开口卷走了多少钱？不算房子，少说六百万吧？你口口声声说这是我应尽的义务，可你生了我吗？你养过我吗？你接过我上下学吗？你有给过我一分钱吗？"

面对这样愤慨的质问，钟谦反倒是淡定得很，端起杯子慢慢喝了一口水，人至中年，脸皮也随着长厚了许多。

"我娶了你妈。"

唐向晚一时语塞，半响，手心攥起拳头，太阳穴突突直跳："我凭什么自己舍不得吃舍不得穿，累死累活赚钱就为了供你挥霍？供你在外面养女人气我妈？"

钟谦不否认，不说话。

"我现在手里真的没有钱，你再这样下去我迟早会告诉我妈的。"

"你敢告诉她，我就杀了她。"

唐向晚突然浑身一僵，脚下虚浮，不敢置信地看了过去。她从不认为这种话只是随口说说而已，这个名为钟谦的男人，曾经是母亲的初恋情人，一直以来都把她对他的爱当成捞钱的工具，用完就扔掉，毫不在乎。抢过劫、坐过牢，只要他愿意，什么事情都做得出来，只是唐向晚没有想到，他居然会可怕到这种地步。

曾经无数次劝妈妈离开这个恐怖的男人，她都执拗地不听，身为一个晚辈也没有办法抉择长辈的事情，可今天这个人居然说出这样的话来。脑子里仿佛扎了一千根针，完全不知道该怎么办才好，只恨自己当初学的不是法律专业，没办法将这个丧心病狂的人绳之以法。

钟谦放下水，目光温和地看向她："乖女儿，只要你听话地给钱，爸爸是不会难为她的。"他总是这样一副谦和有礼的表情，说出口的话却毫无廉耻。

唐向晚咬了咬牙:"钱我可以给你,但是我必须先问你一个问题。"

"这样才乖嘛。"钟谦笑眯眯地望着她,"你说。"

唐向晚深吸了一口气:"你养着那个叫何小媛的女人……多少年了?"

"二十年。"

三个字落音,唐向晚的眼底瞬间积满了巨大的愤怒,无形之中仿佛有一双手掐住了她的喉咙,让她难受到喘不过气来。二十年?那她的母亲算什么?自己平白无故花钱养着这么一个人又算什么?

愤懑、悲哀、震怒,所有的情绪都在那一瞬间爆发了出来,唐向晚什么也没想,突然低下头捡起刚换下的拖鞋,"啪"的一声奋力朝他脸上扔了过去!

"不要脸!"

钟谦没料到她会有这么大的反应,整个人都愣住了,来不及躲开,那只拖鞋就那么结结实实地砸到了他的肩膀上!毕竟是在那种地方待过的人,外表上装得再温和,骨子里的脾气也是无法掩饰的。钟谦眼里掀起一股戾气,起身就将价值不菲的茶几掀翻,原本摆放在上面的杯子盘子全数摔得粉碎,随后捡起最为尖利的碎片起身就朝她走了过来。

唐向晚整个人都吓傻了,她再怎么镇定也终究只是个二十几岁的姑娘,慌不择路地转身想要逃离,却因为穿着高跟鞋不方便行走,左脚将右脚绊倒在地。想要打电话报警求救,才猛然想起手机不在身边,急得整个人都开始发软,想要站起来去开门,却被钟谦一把按住,用尖利的玻璃刀片抵在她的脖子上。

"父女一场,爸爸没想过要伤害你,但是你真的要这么不乖的话,我也不能保证会不会割下去。"

钟谦的声音很轻,却又阴森无比,让她不自觉地打了一个寒战,只能提高音量,尽量让自己的声音变得不那么颤抖:"你要多少?"

"两百万。"

"我没有那么多!"唐向晚觉得自己现在快要疯了,却因为受制于人而无力挣扎,全身都开始发抖。万千种思绪涌过心头,难道她就要死在这里了吗?

死在这个卑鄙小人的手里？她还有很多事情没有去做，她还没有结婚，没有自己的家庭，就要死在这里了吗？

"我宝贝女儿的命还不值两百万吗？"钟谦笑得无比虚伪，刚想继续说些什么，门铃突然响了起来！

两个人心中俱是一惊，钟谦低低骂了一声。

虽然不知道外面是什么人在按门铃，唐向晚却如同听见了这世界上最美好的声音，险些就要激动得哭出来，然而终是忍住情绪佯装镇定道："放开我，这里有多高你是知道的！你逃不了。外面的人刚跟我通过电话，知道我在家，如果我一直不开门，他一定会发现异样，到时候谁都占不到便宜。"

"一百万！"钟谦放低了条件，"你妈在我身边，不许耍花样！"

唐向晚一咬牙："可以！"

钟谦这才将尖片带开了她的脖子。

刚被松开，唐向晚好像从鬼门关里走了一趟般，连滚带爬地冲过去打开了门。

看到她这般狼狈的模样，门外送东西的两个人都惊呆了，愣了好半天才试探地问了一声："唐小姐？"

"啊，是我。"唐向晚整理了一下头发，迅速调整好呼吸，对着救命恩人们问道："你们是？"

前面那人将手机递还到她的手中："还有一些东西，都是余先生交给您的，方便进来吗？"

"方便！"唐向晚喜极而泣，连连点头，心中感激无比却又不能明着道谢。

两人弓着身子一前一后将几箱东西搬了进来，碰到钟谦的时候还愣了一下。

"这些是什么？"唐向晚惊呆了。

"一箱新鲜柚子，一箱蜂蜜，还有一箱是各种品牌的蜂蜜柚子茶。哦，余先生还说，上午的事情是他的不对，让您别多想。"

唐向晚牢牢攥着自己的手机，这才想起来余烬上午把自己切好的柚子皮给倒了的事情……明明是那么小的事情，他却记得这么清楚。

"没有什么事的话我们就先回去了。"两人向她点了点头。

"等等！你们都是余烬的人吧？"唐向晚连忙喊住了他们，上下打量了一眼，觉得这两个人的块头应该不算小，连忙指着钟谦，"这位是我继父，刚准备走呢，我有点事情不方便送他。但他因为得了小儿麻痹症腿脚不太方便，只能麻烦你们把他送到电梯门口了。"

"好的，没问题。"两人点了点头，走过去就将钟谦扛了起来。后者还没来得及反应过来，就已经被扛出了门，骂骂咧咧半天也没能被放下来。

三人刚消失在眼前，唐向晚"砰"的一声关上了门！

继父和他们没有直接仇恨，是绝对不会伤害他们的。

将一切喧嚣都隔绝在了门外，唐向晚整个人靠在门上滑坐了下来，好像刚刚打过了一场没有硝烟的战争，整个心怦怦怦跳得飞快，一辈子也没想到自己身上会发生这么荒唐的事情。如果不是余烬派了两个人过来送手机，自己现在是不是已经去见阎王了？

背上冷汗直下，她想给妈妈打电话，却又想起了他说的那些可怕的话，整个人颤抖不已。

她到底该怎么办，是就这样任由他勒索，还是告诉妈妈让妈妈和他离婚呢？她脑子里完全是浑浑噩噩的，完全不知道该如何是好。

她翻着手机，看着联系人里那么多的名字，却一时不知道能够打给谁。

无意之中点开了微博，她不是明星，人气却也不低。神思恍惚地看着那么多的评论和艾特，最后抖着手发了一条微博，因为紧张还一直打错字，删删改改半天才发了出去。

"人生真是比小说要戏剧多了。"

像往常一样，刚发出去就多了一堆留言，她翻了翻评论，目光突然停在了一个ID叫"李小飞"的评论上——

"灵感就是来源于世间万物的。要是你累了，我就陪着你吃饭喝水看星星。"

这人……说了一堆什么莫名其妙的话。

李小飞这名字听起来很普通，但不知道为什么总有一种莫名的熟悉感。

鬼使神差地，她点进了这个人的微博，却忽然愣住了。

6. 人们都在传颂我和另一个人

这是个注册了很久的微博，不像是个小号，却满满当当全是转发自己的微博，没有一条例外。大多数都是默认转发的，没有说什么旁的话，却莫名让她有种熟悉的感觉。

她点开微博的头像，是一个女孩子奔跑的背影，也许是因为年代久远，像素不是那么清晰，却能够清楚地看到塑胶跑道的颜色，像是正在进行一场长跑比赛。她默默看了好半天，突然瞪大了眼睛，怔怔地看着那个略显滑稽的背影。背景眼熟也就算了，那套荧光色的运动服怎么也那么眼熟……

越看越觉得不对劲，她猛然想起自己高中好像是穿过这么一套衣服，好像是运动会的时候被逼着参加了一个田径项目，自己平常除了校服就是裙子，从来没穿过运动服，所以向祝萌萌借了一套。但由于两个人身高差距太大，衣服穿在身上松松垮垮，跑起步来吃力又可笑，被同学笑了好大一上午，难怪有点印象。

也许真的是自己吧……可是谁这么闲拿她当头像呢？高中也没见几个人给她表白啊！

唐向晚越想越觉得莫名其妙，动用自己的扒皮技术将这个微博仅存的那点资料扒了出来，性别男，所在地平城，天蝎座。除此之外几乎一片空白，没有照片也没有任何原创微博。而自己也确实不认识什么叫"李小飞"的人。

实在是想不通，她顺手加了个关注就把这件事情抛在了脑后。

被求了个婚，又经历了那么一场不可思议的敲诈，人生的大起大落都集中在了今天，唐向晚脑子里有点混乱，是因为毕业之后很长时间没有和别人打交道了，能力退化，所以在面对这种事情的时候才完全没有头绪吗？

都说苦难对于一个作者来说是最难得的财富，可今天写东西的时候脑子里

完全没有料,几乎都是七拼八凑起来的情节,也许自己这几年真的闷在家里闷到没有灵感了吧。

在发生这么可怕的事情之后,第一担心的居然是自己灵感枯不枯竭的问题,她也算是被敲诈界的一朵奇葩了。

唐向晚坐在冰凉的地板上,将头深深埋在臂膀里思考了一下人生,久到呼吸都有点困难了才抬起头,然后便做出了一个很莫名其妙的决定。

她拿起手机给裴晓拨了一个电话。

"喂,裴晓啊,有个事……"

清晨的第一缕风吹了进来,当唐向晚一身工作服走进操作间的时候,第一个惊呆的便是之前被她调戏得不要不要的罗建军叔叔。

这个原本嚣张跋扈的中年男子一见到她,便露出了过山车一般变幻莫测的表情。说实话,他也不知道自己该拿什么样的表情来面对她,从一开始的不屑一顾到后来的坐立不安,几乎就要含泪收拾东西等待辞退通知了,却等来了升职后勤经理的消息。他在这个操作间当着没名没分的尴尬管理已经一年了,竟然就这样莫名其妙地转正了。

看来这姑娘真不是自己惹得起的人,很有可能是经理的什么亲戚之类的,但是她现在穿着和自己一样的工作服他就不太懂了。

罗建军大叔刚准备说话,唐向晚一个眼神便制住了他。

嘘,作为一个低调的老板,我可是非常不愿意泄露这个身份的哦。

搞定了这位,唐向晚蹑手蹑脚地走到陈曳的背后,轻轻咳了一声,满心欢喜地等待着他惊喜的眼神。

女孩略带刻意的清亮咳嗽声想让他不注意都难,陈曳微微一滞,放下手中的压花瓷盘,又拿起了另外一个盘子,头也不回。挺拔的背部线条在她的眼里看起来却是那么疏离和冷漠。

"……"唐向晚实在想不到自己精心准备那么久的惊喜出场就这样被无视

了，气得牙痒痒，却又不能说什么。

是的，她所做出的决定就是跑到自己店里给自己打工。这样既能够每天看见男神，又能够体验生活，跟各种人打交道，找回自己遗失的交际能力……打从出生那一刻起，她的人生就是这样疯疯癫癫，心血来潮，想起一出是一出，连她自己都不觉得奇怪了。

眼看着男神不搭理自己，为了找回面子证明自己宝刀未老、走到哪里都吃香，唐向晚转身便开始热情洋溢地向大家打招呼："大家好，我是新来的兼职员工，从今天开始我就是这里的一员了，请多多指教！"

有几个人抬头看了她一眼，更多的人则是低着头继续洗盘子。

唐向晚呵呵干笑了两声，默默把脸转了回来，心中万马奔腾……感觉这辈子的脸都在这短短几秒钟丢干净了。

好歹她也算是个公众人物了，无论是父亲的名气，抑或是成名的年纪，全是她赖以骄傲的资本。虽然不像明星一样经常在大小媒体上刷脸，也不像某些历史名人一样家喻户晓，但是"唐向晚"这个名字在Z国还是很能够叫上号的。至少走到街上随便抓一个中学生问他知不知道唐向晚是谁，他一定会恨恨地说，知道，我背过这个人的课文。

可是，她居然被自己的员工给无视了！

"你现在是不是在想，一群靠刷碗为生的人，居然敢不捧你这个大名人的场？"

"……"唐向晚如遭雷击。

陈曳专心擦着手中的盘子，水是温的，说出口的话却像是来自雪山之巅："看我们这种下等人的生活是不是很有意思，大小姐？"

他并没有看她一眼，她却觉得自己现在好像被X光彻彻底底扫了一遍，全无隐私可言。

"你这话什么意思，我从来没有这么想过。"她的声音很小，只足够让对方听见，甚至带着几分不确定的心虚。

"你出现在这里本身就是一种看不起。"陈曳原本不想说这些话,却不知道为什么每次见她都会忍不住说出口,也许是自卑的心理在作祟,也许是永远也无法跨过那道坎,"是不是在想我怎么会猜到你在想些什么?不用困惑,年龄会变,容貌会变,一个人的本性是不会变的。无论过去多少年,虚荣骄纵的人还是虚荣骄纵的人,自以为是的人还是自以为是的人。"

那些话字字透骨,像一把把尖刀戳在她的心脏,一刀又一刀,快得让人来不及疗伤。

唐向晚攥紧了手心,一身为他而穿的工作服显得滑稽而又狼狈:"陈曳,我哪里得罪过你?"

"没有。"掷地有声,速度快得让人怀疑。

他越是排斥她,她就越是不甘心。

唐向晚深吸了一口气,将所有的不满都深藏在了心底,就好像什么话也不曾听过一样,也许她喜欢的就是拒她于千里之外的他。比起以往只能远远地偷看他,现在这么近的距离应该知足了不是吗?

不知足会失去更多,她要心存感激。

"也许你对我有什么误会吧?"唐向晚紧张地看着他挺直的后背,就像许多年前在操场上看着他离去的背影一样,带着无尽的贪念和痴妄,"你为什么对我有偏见?只要你说出来,我应该可以解释给你听。"

陈曳似乎有些忍无可忍,英气的眉毛狠狠皱了起来。

过了好半晌,他终于侧过脸看向了她,眼底的戾气却在看见她的一瞬间消失殆尽,声音也稍微软了下来:"我希望你下次听见这些话的时候,第一反应是去反省自己,而不是去质问别人为什么对你有偏见。还有,既然已经跟别人同居了,就不要三心二意了。"

话刚落音,唐向晚瞬间瞪大了眼睛,声音震怒:"你说什么?"

还没来得及从陈曳那里得到回答,手机就不合时宜地响了起来,唐向晚顾不得去追问,只能接了电话,一入耳便是闺蜜祝萌萌的尖叫声:"唐小鸭,你怎么又闯祸了!"

唐向晚压低了声音,心中满是疑惑:"我怎么了……"

祝萌萌看了看手中的报纸,又看向了那几张触目惊心的文件与照片,语气里满是愤怒和不可思议,连话都说不清楚了,只不停地追问:"是不是真的?是不是真的?"

"你在说什么呀?"唐向晚仍旧一头雾水,心脏却突然跳得很快,总觉得发生了什么不太好的事情。

"全世界都知道了,你这个当事人告诉我你不知道?"祝萌萌一把将文件拍在了桌子上,害路过的同事吓了一大跳。作为一个名字和性格完全相反的女魔头,祝萌萌深刻地诠释了什么叫人不可貌相,发起火来生死两茫茫,"行,你不知道,那我就来告诉你!有人拍到了你和余烬同居的照片,是,这确实没什么。但是现在媒体拿你们两个之间的关系做文章了,你是什么人?大文豪唐毅老先生的遗孤,春风得意的年轻作家,同龄编剧领域中最高水平的代表者。余烬是谁?大耀传媒董事长余绪的小儿子!你们在不在一起不要紧,现在媒体除了攻击你靠你父亲名气上位,又有新八卦了!说你从一个默默无名的小作者到赚得盆满钵满的知名大编剧,都是靠这个地下男友的财力支持,不,他们说你被包养了,被包养了!"

从一开始的愤怒不解到后来的淡定超然,唐向晚的表情变得很快,越到后来,原本想要解释的心思也没有了,只闷声说了一句:"他确实帮了我不少忙。"

"还没进门就这么护着他?"祝萌萌气极,恨铁不成钢地冷笑了一声,"这么为着他你早点嫁过去啊,被说成包养你觉得脸上有光?反正这个消息已经被好多家媒体报道了,我也没办法帮你压下来,你自己好自为之。还有,余烬那边的电话已经被打爆了,你早点关机吧!"

眼看着祝萌萌怒气冲冲地挂掉了电话,胆子比天大的同事宋孝玄凑过来调戏道:"哎呀,是什么人又惹我们的祝大记者生气啦?我去帮你揍得他满地找头!"

伴随着尖锐的呼啸声,一摞文件低空飞过他的头顶:"老娘烦着呢!"

宋孝玄连忙捂着头走远了。

唐向晚听着电话那头的嘟嘟声,心里却无比平静。

说实话,这样的事情也不是第一次了,她也远远没有当初那么不堪一击了。花会开,人会长大,总要学会面对生活。

只是没有想到,她一个从不抛头露面、靠写点东西为生的小编剧,也会有这样明星般被偷拍的待遇。该怪她的父亲生前太有名,还是该怪这个绯闻对象太有钱?可是谁会这么无聊去拍她呢,而那个人又能有什么好处呢?

脑子里突然浮现出继父钟谦那张温和而又虚伪的脸,那天余烬走之后不久他便出现了,难道他是想通过这个从余渣渣手里再捞笔钱?还是有什么更大的阴谋?唐向晚刚想打电话过去质问他,为什么答应给钱也不愿意放过自己,电话又响了。

"喂,您好,请问是唐向晚唐小姐吗?我是曙光卫视的记者李红彤,方便接受一下电话采访吗?"

"你从哪里弄到我手机号码的?"

"请问您和大耀传媒的余公子秘密交往多久了?听说你们在大学时期就……"

唐向晚黑着脸挂掉了电话。

还没过一分钟,电话铃声又响了起来,唐向晚还没来得及按关机键,身边突然响起了年轻女孩儿烦躁的骂声:"吵死了能不能滚出去打!你来这里度假的还是打工的?"

陈曳闻言抬头,眉心不经意皱了起来。

7. 最怕你笑着一语成谶

唐向晚吓了一大跳,回头看了许久才将目光聚焦在了对方的身上。那是个面容姣好的年轻姑娘,眼神灵动,额前却搭着厚重的齐刘海,极其轻蔑地匕斜了她一眼。那句骂声实在够大，整个操作间的人全都看了过来，凑着热闹看她如何反应。

按照以往的规律，她现在应该是以牙还牙以眼还眼回去，用自己脑子里几百个妃子明争暗斗的常用诡计坑得对方眼冒金星。但是今天似乎有些不一样了，她刚陷入舆论的风波中，绝对不能再生事端。

唐向晚偏过头看了没什么反应的陈曳一眼，他不是说自己骄纵吗？她双手交握，深吸了一口气："不好意思。"

很简洁的一声道歉，却已经突破了她的底线。放在以往，被大众惯高了的唐向晚决计不是那么好说话的人，她抬头看了一眼这个人的脸，取下了围裙，出门去了卫生间，好像什么事情也没有发生过一样。

陈曳抬头看了她一眼，末了又像什么也没听见似的低下了头。眉眼间说不出的复杂情绪，有时候一个人想做的事情太多，反而什么也不愿做了。

因为这件事情，唐向晚在卫生间打了好几个电话，最后一个才是余烬，也许是对他抱着几分歉意，所以迟迟不敢开口。

她一只手半捂着嘴，一边向他道歉："渣渣对不起……我也不知道会出这样的事情，真的很抱歉，连累你了。我知道你现在的处境很尴尬，如果你的几位哥哥用这件事来打击你，你可以撤走新片的投资跟我撇清关系，我这里没有问题的，真的没问题。"

余烬沉默了很久，有些不敢相信一般质问了回去："你宁愿自毁前途也不愿嫁给我？"

唐向晚无言以对，想了很久才没有底气地回道："嫁给你岂不是坐实了被包养的传闻？"

"你是不是傻？"余烬动了怒气，一用力捏碎了笔管，在听到那一声脆响之后才疲惫地向后靠去，"你只有嫁给我，我们成为正常合法的夫妻，这些荒谬的流言才会不攻自破。我都是为你好，难道你还有比这更完美的解决方法吗，唐向晚！"

"世上千千万万的人,总有人会将你视作唯一,但这个人绝不是我。"唐向晚也很疲惫,这个人每次都会逼她把话说绝,而就算她把话说绝了,他也还是一切照旧,"我也是一样……谁都可以,唯独不能是你。余烬,我也有自己不能说的原因,你不要逼我。"

余烬的眼底突然积满了戾气,随即"砰"的一声将手机朝墙上摔了过去!屏幕碎裂的声音太过清脆,将一旁整理文件的秘书吓得目瞪口呆。

电话那头突然传来一声巨响,唐向晚也吓了一大跳,喂了两声才意识到已是忙音。她有些莫名其妙,更多的是无法言说的紧张。

出来的时候迎面撞上了一个人,还没反应过来对方便连连向她道歉,弄得她很是不好意思。

"咦,你是刚刚出去的那个姑娘吗?"

"啊?"唐向晚呆了一下才意识到在说自己,"怎么了?"

"我也是在这里打工的。"女孩儿冲她憨笑了一下,才又说道,"刚刚那个冲你发脾气的姑娘叫徐茵,是在这里兼职的大学生,性格有些孤傲,脾气也一向不好,我们大家一般都让着她点儿,你可千万别跟她一般计较。"

唐向晚知道她这是在提醒自己,心中也一暖,叹道:"就冲她那大齐刘海我也不会跟她生气的,我高中也是这么个发型。"

"嗯。"似乎想到了什么,对方又语重心长地说,"不过劝你以后还是少跟小陈说话才好。"

"为什么?"唐向晚惊呆了。

"徐茵今天朝你发脾气肯定是有这个原因的,她对小陈的心意我们都看在眼里,可惜陈曳很少搭理大家,来这里多久了也没见他开几次口,今天和你聊得这么起劲,徐茵见着肯定是要生气的。"

"……"唐向晚尴尬地咳了两声。

她们要是听到他们之间的谈话内容,就不会说"聊得起劲"这个词组了。

唐向晚觉得自己现在脑子有些乱,整理了好半天才明知故问:"所以我以后都不能跟陈曳说话了？"

"差不多吧。我就是好心给你提个醒，我上次让小陈帮忙递个东西，被徐茵指桑骂槐骂了整整一个上午……"

唐向晚一脸难以置信的表情看着对面的人："真有你说的这么可怕，为什么不骂回去呢？"

"唉，人家是念过书的，和我们这些粗人哪是一个世界的，忍忍也就过去了。"对方摇了摇头，复又想起了什么，"对了，我还没问你叫什么名字呢。"

"啊，我叫唐……唐……唐玄宗。"

"……"那姑娘眼神怪异地看了她一眼。

话刚落音，唐向晚自己也呆了一下，原本只是想编个假名字，怎么也没想到自己会莫名其妙冒出这三个字，连忙圆道："爹妈取的名字比较拗口，你叫我小晚就好。"

那姑娘笑着点了点头，便侧着身子走了进去。唐向晚有些怔然地看了看她的背影，明明是和自己差不多大的年龄，说出口的话、给人的感觉似乎都要老成许多。想起来她还很困惑一些事情，陈曳高中时成绩优异，可后来她托人打听了很长时间也没能打听到他的下落，也不知道他大学是在哪里上的，简直可以拍成《被偷走的那四年》了。

她转身回了操作间，戴上橡胶手套便开始清洗分配下来的碗筷。

她不奢求陈曳能够喜欢自己，也不指望他有一天会和她在一起，只想像高中那样偷偷喜欢着他，看他说话，看他笑，这样就已经足够了。

本来就是为了离他更近一步才来这里的，现在这样的距离她已经很满足了，还能再次见到他、还能和他说上话，已经是莫大的恩赐了。

虽然她又两次试图搭话被无视掉了……

罗建军大叔好几次想凑过来询问些什么，最终都咽了回去。

"陈曳……"锲而不舍、越挫越勇的唐向晚又想出了新话题，细声细气道，"我真的不知道你居然在我家打工，为了向你表达我诚挚的歉意，我给你涨工

资好不好?"

这大概是普天之下第一个看员工脸色、求着给对方涨工资的老板了。

陈曳瞥了她一眼。

"我记得底薪好像是四千五吧,给你一个月涨两千,一年就是……"唐向晚擦了擦手,准备掏手机用上面自带的计算器。

"七万八。"

唐向晚怔了一下,随即目瞪口呆地看着他,离自己说完话一秒不到吧……

对陈曳的口算能力表示非常惊奇的唐向晚开始拼命地夸奖他:"你真聪明,你太厉害了,你怎么可以这么棒?能不能再给我展示一遍这个特技?12乘100是多少,12乘1000又是多少呢?"

"……"陈曳现在心中除了辞职别无他想。

虽然男神又不搭理她了,但是唐向晚现在的心情还是雀跃得溢于言表,只要能跟他说上话,无论刚刚发生多么心酸的事情都可以忽略不计了,即便是一个人欢乐地自言自语——

"你知道吗,刚刚我不小心把自己的名字说成唐玄宗了,你一开始有没有不小心把自己叫成吉思汗?哈哈哈哈哈哈哈!"

笑了半天发现没人跟她一起笑就又换了个话题。

"你刚刚胡说我和别人同居的事情,那都是媒体捕风捉影胡编乱造的,你可千万不要相信啊。这个社会就是这样,怎么吸人眼球怎么来,根本不在乎会不会对别人的生活造成影响。不过老子曾经说过,夫唯不争,故天下莫能与之争!我才不把那些流言当一回事呢。"

似乎一站到他身边就开启了话痨模式,唐向晚欢乐地刷着盘子,嘴里的话一句也没停过:"还记得我上次见到你的时候,说需要问你一些关于音乐方面的问题吗?其实我不是因为搭讪才这么说的,最近的确准备写一部都市言情小说,但是我自己对音乐完全一窍不通,所以很多地方都需要请教别人的。哎呀,我顺便给你讲讲大纲好了。男主是个声乐天才,原本已经考上了国内一流的音乐学院，可是因为家里太穷，上不起大学，于是只能辍学去影视城当群众演员，过着吃了上顿没下顿的生活，突然有一天……"

"行了。"陈曳突然出声打断了喋喋不休的唐向晚，喉结滚动，眉宇间说不出的陌生与疏离，"想问什么问题就直接问，不必讲故事，我也没有兴趣听。"

唐向晚被他骤然冷厉的眼神吓到不知所措，站在原地尴尬得不知如何是好，她觉得自己的态度已经足够真诚，完全不知道自己做错了什么。

而且她刚才说的内容，也确实是之前构思了很久的大纲……

一旁看了他们好半天的徐茵终于逮到了机会，吊眼高高扬起，冷笑了一声，笑她多嘴多舌，笑她不自量力，又起身将自己那部分几乎没动的盘子分批抱到了唐向晚的面前，然后嘟起嘴一副委屈的样子看着她："这位新来的姐姐，我得先走了，你能帮我解决一下这部分任务吗？刚刚朝你发脾气是我的不对，可是我一会儿还有专业课，辅导员说要点名的，帮帮忙好吗？"

唐向晚震惊地看着她。

"你同意啦？"徐茵粲然一笑，连句谢谢也不说，擦了擦手转身就走，走之前还不忘对门口的罗建军大叔抛了一个媚眼。她从来都迟到早退，也都是这位大叔纵容的功劳。

已是后勤经理的罗建军大叔被电得七荤八素，半天才反应过来这女的做了什么事情，惊慌地看了唐向晚一眼，见后者没有注意自己，这才悄悄溜到了她视线的盲区。在没弄清楚这姑娘的来头之前，还是不要与她正面交锋的好。

唐向晚静静地看着面前这堆油污遍横的盘子，居然有种一日之内尝尽人间疾苦的感觉……

不过却也证实了她交际能力退化这一不争的事实，就当是这姑娘给自己上了一课。多么风驰电掣、有仇必报的妹子啊，带回去剪剪刘海就是个好人设。出生二十多年以来，唐向晚第一次这么逆来顺受地接受别人的刁难，捋了捋袖子，低下头准备洗盘子。

"你分不清哪些该忍哪些不该忍吗？"陈曳按了一下太阳穴，面无表情地

走了过来,不动声色地拨开她的手,随即将她面前那些无家可归的盘子一次性抱回了原处,"她有课关你什么事。"

他的举动让她太过惊讶,一瞬间竟然忘记了呼吸。唐向晚揪着手指刚想说些什么,就听见陈曳那句冷冰冰中带着几分无奈的话。

"以后别来了,拿笔的手,少做这些事情。"

第二章

饮·鸩·不·止·渴

- 1.叫我如何见好就收 ● 2.十二点的辛格瑞拉 ● 3.你只是被保护得太好
- 4.浮浮沉沉皆是大梦 ● 5.想把全世界捧到你面前 ● 6.一端是白昼一端是黑夜
- 7.万众瞩目何必淡泊 ● 8.这一刻心跳比花开还安静
- 9.不必回头,我就在身后

1. 叫我如何见好就收

日落之后,街道一如既往的繁华,天幕深不见底,她侧过脸偷偷看向他瞳孔中影影绰绰的霓虹灯,那一刻,终于明白什么叫作情人眼里出西施。如果不是耳边未曾消失过的汽笛声,几乎就要以为自己在做梦了。

她知道朝阳客栈下班晚,却没想到会这么晚,当陈曳提出要送自己回家的时候,她甚至开始怀疑自己的耳朵出问题了。

"这么走也不是个办法,拦个的士送你回去吧。"

唐向晚连忙回道:"拦什么的士啊,我家就在前面了,再走几步就到了,你再陪我走走吧。"

其实她是开车来的,却不敢告诉他,怕他知道以后就没机会一起走了,只能骗他说自己是打车来的。

陈曳点了点头,心里想的却和她完全不同。

这里是平城最繁华的地带,房价一平方米七万多,辛苦奋斗一年也只够买个席地而坐的地盘而已。他知道她有钱,却没想到有钱到这个地步。或许人与人的差别就是这样来的吧,有的人含着金汤匙出生,吃穿不愁。有的人天赋异禀,靠自己的努力出人头地。但大多数人连努力的资格都没有,永远背负挣脱不去的贫穷,为生计而奔波。

他原本打算等送她上了车再回来取自行车的,看来一会儿又要走很长的路回来了。

　　面色苍白的陈曳站在她的身后，望着她稍显单薄的背影，眉眼之间，有复杂的情愫悄悄滑过。然而等唐向晚回过头的一瞬间，所有的情绪全都消失殆尽，只剩下与往日一般无二的疏离神情。

　　或许在那一瞬间里，他也有过千百种想法。那些不被人知道的过往，如同电影画面一般在他脑海里播放着，清晰却又遥远。

　　"你等我一下。"唐向晚略带歉意地向他打了声招呼，便跑到一旁的报亭买了那份据说是首发的报纸，翻了好几页才在某个板块里看到那张所谓同居照片，扫了一眼那些似乎比他们当事人还要清楚的报道内容，只恨不得撕了解恨。整篇报道都离不开"包养"两个字，好像已经坐实了这件事一样。

　　这件事情带给她的冲击绝对不止现在这么简单，她什么都知道，却什么也不愿去做。她只是在试图催眠自己，不去想这些无能为力的事情，继父敲诈的事情也好，舆论的危机也好，她都不愿让这些事情影响自己，是因为她觉得自己现在的修行还不够做到视若无睹。

　　她自小在众人的宠爱中长大，被人捧着疼着，从来不知道什么叫作挫折，遇到一点大风大浪都会觉得是天崩地塌，更何况是这样足够毁灭她所有前程的事情？

　　唐向晚在就近的地方买了一听啤酒，狼狈地几口下肚，然后回头看向陈曳，瞳孔急剧地收缩，复又急剧地放大。不知道是该对他笑还是该对他哭，最后露出一张苦涩又奇怪的表情。

　　"陈曳，你被人泼过脏水吗？"

　　被问话的陈曳没有回答，就站在原地那么远远地看着她，眼神波澜不定。

　　街道熙熙攘攘，无数人与她擦肩而过。她也确实不需要什么回答，她需要的只是一个安静的聆听者，哪怕汽笛声和嘈杂的人声已经盖住了她说的话，也仍旧诉说得那么认真：" 父亲去世得早，我甚至都不记得他的样子了，却记得他教给我的每一句话。他说，真正的强者，能享受最好的，也可以承受最坏的。"

岁月骤然翻腾，父亲儒雅又严苛的模样似乎又出现在她的面前，带着众人所以为而确实也具备的大文豪气质，他生前用良好的修为身体力行地养她教她，去世后也以自己不可撼动的地位庇佑着她，保她吃穿不愁，保她一路用着自己的名号披荆斩浪。相较之下，继父钟谦的嘴脸显得多么丑恶。

听她提到"唐毅"这个名字，陈曳的眼神忽然变了变，他想要说些什么，最终却都咽了回去。

唐向晚却还自顾自地说着："有时候我真的很想他，如果没有多年前的那场台风，也许我和别人一样，还能和爸爸生活在一起。"

就在陈曳以为她已经快要崩溃的时候，唐向晚突然又来了一句："我们去看电影吧。"

其实唐向晚也没有想到，自己临时起意的一个决定，居然激活了一次约会模式。也许他也没反应过来，也许是看在自己现在这么倒霉的份上没有拒绝。这原本是她的一种自我修复方式，只不过别人缓解压力所看的电影要么是轻松的、要么是刺激的，她却选择看自己参与的影片。

这个点的电影院也没有多少人来，满眼望去，几乎都是散场离去的人。她很少来这家影院，但印象中这家十点之前都能售票，唐向晚低头看了一眼时间，九点五十九。

她一个箭步冲到了收银台前。

"两张《幸免》的票，座位要中间的 12 号、13 号。"

收银员看了一眼："十点十分的场次吗？正中间 12 号的位置有人订了，要不给您换 10 号和 11 号的？"

"也行。"唐向晚迅速低头准备找钱包，还没等她打开拉链，收银台上就出现了一张崭新的一百块钱。

"你在干吗？"唐向晚很震惊，她知道他手里没钱，所以在花钱的时候都不想让他为难。

陈曳懒得跟她说那些再穷也不要女孩子付钱的废话，一脸不耐烦地接过找零和电影票:"进去吧。"

四号厅果然很冷清,满眼望去也没有几个人,几乎就是包场了。

作为一个不喜欢戴眼镜的轻度近视眼,唐向晚摸着黑找位置显得格外困难,就在她终于摸到自己的座位时,不经意瞥到了陈曳虚托在自己肘下的手掌,相隔十几厘米,她却看得那样清楚。

是担心她摔倒,像她多想的那样?还是他对所有女孩子都一样好?

唐向晚也不敢出声去问,只能转身坐下,一颗七上八下的心也跟着落了下来,没说找话:"其实这个档期有两部电影都是我的剧本,一部霸了一个月的档期,火了好几个反派。另一部就是这个了……说实话,让你看到这么惨败的票房让我觉得很没有面子。可就像是生了一对龙凤胎,一个聪明,一个不聪明,外人都对聪明的那个赞不绝口,做妈妈的却还想护着另一个不聪明的宝宝。"

电影开始放映了,虽然没什么人,但是她的声音也渐渐低了下去。

出品人栏上挂着投资方大耀传媒的董事长"余绪"的名字,编剧上三个醒目的大字"唐向晚"。这两个名字放在以前似乎没有什么关联,但在这个风口浪尖上,两个名字摆放在一起却是无比尴尬。

她一贯喜欢在他面前自言自语,也不在乎他回不回答:"高中的时候和两个最要好的朋友看了一场电影。我觉得编剧最厉害,祝萌萌觉得演员最风光,邢兰认为导演最重要。按理说该是很精彩很难忘的,却不记得片名了,只记得当时三个人都发誓,说总有一天会在电影院里看到自己的名字。后来她俩一个当了娱乐记者,一个从了商。"

有些话她埋在心底很多年,从来没有对人说起过,她也不知道今天是怎么了,突然变得这么多愁善感,就算是刚刚喝了一罐啤酒,那点浓度,也不至于会醉吧……

"说句实话,每次来电影院看自己参与的影片,其实都不是为了找剧本中的缺点去进步,而只是为了看到那三个字而已。你说我虚荣也好,用这种方式找存在感也罢,这就是我心里最真实的想法。每当我想要放弃的时候,只有在

这里亲眼看到自己的成绩,才会一遍又一遍地提醒自己,一息尚存,从吾所好。"

陈曳很想说些什么,但他知道自己那些话一旦出口,对于唐向晚便又是沉重一击。于是他选择缄默不言,静静注视着面前的大银幕。

其实这部电影他早就看过了,剧情没有什么新意,无怪票房惨淡,与另外一部形成鲜明对比。他很想告诉她不要把目光停留在过去,却惊觉自己没有说这种话的资格。

于是,他便问:"你喜欢电影吗?"

"当然喜欢啊。"唐向晚侧着身子,看着他的眼睛,"你知道吗,我做跟组编剧的时候,是我最快乐的时候,因为待在那个环境里的时候,我能清清楚楚地看到每一个人的努力,他们每一个人都很普通,但每一个人都会发光。所有人都各司其职,如同齿轮一样,那个时候你就能真的感受到,什么叫作'电影似火,我是飞蛾'。"

陈曳听罢,也不知想到了什么,忽然轻笑了起来:"我能感受到。"

唐向晚愣了一下,倒也没注意,以为他是感受到了自己那段话的意思,继续道:"你也知道我父亲唐毅在文坛的地位,他的作品如今被著名导演翻拍,被奉为经典。所以我一直希望,有朝一日,我能和他并驾齐驱。和他一样,被人崇拜、仰慕。就算是过了许多年,人们看到我的作品所拍出来的电影,也能像记得我爸一样记得我。

"总有一天,我会做到。"

看着面前说话的人,陈曳几乎有些移不开眼睛了,然而只是一瞬间,他便收敛了自己所有的神色,恢复了之前疏离的态度,淡淡道:"嗯,你会做到。"

唐向晚愣了一下,没有再说什么别的了。

时间总是悄悄地溜走,不留一丝痕迹,电影就那么无波无澜地放着,唐向晚看得更多的不是电影,而是身边这个人。

仍旧是以往俊朗不凡的外表,却多了几分成熟与风度,鼻梁高挺,眉眼清隽,放在人群中便是所有目光焦距的存在。也无怪乎自己当初那么专心地喜欢着他,喜欢得尽人皆知，唯独他不知。

她是不是该感谢上帝，给了她无法言说的苦难，却又将这个人送回到自己视线之内？

半黑之中，对方完美的侧脸近在咫尺，唐向晚脑子里下意识产生了想偷亲他一口的想法。这种妄念不知不觉在她的脑海中越扎越深，却没有胆量去完成，甚至还一直在想没有表白之前就这样做会不会太不礼貌。

不知不觉中，电影就到了结尾，再不行动马上就要开灯了。

"陈曳！"

男人偏过头疑惑地望着她："怎么了？"

"哦，我是想问问你有没有兴趣演唱我下部电影的主题曲？"话刚落音，唐向晚恨不得抽自己一个大耳刮子，这就是自己引以为傲的胆量？

陈曳愣了好半天："什么？"

电影谢幕，四号厅的灯全数亮了起来，想做点坏事也做不了了。唐向晚懊恼地向后一靠，气冲冲道："我什么也没说！"拎起包起身就走，无意中对上了一双探究的眼。

看清楚那双眼睛后，唐向晚不甘示弱地探究了回去，那就是之前选了12号座位的人，一个和自己母亲岁数差不多大的中年妇女，身边坐着一个乖巧的男孩儿，一双眼睛滴溜溜地打量着自己。

她习惯性选12号是因为自己的生日是"12"，不然没人会在大片留空的情况下选这么偏的位置。

对视的时间长了就有些奇怪了，唐向晚很纳闷对方为什么会用这种眼神看着自己。她打量了对方一眼，只觉得对方全身上下珠光宝气，名牌扎堆，却又没有半点儿贵妇气质，着实有些别扭。至于相貌，人至中年，倒也不方便评论，只能隐约看出年轻时不算太差。

"麻烦让一下？"唐向晚礼貌性地问了一声。

那中年妇女连忙拉着儿子站了起来，很是和蔼地笑了笑："不好意思，我

只是太惊讶了,能在这里见到他的女儿。"

也许是自己刚刚说话没遮拦让她听见了,不过父亲唐毅的名气一直那么响,唐向晚倒也不奇怪,礼貌地攀谈了几句便和陈曳一起离开了放映厅。

在两人离去了很久之后,中年妇女才慢慢收回了自己的目光,拎起包,带着儿子下了台阶。

唐向晚有些疑惑地看着那两个人的背影,总觉得有一种奇怪的感觉盘桓在自己心头,无法消散。

这么一折腾几乎就快到零点了,陈曳对她的态度虽然不怎么亲近,却也不放心她一个人就这么回家,可是当唐向晚准备踏进公寓大门向他挥别的时候,突然顿住了脚步,一把拉住了他的袖子,神色紧张地朝里望了过去。

感觉自己现在像在玩谍战片一样,如果说电梯门口那几个像记者一样的人她还不足为惧的话,继父钟谦的背影简直就是晴天霹雳,仍旧戴着那顶奇怪的帽子,一身黑衣进了电梯,浑身上下都散发着一股令人恐惧的戾气。

陈曳大概也看到了那些人:"他们在守你吗?"

"什么守我,说得跟守尸一样!"唐向晚很生气,她好不容易把自己从这些破烂事情中解脱出来,这些人却又阴魂不散地找上了自己,出面的话免不了被这些记者一顿盘问。况且在经历了那天的事情之后,继父在她心中完全就是魔鬼一样的存在,多看他一眼都会觉得全身发麻,保不齐自己哪天突然就被他给终结了。

认真思考了很久,走投无路的唐向晚突然抬起头楚楚可怜地看着他:"男神,你收留我一晚上吧!"

2. 十二点的辛格瑞拉

皓月当空,整个城市都被笼罩在无边无际的黑暗之中,夜色之中,女孩儿的眼眸是那么明亮璀璨。

陈曳脑子里一片空白,呼吸微微滞了滞,语气头一次带了点紧张:"几个记者,不至于吧。"

"我有苦衷的,回去再仔细地讲给你听!"唐向晚双手合十,目光虔诚地看着他。

几十秒过去,陈曳终于在这样的眼神中败下阵来,还是强调道:"我租的地下室不比你家宽敞舒适,住不习惯不能怪我。"

"不怪不怪,绝对不怪!"

这算是因祸得福吗?唐向晚脸上没什么表情,心里却乐开了花,早就想套出男神的地址了,早知道这么简单,继父你怎么不早点来敲诈呢?

不过,她对于陈曳的人品还是很相信的,绝对绝对地相信,比相信自己还要相信。

零点,这个繁华的城市还是那么明亮,灯火通明,歌宵不禁,好像永远都没有黑夜一般。汽车呼啸而过的声音清晰入耳,一辆接着一辆。陈曳拿出钥匙准备开门,却似乎想起了什么很重要的事情,突然停了下来。

"你怎么了?"

遇见她以来,陈曳第一次在脸上露出了不知所措的表情,心脏开始狂跳,甚至都不知道该如何回答她的问题,英挺的鼻尖似乎也渗出了一些细汗。

唐向晚伸出手指在他面前晃了晃:"你怎么了呀,说话呀。"

陈曳攥了攥手心,大脑开始急速运转。末了,以往干净而冷漠的少年突然支支吾吾地说:"那个……你可能一会儿才能进来。"

他这样局促不安的样子反而激起了唐向晚的好奇心:"你房间里藏了个充气娃娃?"

"……"陈曳懒得搭理她,开了门迅速将她关在了外面。

毫不懂事的某人在门外大声猜测:"哦,我知道了,你尿急?"

陈曳深吸了一口气,"啪"的一声又关了灯,打开门将她拎了进来:"算了,大半夜把你一个人放在外面也不安全。"

感激涕零的唐向晚刚准备说一些赞美的话来表扬他,转眼就发现自己摸着

黑被拐了个弯关进了厕所。

至于吗……

唐向晚黑着脸朝四周看了看，竟然不知道用什么形容词形容才好，说破败谈不上，却也整洁干净，总之是和一般的装修差好几个档次就是了。外面并没有传来什么太大的动静，她虽然好奇却也没开门去看，毕竟每个人都有自己的隐私，再好奇也得尊重别人。

百无聊赖地朝四周看了看，突然在桶里看见了一条内裤……唐向晚的脸红了红，假装不经意地瞟了两眼，然后脸上的红晕又更鲜艳了些，心想男神就是男神，挑内裤的品位也这么好。

过了好半天，陈曳才过来给她开了门，什么话也没说，只示意她可以出来了。

唐向晚蹑手蹑脚地跟着他走了出来，左右看了看，和她想象中并没有什么太大的区别，很好地诠释了"麻雀虽小五脏俱全"这句话的意思，仅仅是一个卧室那么大的面积，该有的东西却一样也不缺，一应的摆设也是干净整洁，挑不出破绽来。而正是因为如此，装修什么的就显得不是那么突出了。很难想象一个单身男人能够随时把房间收拾得这么干净，简直和处女座有的一拼。

"所以你刚刚是在收拾房间吗？"唐向晚嫌弃地瞥了他一眼，"一看你就是不怎么收拾东西的人。"

所以你需要一个我来帮你整理家务哇。

陈曳不在意："你爱怎么想就怎么想吧。"

感觉好像一拳头打在了棉花上，唐向晚瞅见角落里那把吉他和一旁的电子琴，又没话找话道："原来男神你不但会唱歌还会这么多的乐器啊，你真的好棒啊！"陈曳静静地看她："说够了没有，说完睡觉。"

唐向晚彻底被噎住了，咧着嘴动也不动地看着他在一边铺床。天气渐渐升温了，被子很薄，在他的手中就像翻飞的旗帜一样酷炫无比。

唐向晚傻了吧唧地看了半天，心想男神就是男神，铺个被子都这么好看。

"你睡这儿吧。"陈曳一向话少，下个命令也是干脆简单。看都不看她一眼便走到了一边，他将三四个矮凳拼到了一块，又垫上两件衣服，横上去披着外套就准备睡觉了。

如此简陋，唐向晚惊了一下，朝四周看了一眼才发现屋子里没有沙发。

"你就睡这上面？"

陈曳没搭理她，闭上眼睛昏昏欲睡，此时已经过了零点，以往这个时候他早就睡着了，哪里还有力气跟她聊天。临时搭建起来的床铺显然不够长，半截小腿悬在空中，线条分明的脚踝像是一件陈列在空气中的艺术品，让人忍不住想要多看几眼。

见他无视自己，某人怪不好意思地挠了挠头，这种时候再去谦让就显得太假了，既然她都已经决定来这里麻烦他，就已经想到了会有这样的场景。瞅了一眼卫生间，她觉得在别人家里洗澡也不好，也没带牙刷毛巾，还是忍一晚上好了……

一个同龄的男人和你睡在同一个房间里却没有发生什么，只有两个原因，一是爱你爱到深入骨髓，二是根本对你这个人没有兴趣。很显然，陈曳属于后者，唐向晚瘪着嘴看着他，心中闪过一丝失望。

等等！失望？她怎么会产生失望这种猥琐的想法！简直就是羞耻……

她悄悄地爬上了床，脱了外套便钻进了薄棉被里，本该是阴暗潮湿的地下室，被子里却带着一股阳光的味道，似乎是刚晒过不久。

唐向晚睁着眼睛隔着很远看着他的脸，连灯都不想关。男人沉睡的脸上没有任何表情，却足够让她心神不宁一万次。寒来暑往，岁月流逝，那一刻好像又回到了高中三年的时光，她总是那么远远地看着他，总是那么悄悄地偷看他，不曾近过一分一毫。七年光阴转瞬而过，曾经以为再无希望的人，又一次出现在了她的面前。

"陈曳……要不你搬过来和我一块住吧，我家还有好几个空房间呢。出了这样的事情，我现在一个人住真的害怕……对了，我做菜很好吃哦，以后每天都可以做给你吃，这样你就不用每天吃没有营养的工作餐啦。"

她的话在寂静的黑夜中显得那么突兀,却仍旧没有得到回应。

长长的睫毛搭在眼睑上,刷出一排让女孩子都嫉妒的美好阴影,陈曳似乎已经睡着了,不知道在做着什么美梦,薄唇抿出一条温柔的弧度。

其实她还有很多很多的话想要说,她想要问他大学四年是在哪里读的,想跟他解释自己刚刚为什么不能回自己的家,想夸他这么多年过去了竟然还是帅得那么惨绝人寰,可一看见他熟睡的模样,所有的话最终都咽了回去。

"晚安,男神。"

她没有关灯,也一整个晚上都没有睡着。翻来覆去好几次,她又盯着他的脸看了好久,也不知道如果他大半夜突然睁开眼睛会是什么感觉。

其实她有很多事情都想不明白,不明白他说出来的那些话,也不明白他为什么对自己忽冷忽热,好像对她很了解,却又好像很厌恶她这个人。在唐向晚的记忆中,两个人很少有正面接触的事情。想不通便索性不再想,人生中想不明白的事情太多太多,如果每一件事情都要弄得清清楚楚明明白白,岂不是活得太累了些。

直到第二天天亮,她依然没有睡着,好像怎么看也看不够一样,除了中途去了一趟厕所,视线就没有离开过他的脸。

外头传来的汽笛声渐渐多了起来,又是一个忙碌的早晨,唐向晚刚准备起来,视线瞥过去的一瞬间,脸突然红了起来。

她强迫自己不要去看,却还是忍不住好奇地瞅了几眼,脸越看越红,原来这就是传说中的"帐篷"啊……真是长知识了,哈哈哈哈哈哈!

她还没来得及在心里谴责自己的羞耻行径,好像是心灵感应一样,陈曳突然翻了个身睁开了眼睛,睡眼惺忪地瞥了她一眼,好像还有些发愣自己房间里怎么突然多了一个人,揉了揉眼睛准备下床,却"扑通"一声在地上滚了两个圈,拼起来的凳子东歪西倒,架着两条无处安放的大长腿,整个人看起来无比狼狈。

大概是以前从来没睡过这种类似小龙女睡绳一样的奇葩的地方,一时半会儿没有反应过来,陈曳的脸色有些尴尬,甚至都不好意思与她正面对视,从地上爬起来就去了厕所。

　　唐向晚痴痴地看着他离去的背影,心想男神就是男神,摔个跟头都这么好看。

　　十秒钟后,陈曳原路折了回来,开口对她说了今天的第一句话:"你看见我内裤了吗?"

　　唐向晚小媳妇似的羞赧一笑:"我昨天晚上睡不着,帮你洗了。"

　　陈曳惊呆了,好半天才继续道:"那我的牙刷和毛巾呢?"

　　"哦,我忘记你早上还得用了……洗漱的东西、换洗的衣服全都给你收拾好了,今天直接搬我家去吧!"

　　陈曳第一反应是紧张地看向对面的抽屉,眼睛里像要喷出火来:"你翻我抽屉了?"

　　唐向晚顺着他的目光看过去,连忙道:"没有,我发誓!"

　　明显感觉到对方松了一口气,唐向晚整个人都好奇起来了,那抽屉里有什么不能看的吗?

　　这时,陈曳又捡起了刚刚的话题:"让我住你家是什么意思?"

　　"昨天忘了跟你说前因后果了嘛。我最近遇到挺多事,算是被敲诈了,家里待着不安全,所以迫切地需要一个强壮有力的男人来保护我!"唐向晚泪眼汪汪地看着他,试图用真情感化他。

　　"路上随便认识一个人就敢让他住你家,你对我知根知底吗?你知道我是好人还是坏人吗?"

　　嗯……我偷看你那么多年连你有几根眉毛都比你本人清楚,还不算知根知底吗?

　　不过这话唐向晚不敢说,她只是将自己的下巴昂成一个倔强的弧度:"哼!就许你随便带陌生姑娘回家,不准我随便带陌生男人回家?双重标准当唯一标准啊!"

　　陈曳没说话。

　　此时唐向晚满脑子都只想着那个抽屉里到底有什么东西。

说时迟那时快,趁着陈曳愣神的工夫,某人迅速转身准备去拉开那个神秘莫测的抽屉,却在一瞬间被人拖了回去。她再蛮横也大不过男人的力气,挣扎了好几下也没挣开,这么一折腾,床上的被子便滑了下来,露出了上面几块红色的痕迹。

唐向晚整个人突然僵在了原地,过了好半晌,整个脸彻底红成了猪肝色。

她居然在这个时候来"大姨妈"了……

3. 你只是被保护得太好

来得早不如来得巧,唐向晚干笑了两声,完全不知道说什么才好。

作为一个有点自尊心的不速之客,她完全没有想到自己害男神睡一晚上凳子后,还把他家的床单给弄脏了……感觉这辈子都难以在他面前找回自己的形象了,绝望的唐向晚将头深深埋在了臂弯里,苍天哪,这下该怎么办!

她在脑子里准备了很久的道歉措辞,终于鼓起勇气含了一泡泪抬起头,却发现对面空无一人。

"……"

人呢?

唐向晚震惊了好半天,左右都瞅遍了也没看见人,第一反应是现在正是解锁神秘抽屉的最佳时机,迅速转身准备开抽屉,却发现被上锁了……

这个人也是有点不简单啊,她虽然好奇,却也没有办法。只能趁他不在解决好现在的事情,思及此,唐向晚迅速卷起床单穿好长外套准备携犯罪证据潜逃,刚溜到门口的时候却突然撞上一堵人墙。

陈曳低头看着这个惹事精,却什么话也没有说,只默默递给了她一包东西。

唐向晚莫名其妙地打开黑色塑料袋,里面赫然装着一包……卫生巾。

呵呵呵呵,还真是体贴呢……

日上三竿的时候,唐向晚才蹑手蹑脚地走进了工作间,虽然不知道该如何面对陈曳，但是思念的心情大过了廉耻，换了衣服、刷了牙，拿了充电宝就滚回来继续洗碗了。

罗建军对于她迟到的行为表示爱理不理，反正不知道是什么来头，多一事不如少一事的好。他不管，不代表别人就能看得过眼。

徐茵正愁一肚子火没地方发，见她来了，立刻拉下脸："祖宗您来啦？"

唐向晚愣了好长时间才反应过来眼前这个人是谁，虽然跟她没有什么直接恩怨，但是某人一向奉行以牙还牙以眼还眼以德报怨何以报德的原则，绽开一张灿烂的笑脸："对啊，祖宗我来了，孙女有什么事吗？"

被噎住的徐茵气不打一处来，张口便责问她："我昨天让你帮忙洗的碗你怎么不洗，你知不知道我被扣了一个星期的工资！"

"真的吗？"唐向晚一脸惊奇，"只扣了七天啊？少写了个零吧？"

徐茵上来就要掴她一耳光，却被一只有力的手牢牢攥住，雪白的肌肤上瞬间留下好几道红印子，可见手的主人多么不怜香惜玉。徐茵不敢置信地看向了陈曳："你在做什么啊？"

陈曳并没有说什么太重的话，只是那双深不见底的眼已经显露了不耐烦："能不能回去好好上你的课？"

"我不要！"徐茵红着眼睛瞪着他，"我早就说过了，我宁愿逃课挂科退学也要待在你身边，刷碗也好，街头卖艺也好，死活都要跟着你。你没资格赶我走。"

"幼稚。"陈曳毫不留情道，"我们不是一个世界的人。"

原来他们早就认识了。

唐向晚的脸突然有些发青，洗碗的手都开始有些发抖。陈曳话中的每一个字似乎都是在对她而说，每个字都打在她的心上，让人隐隐作痛。

她真傻啊，以为自己会是不一样的，以为自己这么做能够感动他。却没想到陈曳身边最不缺的就是这种为他放弃一切的人，他接受也好，不屑一顾也好，在他心里，自己真的和其他的女孩子没什么两样。

"真以为我稀罕那点儿工资吗?"徐茵突然转过头来狠狠瞪了唐向晚一眼,"你们昨天晚上去看电影了对不对?我可跟了你们一路了。我告诉你,我和陈曳认识不是一天两天了,不是你一个随随便便的女人就能勾搭走的,像你这样的货色黑历史肯定不少,'人肉'一下还不简单,你给我等着吧!"说完,脱下身上的工作服转身就走。她本就对这里的工作没有什么兴趣,只是因为陈曳才来这个地方,否则大家闺秀的她怎么可能干这种粗活,躲还来不及。她曾一度觉得自己为爱牺牲的行为感天动地,简直都可以拍成一部电影了,却没想到陈曳却是这么一个反应,让人措手不及。

徐茵的话太过难听,唐向晚也不是什么好脾气的人,转身就要追过去,却被陈曳拉了回来。

"特殊期间别动气。"

简简单单一句话,却让唐向晚瞬间消了气。她不住地安慰自己,还是有些不同的吧,毕竟他对她的态度要温和许多……虽然这样自欺欺人的想法有些悲哀,但是她最大的优点就是乐观,只要她一直这么坚信,即便事实不是如此,也会开心许多。

手机突然振了一下,似乎是在充电宝的作用下开了机,昨天因为太过紧张和兴奋,一时间将手机充电这件事情抛到了九霄云外,此时一打开就被上面三十多条未接来电吓得肝肠寸断。

一个来自老妈,十个来自编辑暮暮,二十个来自余烬。

一瞬间,她觉得余烬才是自己的亲生母亲一样……

回了老妈的电话,无非关心了几句,让她以后别忘了充电。唐向晚想起了继父在她耳边说过的那几句话,最终还是忍住没有多嘴。

她又给暮暮回了一个电话。

电话刚一接通,对方甜美又凄厉的声音瞬间刺穿耳膜:"唐向晚你想死吗?离截稿日还有几天?你告诉我你还差多少字?"

唐向晚有些不好意思，每当这个时候她的大脑就开始短路："我错了，暮暮……这几天'大姨妈'来了心情不好写不出东西。"

"呵呵，你的借口真的是一天比一天新奇呢。"对方似乎并不接招，"上次是什么，你妈妈回乡祭祖了你很思念她。上上次是什么，隔壁家的猫生病了你很担心。下次你是不是要说阳台的花谢了你的心也跟着碎了所以不想写文？"

"你怎么知道我家阳台的花谢了？我早上刚发现的，就一天没浇水而已。"

"……"

暮暮在那头沉默了许久，却没有像往常一般毒舌她，而是轻声说："有些事情我真的不想再重复第三次、第四次。向晚，你如果总是这么找借口拖下去，总有一天不会再有人信任你，那些你以为永远不会疏远的朋友也会因此而离开你，世上最难的莫过于在一个变幻莫测的世界中维系一段不变的关系，不想改变现状，你就得改变自己。"

唐向晚没有想到她会突然说出这种发人深省的话来，也并没有放在心上，只是像往常一般应道："知道了，再给我一个星期我一定交稿！"

暮暮没有再说话了，沉默着挂掉了电话。

也许是上一段对话让她有些消化不来，给余烬回电话的时候唐向晚还有些神思恍惚，直到对方近乎怒吼一般的声音传进耳朵，她才从恍惚中回过神来："啊？"

"我问你你昨天晚上干什么去了！电话不接，敲你家门也不开！"

"没干什么啊。"都说谎话中掺三分真话才最让人信服，天生编故事的能力让她说起谎话来得心应手，"昨天在门口看到好多记者，不太敢回家，就出去在酒店里住了一夜。哎呀，你这么一提醒我才想起来好像忘记退房了。"

说谎说得正带劲，突然接收到陈曳传来的鄙夷眼神，唐向晚的声音瞬间小了好几个度。

"那你现在在哪里？"余烬显然带着汹汹的怒气，不把她撕碎不罢休一般。

"啊……我在朝阳客栈。"

"裴晓果然没有骗我,你这个傻家伙,真的为了个虚无缥缈的人跑去洗碗了?"余烬震怒的声音似乎就要穿透手机而来,隔着屏幕似乎都能看见他横眉瞪眼的煞气模样。

唐向晚刚想反唇相讥一下,突然意识到陈曳就站在自己面前,让他听见这五个字未免尴尬,索性大大方方地承认:"对啊,怎么了,我就是喜欢他!"

"你再怎么喜欢他也都是你的事,与他无关!你懂吗?"

"这句话我也同样送给你。"唐向晚毫不客气,"你的存在,简直就是对这句话的最大讽刺。"

电话那头的人沉默了很长一段时间,久到唐向晚以为他已经挂掉了电话,才听见男人幽幽说道:"晚晚,你知道你最大的特点是什么吗?就是你做了看起来无伤害的技能,外人觉得是平砍,目标却中了百分之百伤害的大招。"

直到手机里"嘟嘟嘟"作响,唐向晚才渐渐回过神来,她不知道自己今天究竟做错了什么,也真的想不明白为什么会变成现在这样,也许真的就像是余烬说的那样吧,当局者迷。在此之前,她从来都没有认真想过自己有什么难以忍受的缺点,可是有很多事情都在这段时间里慢慢暴露了出来,也许她是该好好反省反省自己了。

"陈曳。"唐向晚犹豫了很久,终是开口问,"我有时候是不是太以自我为中心了?"

被点名的男人并没有回头,只是专心致志地擦着手中的碗,像是在擦拭一件绝美的艺术品。

"人的一生就像是在水中漂浮的茶叶,一开始都争先恐后地朝上钻,渴望出人头地,与众不同。而随着岁月的流逝,茶叶便开始慢慢向下沉淀,恨不得被世人所遗忘,永远不要被人提起。你不是以自我为中心,你只是还没有经过沸水的冲洗。"

唐向晚沉默了很长时间,忽然抬起头来。

"陈曳,你说,我的沸水会是什么呢?"

4. 浮浮沉沉皆是大梦

往后好几天，唐向晚都没有再去过朝阳客栈洗碗了，原本就是一时兴起的事情，她也没打算靠这个来挣钱，三天打鱼两天晒网的日子也挺幸福的。只是白天赶稿，晚上要么让祝萌萌过来陪自己睡，要么是去别的朋友家借住，就是不敢一个人待在家里。

这样的日子持续了好几天，祝萌萌终于提出反对意见了，她很紧张地质问唐向晚："你是不是被媒体那些事刺激得有蕾丝倾向了？"

为了证明自己性取向有多么正常，唐向晚决定三顾地下室了。

好几次去都没碰上陈曳在家，唐向晚失落又失望。天地良心，她真的没打算把他怎么样，她真的是因为害怕一个人住才来找他的。她也不好意思去朝阳客栈找他，万一不小心碰上那个不好惹的徐茵呢？

终于有一天，她的敲门得到了回应。

可是当对方开门的一瞬间，唐向晚的心跳却在一瞬间接近静止了，好半天才恢复正常。看到这个人的第一反应，她是厌恶的。

但是将面前这个人和陈曳联系在一起的后果，就如同晴天霹雳一般炸开在她的脑海里。

对方似乎也没有想到会在这里看见她，愣了很长时间才试探性地问了一声："唐小姐？"

唐向晚仅存的那一丝侥幸也都消失得无影无踪，尴尬地回道："伯母。"

往事如烟，岁月翻腾，四年前的场景仍旧历历在目。

……

那一年的唐向晚刚刚接到录取通知书，满心欢喜地在家中等着母亲回家告诉她这个喜讯，却等来了母亲出车祸的消息。医院的电话打过来的那一瞬间，巨大的阴霾瞬间笼罩了她整个人，所幸的是没有生命危险，也不会致残，但是进行手术所需的费用仍然不低。当时父亲唐毅已经过了世，家里虽然还有些底子，

却也不再像之前那么殷实了。

　　导致这起车祸的是一个骑电动车的中年妇女，家境贫寒，全家的收入都不高，家里似乎还有一个重病不起的患者。不过这个中年妇女也没有肇事逃逸，而是迅速将她的母亲送到了医院。

　　唐向晚虽然心疼母亲受这样的罪，却也不是不讲道理的人。母亲有巨额保险赔偿，又听说那中年妇女家中也有个和自己一样大的孩子，又念在对方及时将人送往医院的分上，原本该让对方一家赔上九万元，最终却决定只让对方赔一万元了事。

　　她原本是好心，却没想到事情和自己预料的不同。中年妇女口口声声说家里仅剩的一万是东拼西凑借来给儿子交学费上大学的，死活不肯出钱，又是哭又是诉苦，在病房外面闹了很久不成，又跑到她家里去闹。

　　唐向晚当然咽不下这口气，她好心将九万元降到一万元，已经是考虑到对方家里的情况了，就没见过这么蹬鼻子上脸的人，说不定看自己好说话好欺负，变着法子找借口蒙自己呢。她一向护着她妈妈，怎么也不甘心让母亲白白受这样的罪，心想你把我妈妈伤成这个样子连一万元都想逃避？于是拒绝和中年妇女再做任何沟通，找来律师让他们自己交涉去。

　　律师自然不会像唐向晚一样那么好说话，中规中矩按着条文来办事，很快便将事情解决掉了。

　　后来的细节她自己也想不起来了，只记得自己拿到了那一万块钱，不过图了个心里舒坦，而至于这家人后来怎么了，她一点知道的兴趣也没有，从来没想过自己会以这种方式再次见到这家人。

　　往事一件件地从眼前晃过，唐向晚沉默地看着面前的中年妇女，竟然一句话也说不出来。

　　"其实说到底，那个时候也是唐小姐高抬贵手，只让我们赔了一万元。"中年妇女一脸歉疚地看着她，目光里看不出一丝假意来。岁月让这个女人沉静了许多，眼角的鱼尾纹也比当年深了不少，眉眼间却依稀能看出年轻时候的美貌，

"如果不是唐小姐，我们家可能几辈子也还不清九万元的债了。"

唐向晚却还没有从思绪中回过神来，有些不敢置信地问："阿姨，您的儿子是叫陈曳吗？"

中年妇女目光里露出了些微惊讶，终是点了点头："怎么，你们是不是很熟悉？"末了，又自说自话般道，"啊，也是了……那个时候我们同儿子商量起这件事，他原本是想上门求求情的，可一听见唐小姐你的名字，就抬不起头来了，一声声说着'算了，我不念大学了'。我家小曳从小心气儿高，从来没有这么自卑过，想来他也许是真的不喜欢念书吧。"

中年妇女说着说着，突然意识到自己还没有请她进门喝口茶："哎呀，你看我这记性，唐小姐进来坐坐吧，我今天就是来这里看看他，也没得及收拾，让你见笑了。"

唐向晚觉得鼻子酸得慌，可她也不知道自己究竟在酸些什么。陈曳在她耳边说过的很多话突然就那么串了起来，她终于明白为什么一个从未见过面的人会说她骄纵，会说她一点也没有变了。换作是自己，一定会一辈子恨死这个人了吧，怎么可能还陪她去看电影，还收留她在家里住一晚上。

……

"他女儿刚上高中，妻子没有工作。你知不知道自己一个任性的举动，可能会让他一家受累？"

"年龄会变，容貌会变，一个人的本性是不会变的。无论过去多少年，虚荣骄纵的人还是虚荣骄纵的人，自以为是的人还是自以为是的人。"

"你还真是跟从前一样啊。"

……

陈曳淡漠的眼眸似乎又出现在了自己的面前，让她清清楚楚地看见自己所做的一切造成的后果。不知道为什么，她突然觉得自己很可悲，原以为近在咫尺的人，就这样因为命运的捉弄而站到了对立面，从此以后都不知道该用什么样的态度去面对他了。

真的是她的错吗？她究竟做错了什么？

她至今仍然不觉得自己有什么错，毕竟陈曳的母亲也确实对妈妈造成了伤害，让她赔钱无可厚非。可是不知道为什么就是觉得心里头堵得慌，不管怎么说，自己也是间接害他上不了大学的人，再怎么偷换概念也改变不了这个事实。

"伯母……"唐向晚从来没有像今天这么矛盾地后悔过，除了道歉别的话似乎都太过苍白，"对不起。"

"你这是说的哪里话！"中年妇女吓得不轻，"姑娘你别自责，全都是我的错，如果不是我当时没长眼睛没长心，可就不会发生这些乱七八糟的事情了。"

唐向晚抿了抿唇，忽然道："伯母你记一下我的手机号吧，我可能会有些事情得跟您商量商量。"

5. 想把全世界捧到你面前

陈曳出现在她家门口的那一瞬间，唐向晚以为自己在做梦，她以为他是不会来的，尤其是在电话里拒绝了那么多次以后。

她支支吾吾了好半天，却没想到对方先开口了。

"你要给我看什么东西？"陈曳倚在门口，仍然是那么一副淡漠如斯的表情。唐向晚却在他的眼中看见了一丝期待的神情，仅仅是那么微不可察的一点点，已经让她足够兴奋。

"跟我来就知道了。"唐向晚带着他朝里拐了好几个弯，然后递给他一把钥匙。

陈曳瞥了她一眼，接过钥匙便打开了门。

然后一向喜怒不形于色的陈曳也有些发怔了，他半皱着眉，不敢置信地看着房间里的东西，钢琴、价值几万的声卡套装、D国进口堪称工艺品的电容麦，各种古今中外的乐器应有尽有，简直堪比一个小型的乐器店。

"你的音乐才华我从高中就已经知道了，我是真心不希望你的才华被埋没，所以我希望你不要再去洗碗了。从今天开始，这里就是属于你一个人的录音棚啦，放心，隔音效果非常好，我是不会随便偷听你唱歌的。我上次跟你说的事情可不是随口说说哦，新电影的主题曲交给你来创作应该没有问题吧？"

陈曳安安静静地听她把话说完，却并没有回答。

"隔壁就是你的房间。"唐向晚转了个身准备带他去参观他的房间。

陈曳乜斜了她一眼，眉峰高起，语气似乎有些不稳定："你是在施舍我吗？"

"我……我没有。"唐向晚愣了一下，没想到他反应这么大，完全没有想到他会说出这种话来，两只眼睛瞪得老大。

空气中似乎有一瞬间的凝滞，陈曳侧过身子看了她一眼："你是很可怜我，这些东西，我并不需要。"

"你误会了陈曳。"唐向晚抬起头来，带着些卑微的语气，"我有一点强迫症，不喜欢看珍珠被埋在土里的样子，你就当我是一个赏识你的人，想要帮你，不可以吗？"

陈曳并没有被她说动，快速而又决然地转过身，似乎下一秒就决定离开这个地方："我想做什么自己会去做，如果做不到也只能怪命运不赏脸，不需要你可怜。"

"有的人既不愿意走一条不想走的路，也没有勇气走那条自己喜欢的路，然后把一切都怪在命运的头上，说命运不赏脸，命运待我不公。"唐向晚目光坚定地看着他的背影，一字一顿，"我真的不是在可怜你，我想帮你啊。"

陈曳从来都不是那么轻易被说动的人，和唐向晚预料的相反，他并没有就此回头奔向她的怀抱，而是微微侧过脸，眼角朝着她："谢谢你，不过我真的不需要。"

眼看着陈曳就要走出大门了，她连忙踩着步子跟过去想拉住他，挽留的话都有些语无伦次了："哎呀，我不是那个意思……"

她身材娇小，就算是发脾气语气也是软软糯糯的，此时听起来更像是在撒娇。陈曳微微一滞，刚想回头说些什么，"刺啦"一声，两个人都惊呆在原地。

唐向晚震惊地看着自己的手,又呆滞地看了看陈曳那露出一大片的后背,下意识地咽了咽口水。

"对不起……"

她只是想把他拉回来而已,不是故意撕他衣服的。谁知道男神的衣服这么容易就撕破了,不过话说回来,男神的身材还真是不错……

被撕开的衬衫背后,男人小麦色的皮肤光洁如玉,可流畅的线条之下,却有一道明显的旧伤,看上去已经是十几年的老伤了,即使是过了这么多年以后,看上去仍旧令人触目惊心,依稀还能看到当年皮肉翻卷的样子。唐向晚倒抽了一口凉气,觉得自己的背似乎也跟着痛了起来。

十多年前的他,也不过才十岁啊,那个时候的他,就经历了这么可怕的伤害吗?

陈曳背对着她,没有说话。

"你……"唐向晚看着他后背上的伤口,忍不住想问一问缘由。

冷风飕飕地吹了进来,陈曳知道她看见了,却并没有任何想要解释的意思,只是迅速地转过身面对着她:"你把你小说里那点妃子留宿皇帝的伎俩用在我身上了吗……"

唐向晚委屈地低下头:"你别凶我。"

陈曳现在简直就是哑巴吃了黄连,满是心酸无人倾诉,淡淡地看着她:"行了大小姐,别折腾了。有稍微宽松一点的衣服吗,我妈还在地下室等我呢。"

唐向晚瘪了瘪嘴,回房间从衣柜里拿出了一件粉色连衣裙,递给他:"我最宽松的衣服了。"

"……"陈曳静静地看着她。

心虚的唐向晚又回到房间,挑挑拣拣好长时间才拿出了一件中规中矩的白色衬衫,结结巴巴道:"买太大了,很少穿,你试试看吧。"

陈曳接过衣服就去了卫生间,直到背影消失在玄关,唐向晚还是一脸紧张兮兮的表情,左右踌躇不知道接下来该怎么办,眼看着他就要出来了,连忙跑到厨房，迅速开始淘米，插上电源。

陈曳出来的一瞬间，唐向晚几乎就要笑出声来了，最后还是忍了回去，一脸严肃道："我们家小曳今天扮相真不错。"

对方表情有些僵硬，衣服虽然是中规中矩的样式，但毕竟身材差异太大，勉勉强强能够穿上去，倒像是一件紧身衣，整个人看上去滑稽无比。站了许久，大概是实在受不了唐向晚的眼神，陈曳伸手捞起之前的破衣服披在了外头，他现在宁愿全身破着也不想出门被人当成变态。

"我走了。"

唐向晚一急，连忙喊住了他："吃过饭再走吧，行吗？"

陈曳一边扣扣子一边回应："不用了。"

"可是我都煮上饭了……"唐向晚觉得自己特别像个丈夫常年不回家的可怜妻子，低垂着头可怜兮兮地等待着他的宣判。

陈曳犹豫了一下，回头看了看她的模样，心里有着说不出的感觉，最终他还是转身坐到了餐桌旁："那就麻烦你了。"

话刚落音，突然传来开门的声音，两人皆是一惊。向岚进了门刚准备换鞋，也瞬间愣在了原地，一双稍显松弛的眼睛直直看向了陈曳……扣到一半的扣子。

唐向晚也发现了这个问题，连忙说道："妈，你怎么又不打声招呼就过来了！"

向岚完全不搭理自己的女儿，换好鞋子径自走到了陈曳的面前，一脸喜庆地问："你就是报纸上那个小伙子吧？"

不知道是第一次遇到这种情况，还是什么别的原因，陈曳的表情突然变得僵硬了起来，直直地看着眼前的人，半晌也没有说话。

那些沉寂多年的过往一幕幕地被掀开，那些令人胆寒的话语也一遍一遍地响在了他的耳边。陈曳的眼神忽然变得怪异起来，与刚才卸下防备的他几乎判若两人。

6. 一端是白昼一端是黑夜

"小余啊,别跟阿姨客气,你们的事情我都知道了。"向岚以为他在害羞,暧昧地笑了两声,将包放在了一旁,像工作几十年的狗仔队般问,"今年多大了?家里什么态度,准备什么时候和我家小晚领证啊?"

不知道为什么,突然有一种看到了那天的相亲对象的即视感,果然妈妈同事的儿子和她也是有些相似的……

唐向晚有些尴尬,趁向岚说话的空子解释:"妈,你误会了,他……"

向岚毫不客气:"做你的饭去,一家人难得一起吃顿饭,只可惜你爸爸今天没来。"

听到"爸爸"两个字的时候,唐向晚浑身一抖,却不敢直视妈妈的眼睛,她害怕自己一不小心就全都告诉了妈妈。原本已经忘记的话又开始在她的耳边回荡,继父只是想要自己的钱而已,可是如果自己把事情都告诉了妈妈,也许妈妈就会有危险。继父这个人隐藏得太深,这种事情,她绝对赌不起。

这么一打岔,唐向晚心事重重地转身去洗菜,把要解释的事情全然抛在了脑后。

那厢向岚丈母娘看女婿越看越顺眼,问的问题也越来越多。陈曳原本打算找机会离开这个让他心情沉重的地方,却终于招架不住,开口道:"我只是她的朋友,我姓陈。"

"哎呀,这个阿姨知道,男朋友嘛。"

唐向晚突然竖起了耳朵,想要听听他的反应,虽然知道他一定会撇清关系,可心里就是隐隐抱着几分期待,哪怕只有万分之一,她也希望能碰到意外。

"不是。"陈曳从来都不会给她惊喜,清朗的声音和他的眼神一样淡如云烟,"普通朋友。"

片刻之间,唐向晚眼中那点期待的光都消散而去,满心失落。

向岚显然有些意外,愣了好半晌才知道自己弄错了,多年来名家夫人的气场让她并没有太过失态,只是抿嘴笑了笑:"是吗?"

她目光闪烁地瞥了一眼他衣服上那道口子,心中的疑窦并没有完全消除,忍不住又旁敲侧击地机关枪般问道:"小陈在哪里工作呀?和我们小晚应该是大学同学吧,住哪儿呢?怎么从来都没有见过呢?"

陈曳还没有说话,那边洗菜的唐向晚迅速接话:"哦,他是剧组新聘请的音乐制作人,也是我的高中同学。"

有时候别人不经意的一些话却能反应出最真实的想法,陈曳用指尖摩擦着绣着紫花的棉麻桌布,心中酸涩无比。唐向晚的话虽然是为了他的面子着想,但也说明她潜意识里是看不起他这个职业的。这当然不能怪她,因为就连他自己,也看不起自己。

空气如烛般凝固着,陈曳抬头看着向岚,却不是在对她说话:"我在朝阳客栈当洗碗工,住地下室,没上过大学。"

气氛突然尴尬了起来,每个人心里的想法都完全不同,陈曳的淡然,向岚的惊诧,唐向晚的无奈与愧疚。

因为出了这么件事,一顿饭吃得索然无味,精心准备的美食也都尝不出味道来。每个人都各怀鬼胎,好多次唐向晚想说些什么来缓解尴尬,最终都收了回去,直到陈曳离开的时候才递给他一摞纸。

"这是最终剧本,你对剧情也应该有个大概的了解,最后一页有对主题曲的要求,你回去看看吧。"

陈曳接了过去,低头看了几眼。

"如果作不出来也没有关系,制片方会另外找人做,你也别有太大压力。"

"嗯,谢谢。"陈曳应了一声,并没有与向岚道别,直接便转身离去了。

"这孩子,真是没有礼貌。"向岚有些不悦地皱起了眉,看着他的背影,有些疑惑。

唐向晚久久看着他离去的方向,又偏过头看了看自己精心为他准备的录音室,心中酸涩无比。如果害他上不了大学是她的错,那么就当她是在赔罪吧。可他为什么不肯接受自己的帮助呢?到底是哪里做错了?

　　其实也不完全都是她的错,她只是还不知道,这个世界上有两种东西是不能挑战的,一是女人的眼泪,二是男人的自尊心。

　　地下室的光线并没有那么昏暗,只是整体看起来都十分破旧,尤其是刚从唐向晚的家里出来之后,落差才更明显。

　　陈曳瞥了一眼墙上的时钟,一时间竟然有些恍惚。

　　记忆如同潮水般向他涌来,他做过多少份工作,多少份兼职,连他自己也记不清了。他的学历和家庭就如同一座大山般压在他的身上,不能太忙,不能走太远。

　　有段时间给人送外卖,虽然辛苦,但是工资还算不错,只是偶尔在遇到冷眼的时候会有片刻的难过。一直到现在,他都还记得第一次给人送外卖的时候,打开门的是个衣着光鲜的年轻人,接过他手中还热乎的外卖,然后将一袋散发着臭气的垃圾袋递到他手上:"帮忙扔一下。"

　　然后关上了门。

　　关门的声音并没有很重,那样随意而又自然,但那一声有多么清晰,直到几年后的今天他依然记得清清楚楚。

　　后来,他是怎么拎着那袋子垃圾走下楼道的,他自己也记不清了,只记得那天的自己,卑微到连一句拒绝都说不出口。

　　陈曳坐在书桌前看着手里的剧本,翻了两页便放到了一边,偏过头去看了看她睡过的床,眉头紧紧皱起,好像永远也舒展不开,弧度完美的侧脸看上去冷峻却又清隽。

　　本来就不是一个世界的人,又何必要站在同一个高度上。

　　更何况,他们之间相差的,并非只是这些而已。

　　陈曳忽然朝后移了移,拉开了面前的抽屉,取出里面一个有些落灰的小盒子。

　　只是一个普普通通的黑色盒子,也没有什么出彩的特点,里面装着一些零碎的杂物,有物件,更多的是零散的纸片和照片。陈曳低垂着眼眸,将里面珍之又重的东西——整理归位,一阵窸窸窣窣之后,从里面拿出了一副眼镜。

那副金边眼镜出现在如今这个年代其实有些奇怪,因为它看上去倒有点像上个世纪末的东西,上了些年头,即使如今看上去是那么破旧不堪,却依稀能从细节上窥探出其精美的做工,如果仔细看的话,甚至还能看到上面一些红色的小点,也不知是什么东西。

他拿出来之后,也不做什么,就那么静静看着,眼底像是一片深不见底的潭水。

半晌,突然传来了敲门声。

陈曳拉开凳子起身去开门,看清来人后面色便尴尬了起来。

"电费两百八。"小哥乜斜了他一眼,"不会还要拖吧?"

陈曳全身上下翻遍了也只搜到七十块的零钱,回去从存钱罐里拿了剩下的钱交给了他。那小哥点明了钱便转身离去,临走时还嘟囔了两声,虽然听不清内容,直觉也不是什么好话。

直到人消失在电梯门口,陈曳才关了门,面色疲惫地靠在门口,一种莫名的情绪在脑海里挣扎着、宣泄着,妄图破口而出,却被他狠狠地压制住。

这样的生活,真的是他想要的吗?

想起唐向晚说过的话,陈曳拿出手机打了一个电话,问了几句,脸色越来越差。

"不好意思,上面交代过了,您确实不能再在朝阳客栈工作了。另外,这个月的工资已经全数打到您的工资卡上了,请注意查收。"

放下手机,陈曳脸色铁青。他以为她只是开开玩笑,却没想到她真的这么做了。这个人,为什么永远都能这么面不改色、自以为是地决定别人的人生呢。

又拨了一个电话,陈曳的声音明显比平时都低了好几个度,自卑中带了几分小心翼翼。

"真的没有吗?"

"没有没有!"对方的声音明显有些不耐烦,"你当演话剧呢一场接着一场,

又不是大明星,哪能天天有活接,需要你的时候会通知你的!"

对方"啪"的一声挂了电话。陈曳握着手机,无力地将头靠在门上,小指微微蜷曲。

如今,似乎也只剩下晚上酒吧驻唱的工作了。

这段日子里,他白天在朝阳客栈打工,晚上在酒吧驻唱,运气好的时候能接到一些表演的活儿。薪酬最高的那段日子,还是在剧组做录音师的助理,可是他无论把自己逼成什么样子,也永远填不满那个无底的洞。

目光慢慢从地面移到了桌上那摞剧本上,也不知道是为什么,突然想起了唐向晚今天说的那些话,有的人既不愿意走一条不想走的路,也没有勇气走那条自己喜欢的路。他无法否认这些话,哪怕现实如此。

没有风,空气带着些许燥热,良久,简陋的屋中传来一声长长的叹息。

7. 万众瞩目何必淡泊

心情不好的时候,唐向晚最喜欢做的事情就是看电影和逛书店,别过祝萌萌之后,她一个人走进了一家新开张的书店。

这里邻近一所高中,所以大多数都是学生,尤其是专门放小说的那块书架聚集的学生最多,三两结伴,对着一本又一本书评头论足,还有些将书抽出来看价格,这里头的小说全都是封好的,没办法拆开来看,对学生来说是一大遗憾。

一眼扫过去,唐向晚的几本书摆放在最为显眼的位置,虽然也不是全都有,却也还是放着四本的。书架上什么样的书都有,封面大多制作精良,一看就特别有内涵的比比皆是,大片大片的名字都是自己认识的作者。对于五湖四海的朋友们来说,这大概是现实中最近的距离了吧。稍微分析了一下现在的流行题材,她拿了一本感兴趣的书准备去结账了。

"你怎么还买唐向晚这种人的书?"

刚转过身就被一句话牢牢钉住原地,唐向晚愣了一下便站住了脚步。她知道这次事情的影响会很坏,却不知道自己已经被黑到了这个地步。

长发齐刘海的姑娘一脸不屑地看着自己的朋友,带着四五颗青春痘煞有介事道:"你难道没看最近的新闻吗?这女的可'绿茶'了,买她书你不怕被人骂啊?"

"就是看了新闻才想买的嘛,'绿茶'怎么了,人厉害啊,我要是能混成她那个样子,我也愿意。"

齐刘海姑娘不屑地"嘁"了一声,校服外套痞气地敞开,露出里面的蕾丝吊带:"这个世界真是越来越恶心了,明星上位都司空见惯了,连个写书的也这么不知廉耻,没见她出过几个好作品,爬富二代的床倒是不在话下。我就说嘛,唐向晚就比咱们大几岁吧,年纪轻轻的怎么就名利双收人生赢家了,又是拍电影又是拿奖的,真是不知道被多少导演制片人睡过了。"

低哑的歌声似乎离自己很遥远了,年轻学生的话在她脑子里不停地爆炸,唐向晚背对着她们,左手几乎颤抖得拿不动书,千万种情绪在脑海中沸腾,整个人都快要崩溃了。

她一生中从未这般狼狈过,从小被父亲捧在手心里,早早地以名二代的身份曝光在媒体的灯光下,所有亲近的人都忍受她的任性骄纵。她吃穿不愁,要什么有什么,身边的人都以认识她为骄傲。听过很难听的话,也不是没有被羞辱过,却从来没有现在这一刻这样愤懑不堪。

那边学生的对话还在继续,甚至比刚刚还要刺耳。她无数次试图让自己平静下来,忘了她们的话直接离开,却怎么也忍不下来。明明知道自己不应该这么在意别人的话,却就是做不到绝对的无视,幼稚就幼稚吧,没有涵养和忍耐力就没有吧,再怎么样她也只是个刚刚从大学毕业的普通人而已。

"是啊,多好解释,否则二十四岁的人凭什么能拥有四十二岁人的地位和事业?"

"就凭我是唐向晚。"

她的声音出现得有些突兀。

齐刘海的姑娘吓了一大跳,连忙反驳道:"你谁啊你?"

唐向晚带着几分俯视的态度,冷冷道:"爹妈有没有教过你言多必失?有没有教过你不要在背后诋毁别人?"

周围的人全都惊呆了,目光齐齐朝这边射来,大概都对热闹有着天生的敏感度,一个个朝这边围了过来。

被训斥的学生也很是惊诧,上下扫了她两眼:"你有病吧?"

和周围的学生不同的是,齐刘海的姑娘只披了件校服外套,剩下的便是紧身裤、豹纹高跟鞋,除了长了几颗痘以外,面容称得上是姣好,甚至比唐向晚还要高上许多,整个人看上去和社会青年有的一拼,完全不像是什么好惹的人。

唐向晚也没想跟她交涉太多,转身就要走,却被齐刘海的姑娘一把拉了回来。对方的脾气似乎很冲,拽着唐向晚的后领就骂:"骂了人就敢走?把话说清楚!我爹妈没教过我什么狗屁言多必失,倒是教过我不要随便冒充别人!你是唐向晚,我还是玛丽莲·梦露呢!"

周围的人都开始哄笑,就连书店老板都闻声赶了过来。唐向晚公众曝光率不高,很少有正脸照片出镜,一时也没人认出她来。

当着这么多人的面,后领被一个学生这样揪着,唐向晚整张脸涨得通红,死死攥着拳头,却又隐忍着不让自己破口大骂:"麻烦你放尊重一点。"

齐刘海姑娘笑得十分惊奇,一连四个反问:"尊重?那您刚刚怎么不知道尊重我呢?您是我三姑妈还是我四姨妈呢?轮得到你多管闲事来教训我?"

唐向晚气得浑身发抖,手心几乎要攥出汗来,却忍住一言不发。

"怎么,你还想打我?"齐刘海的姑娘将脸伸了过去,"来来来,免费让你打一次。"

面对这样的挑衅,怒火中烧的唐向晚还是忍住没有扬起巴掌,只是抓开她揪在自己领子上的手,刚一做完这个动作,对方"啪"的一耳光甩了过来!

迅速捂上火辣辣的右脸,唐向晚如遭雷击。

"我告诉你,我可是四中这一块的老大,敢跟我作对?给你一巴掌算是便宜你了,心情好了叫几个人过来做了你都不是问题,你个不知道什么地方来的野鸡，收敛点吧，啊！"

　　唐向晚抖着手看向齐刘海姑娘，目光震怒。她一直没有说些什么，是害怕这件事情又被媒体曝光，无论怎么样她都讨不到便宜，一开始她就不该惹这个事，可是心里又咽不下这口气。其实她也明白，作为一个公众人物，要随时做好被骂被羞辱的准备，如果连这点小事都承受不来，她也没资格做什么公众人物了。道理她都懂，忍起来却太过困难，尤其是在被甩了一个耳光之后，别人打她不算什么，她打别人就是大新闻了。

　　可是，那又怎么样呢？

　　以牙还牙以眼还眼，以德报怨何以报德？

　　"绿茶？三姑？四姨？野鸡？姑娘你的假设手法用得还真是熟练呢，语文成绩一定很好吧？"唐向晚咬着牙微笑地看着她，脸上掌印分明，"我是个很公平的人，你刚才打多重我都记得，绝对不会超过这个度，你放心。"

　　然后在对方还没有反应过来的时候瞬间还了她一巴掌，力道均匀有力，速度快到周围目不转睛的观众都咂舌。对方哪里是省油的灯，不敢置信地后退了两步后，嚣张跋扈地撸起了袖子，上下一招呼，三两个学生一齐围了过来……

8. 这一刻心跳比花开还安静

　　派出所。

　　"我以为你跑去洗碗已经够惊悚了，没想到已经无聊到跟高中生打架的地步了，幸好没受什么伤，也没留案底。"祝萌萌瞥了她一眼，扯了扯嘴角，一边小心翼翼用鸡蛋给唐向晚消肿，一边道，"不过你确定真的不接受一下采访吗？我这么一个貌美如花的大记者站在这里，麻烦你利用利用好吗？"

　　"哎呀，好痛！"唐向晚龇牙咧嘴地朝后退了一步，刚刚被保释，明显有些疲惫，一句话也不想说，没想到她竟然也是在派出所喝过茶的人了，世事难料啊。

　　"我很轻的，好吗？"祝萌萌再次瞥了一眼唐向晚，又强调了一遍，"你

确定不接受采访吗?我刚刚进去的时候听得一清二楚啊,那小瘪三流起眼泪来还真不含糊,'我就是在书店小声说了一句她的书不好看,她就打了我一巴掌,人家迫不得已才还手的',一副楚楚可怜的样子,啧啧啧,我一个女的看了都心疼啊。"

"你信吗?"

"当然信啊。"

唐向晚白了她一眼。

祝萌萌懒得跟她开玩笑,秀气的眉毛皱成了"一"字:"你问的这是什么破问题,我信不信有什么用?一旦被其他有公信力的媒体报道出去,全国人民都会来谴责你,还想不想混了,还要我求着你帮你报道。我劝你还是好好经营一下自己,你现在大小也是个公众人物了,连个经纪人都没有。"

"管他呢,反正我现在已经声名狼藉了,黑点多一个不多少一个不少,谁爱谴责谁谴责去,爱谁谁,活给自己看,只要我觉得生活轻松愉快你怎么说我就怎么说我。反正我又不是明星靠脸吃饭,大不了改个名字隐居山林,闲云野鹤去。"

"唐向晚!你不用这样破罐子破摔、自暴自弃吧,况且你还没破到底呢!"祝萌萌已经被噎得语无伦次了,停止了用鸡蛋给她滚脸的动作,"就算你不为自己,好歹也得为你家余兄弟考虑考虑吧。你要是真的声名狼藉了,他怎么好意思再跟家里说要娶你的话呢?"

唐向晚也斜了她一眼:"你是我这边的还是他那边的,干吗突然提这个人?"

祝萌萌无意识地摸了摸鼻子:"你跟我打电话的时候我也通知余烬了。绯闻男朋友也是男朋友嘛,总是要知会一下的。"

"你信不信我此时此刻就可以跟你绝交?"

"翅膀硬了啊,还敢用绝交来威胁我了,谁怕谁啊!"祝萌萌哼了一声,故意将鸡蛋朝她脸上砸去,结果手一偏,那还算是温热的鸡蛋一下子从唐向晚的头顶飞了过去,然后……

掉在了身后一位警察的茶杯中。

水花四溅。

成功地从一个普通的鸡蛋晋升为飞天茶叶蛋。

在这两人茫然的注视下,被鸡蛋砸中的警察叔叔从面前厚厚的资料中抬起头来,看向了始作俑者——祝萌萌。

很多年以后,祝萌萌依然能够想起那一日的好天气,好到面前第一次出现的那个人……即使没有用美颜相机也自带了滤镜,带着足够倾倒一片人的英气,朝她投来不经意的目光。

"……"唐向晚捂着自己受伤的脸,回头看了看身后那个英气逼人的警察,又看了看面前这个看上去已经半身不遂的祝萌萌,有点蒙。

这是……火星撞地球了?就一秒钟没看住,祝萌萌就跟人家擦出爱的火花了?

那警察轻笑了一声,站了起来,将面前杯子里的水沥进了垃圾桶里,然后用纸巾夹出了里面的鸡蛋,随意道:"看来今天运气不错,能给疾风加个小菜了。"

"疾……疾风是谁?"祝萌萌仿佛一瞬间倒退了十岁,连说话都有点口吃了,简直惨不忍睹。

唐向晚敲了一下她的脑袋,恨铁不成钢地说:"一听就知道是警犬啦!"

那人笑着点了点头,似乎是默认了,想了想,又对着祝萌萌道:"身手不错,以前是篮球队的吗?"

"啊?"祝萌萌心跳得飞快,连说话都结巴了。

那人一身笔挺制服,看上去就是一副正气凛然的样子,似乎就算他不穿警服,脸上也写着"警察"两个大字。

祝萌萌看得有些呆了。

那人轻笑,伸出右手。

"谢攸。"

生活总是喜欢给她这种惊喜，无论是有意还是无意。

唐向晚瞥了一眼手机上的推送新闻，除了想把手机摔出窗外已经别无他想。

……

"一线编剧唐向晚书店掌掴清纯女高中生，丑闻频出是否为新电影炒作？"

看了这个标题她已经完全不想看内容了，每一个字都深深戳在她的心口上，昨天不想解释，今天也没打算为自己正名。她也不知道自己是不是疯了，只是突然觉得特别特别累，什么都不想去回应了。就算解释了又怎么样？说是对方先动手的又怎么样？一个公众人物和一个高中生起了冲突，传出去本身就是一个笑话，过多解释还会被人说欲盖弥彰、斤斤计较。红了这么多年，直到这一刻她才体会到什么叫人怕出名猪怕壮。

物极必反，盛极必衰，早就知道会有这样一天，却没想到会来得这么快。接了几个制片方打来的质问电话，几乎解释得口干舌燥也没解释清楚，挂了电话后，唐向晚独自一人坐在阳台的椅子上，神情却不似之前那么纠结，反而有些自我调侃，自顾自地嘟囔："嚷嚷什么呀，制片这么牛啊，下次我自己当制片人，看谁跟我熊。"

说完之后，也没有人接她的下文。周围静悄悄的，微风从高空吹来，惬意地摆弄着她的发丝。

自从出了偷拍的事情后，她就喜欢把窗帘都拉到底，密不透风，连一点细小的缝也不能露出来。今天放开了坐在阳台上，忽然觉得无比轻松。有时候会觉得很不痛快，想要放弃，有时候觉得是非多，想要远离，但是无论如何她从未后悔过自己的选择，人生就是这样起起落落才有意思。

不知怎的，脑子里突然开始回荡起那句话："灵感就是来源于世间万物的。要是你累了，我就陪着你吃饭喝水看星星。"

一直觉得那个人肯定认识，却又分析不出来到底是谁。

总觉得"李小飞"这个名字有点熟，但是又想不起来到底为什么耳熟。

昨天那几个女学生下手并不算太重，也挺机灵地没朝她脸上抡。算是个小小的民事纠纷,警察草草处理了事,就连理都没处说,只是手臂现在开始隐隐作痛了,唐向晚用力按了两下,也没得到多少缓解。

桌上的风信子散发出令人迷惑的浓香,唐向晚鬼使神差地拿起手机又发了一条微博,只有简简单单的四个字:清者自清。

这回她并没有发完就直接关掉,而是不停地刷新评论。有很多人在骂,也有很多人维护她,谈论的内容也大多都是书店里发生的事情。无数人在评论里骂她不要脸,欺负弱小,摆架子,她都一一无视。相比之下,这些隔着屏幕向她吐口水的确实比被当面骂要好受得多。

往下翻着评论,终于在十几分钟之后刷到了前几天那个"李小飞"的评论,竟然是老子的一句话:以其不争,故天下莫能与之争。

看到这句眼熟的话,脑海中的疑窦越来越深,她总记得前几天似乎也跟人提到过这句话,但是又想不起来是对谁说的。整个人焦虑不安地想了很久也没个头绪,点进这个人的微博,也没有什么新的发现。索性不再去想,烦躁地向后靠去。

"先生,真的不行,先前来的那些记者想看我们也没答应,更何况是您呢?"

余烬抽了根烟,眼神中沾了几分令人恐惧的戾气,加强语气反问道:"更何况,是我?"

书店老板并没有直视他的眼睛,低头一边收拾东西一边敷衍道:"是的,除非您是警察,否则我们是不可能提供监控记录的,这属于书店的隐私。"说完抬头看了他一眼,又道,"还有先生,这里是禁止抽烟的。"

余烬有些不悦地掐掉了烟,慢慢踱步到书店老板面前,双手支在桌子上俯视着他,目光如炬,不怒而自威:"你是怕视频爆出去之后对你们书店影响不好吧,我很明白你们的顾虑,所以……"

书店老板默默抬头,只看见一堵骚粉色的"墙",愣了半天才问道:"所以什么?"

"所以这些钱够吗?"

余烬朝桌子上拍下一张支票,乡霸王土财主的气质瞬间扑面而来。他就是这样,能用钱解决的事情绝对不动用人际关系,能动用人际关系解决的事情坚决不动用脑子。

书店老板看了看上面足够买下整个书店的数字,咽了咽口水:"够够够!"

"噢嘞噢嘞噢嘞。"余烬流利地接了下去,随即风骚地打了个响指,"在哪儿看监控?"

9. 不必回头,我就在身后

书店老板瞬间被这个随时切换性格模式的男人惊呆了,愣了好半天才领着他朝里面走去,临走时还不忘嘱咐一下员工看好店。

一个小时之后,一条监控视频的微博以每分钟三百条的转发速度扩散开来,录像中起争执的位置虽然有些偏,但是也足够看清具体过程,看清先动手的人,以及后面三名女学生对唐向晚的施暴过程。人们开始义愤填膺地责骂动手的学生,舆论又开始朝另外一边疯狂地倾斜,"唐向晚好忍功"也因此登上了热门话题榜。

当然,不排除某人花钱买了营销的可能性。

而之前报道中哭得梨花带雨的、那位动手的名叫万小梁的姑娘也被评为"年度戏精",有好事者将她哭诉唐向晚暴行的音频和她动手打人的视频剪到了一起,又引起了一顿新的转发狂潮。

短短半天不到的时间,舆论的神转折让人来不及去反应。接到制片方电话的时候,唐向晚正在认认真真地切菜,将手机夹在肩膀和耳朵上,含含糊糊地问道:"徐总还有事吗?"

那头的人似乎完全掩饰不住心中的狂喜,激动得快要把这边的人抡起来转几圈:"小唐啊,谁教你的?"

"啊?"

"我问这么完美的炒作是谁教你的?打得一手咸鱼翻身的好仗!刚刚打电话的时候怎么不跟我说清楚呢,还让我误会了半天!小唐,你听着,女主上个月离婚是个噱头,现在又有了你这场好戏,《平生无憾》这部剧必火!火得透透的!"

唐向晚不明白他在说什么,声音有些发虚:"发生什么事了吗……"

"你还不知道?你们在书店发生的监控视频被书店老板发上了微博,现在舆论完全朝你一边倒,我算是知道什么叫塞翁失马,焉知非福了,实在是造得一手好势啊。"

唐向晚发了好半天的怔,才完全明白过来他的意思,第一反应却是问道:"那您看我上次跟您说的主题曲的事情能定了吗?"

"必然是能的!"对面的人说话中气十足,"我现在完全相信小唐你的办事能力,你看中的人准不会有错,就用一次新人吧,需要帮忙的话我也可以帮你联系几家唱片公司,具体的事情我让导演过去跟你们谈。"

"那真是太谢谢了。"唐向晚欣喜万分,连连道谢,挂了电话之后好半天都没缓过来。

就这么简单地解决了?她有些不敢相信,总觉得事情远远没有这么简单似的,心里头虚得慌。徐总说塞翁失马,焉知非福,但中国还有句古话说福祸相依,是好是坏还不知道呢。

她将事情都抛在脑后,一心一意地开始做菜,专心而又仔细,每勺调料都不敢出一丝纰漏,生怕吃这菜的人皱一点眉头。全都做好了之后,她又小心翼翼地将菜品装进了精致的便当中,顺便还照旧例放了一小块西兰花。

她拿起手机准备给陈曳打电话,却又不知道该如何开口,斟酌犹豫再三还是决定跟他发短信,可短信内容删了又写,写了又删,最后只剩下简简单单的四个字:"吃饭了吗?"

等待回复的过程总是那么漫长而又令人紧张,唐向晚一边敲着桌子一边紧张地盯着手机看,却一直都没有回音。

好几分钟过去了,传来"叮"的一声,宛如天籁之音。

唐向晚连忙惊喜地将手机凑到眼前,抬眼一看,却只看见同样的四个字:"吃饭了吗?"

……

瞥了一眼发件人,是余烬发过来的。

她有些失望。

不是男神回的短信,她顿时就没什么兴趣了。

唐向晚将手机丢在一边,继续准备饭菜,切着切着突然一愣,她忽然间想起来书店老板发微博为她解释的事情,书店老板和她没有任何利益纠纷,能为她做出这种事情的人,只有余烬。

不管她对他的感情如何,他帮了这么大的忙,总要道个谢,今天正好做了一桌好菜,叫他一起来吃,从此两不相欠。

正要回短信的时候,门铃突然响了,唐向晚以为是母亲,低着头一边打字一边过去开门,发完短信时已经走到门口,她却突然长了个心眼,从猫眼看了过去。

看清楚钟谦那张挂满沟壑的脸时,唐向晚心中顿时一个"咯噔",这个吸血鬼怎么又来了!

唐向晚飞快地冲到厨房拿起菜刀,然后蹑手蹑脚地走回来,将背部贴在了门上,深吸了一口气,小心戒备着。

这个阴魂不散的继父又来了,她以为上次给了钱之后他起码会消失一段时间,没想到这才过了一个星期不到,他居然又找上门来了!

她真的很想采访一下继父平时是怎么花钱的,能用得这么快也算是本事啊。

钟谦站在门外,看似是在和声和气地说话,手里却不知道捏着什么东西,明晃晃一片,让人不寒而栗。

"女儿,爸爸来看你了,我知道你在里面,开门。"

走廊上寂静一片,没有人路过,只有他和声和气的声音回荡在四周,极其恐怖。

　　唐向晚凝神静气贴在门上，急促地喘着气，她甚至都不敢透过猫眼看外面的情况，哪怕知道对方是看不到自己的。

　　未知的恐惧充斥在她的大脑中，上一次发生的事情一遍又一遍在她脑海中重复播放，她知道这个世界上没有继父干不出来的事情，她想报警，可她不能拿母亲的生命开玩笑。

　　她一直觉得自己的人生顺风顺水，从来没想过自己会遇上这样可怕的事情，可是这样的事情就这么发生了，这样可怕的人就这样出现了。

　　此时此刻，她才终于明白编辑之前给她讲的那段话是什么意思，无论是什么事情，稿子也好，要处理的问题也罢，绝对不能拖，一拖就拖出人命。

　　门铃依旧在响，唐向晚死死攥着菜刀，大气也不敢出一声，她甚至担心继父会不会趴下来从门缝里看到她的鞋子，紧张到冷汗直冒。

　　门外传来钟谦的自言自语声："难道真的不在……"

　　唐向晚松了一口气，攥着菜刀的手稍微松了松，心中祈求，快走吧快走吧，等他走了之后一定要在门口装个监控摄像头。

　　渐渐远去的脚步声传来，唐向晚整个人瘫在地上，大口地喘着粗气，就在此时，手机铃声突然响了起来！

　　"那女孩对我说，说我是一个小偷……"

　　唐向晚被吓傻，拿着手机蒙在原地，而手机也仍旧不识好歹地放着歌。

　　来电显示上写着——男神。

　　钟谦离去的脚步顿了下来，转身走过来。门铃再次响起，钟谦将袖子中藏着的小刀抽了出来，冷着脸问："你在家里，怎么不说话？"

　　分明不带任何感情色彩，唐向晚听起来却好像阎王在索命，她深深地吸了一口气，接通了电话。

　　如果放在平时，陈曳主动给她打电话，她大概会兴奋到买十个蛋糕来庆祝，可偏偏是在这个紧要关头响起来，她现在只想吃十个蛋糕撑死了事。电话接通后，

传来陈曳的声音:"你在哪儿?"

我在鬼门关啊陈曳!

唐向晚紧张得太阳穴突突跳,正要回他,背上却突然一震,整个人差点跪在地上,手机也跟着"哐当"掉在地上,回头一看,继父居然开始踹门了!

一下比一下重,真怀疑他是不是穿高跟鞋来的。

钟谦青筋暴起,边踹还边喊:"小兔崽子,跟你老子装死,开门!"

电话那头突然传来陈曳急切的询问声:"怎么了?"

手机已经掉在地上,唐向晚自然是听不见的,此刻她心中绝望,全身的骨头都在发冷,菜刀无力落地,直接插在了地板上。她想报警……可是一想到他拿母亲的性命威胁自己,心中愤怒又无助,终是嘶吼道:"你到底想怎么样?"

听见了她的声音,钟谦便立刻停止了踹门,较为放心地站在门口,似乎还趁着空隙点了支烟:"不怎么样,爸爸没钱用了,女儿不应该孝敬一点吧。"

"我没有钱了。"唐向晚冷冷回绝。

钟谦很淡定地抽着烟,灰色的帽檐压了下来,遮住了他的眼睛:"你不是写书吗?你多写几本,我这次要的不急。"

"我真的没有钱了!我一分钱都没有!你能不能不要再纠缠我和我妈了!"歇斯底里已经不足以形容她现在的状态了,唐向晚现在几乎就是一个疯子,"你怎么不去死!你去死啊!"

门那头似乎沉默了一会儿,没有人说话。

唐向晚等了许久,门外依然没有传来任何声音。

她低头看了一眼掉落在地上的手机,上面的时间显示 19 点 45 分。

也许这就是她生命中的最后一刻吧。

唐向晚索性闭上眼睛,深吸了一口气,拔出菜刀。

这样黑暗的日子如果永远没有尽头,大不了同归于尽吧,只要妈妈的生命不受威胁,不再被这样的恶魔纠缠。

此时此刻的唐向晚竟然生出了些风萧萧兮易水寒的感觉,她抖着手却坚定地握住了门把，用尽全身力气打开了门。

"哐"的一声门开了，唐向晚却又是一僵，站在门口的不是继父钟谦，而是陈曳。

此时此刻的唐向晚，眼泪斜飞，灰头土脸，举着菜刀站在他的面前。

愣着。

时间久到好像过去了一个世纪。

然后，唐向晚直接扑进了他的怀中，没有任何征兆。

— ❤ —
第三章

时·光·编·年·史

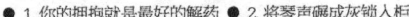

● 1. 你的拥抱就是最好的解药 ● 2. 将琴声碾成灰锁入柜
● 3. 像是从未靠近过的局外人 ● 4. 一生一次孤注一掷
● 5. 今天只唱一首歌 ● 6. 最不擅长的就是遗忘
● 7. 你的人生很有趣吗

1. 你的拥抱就是最好的解药

她的举动太过于突然，陈曳僵了僵，却第一次没有推开她，低头看了她很久很久，久到连自己也不知道自己在想些什么。半晌，他轻手轻脚地夺下了她的菜刀，将她抱进了屋，将门重新反锁上，动作细致又温柔，好像刚刚什么事情也没有发生过一样。

唐向晚被他抱到沙发上，却死活不肯松手，埋在他的胸口哭得肝肠寸断、梨花带雨，刚刚要跟人决一死战的死士精神已经一去不复返了。

"好了，松手。"陈曳的语气不带任何感情色彩，一双眼睛如墨一般深沉，却氤氲了不少看不清道不明的情绪。

唐向晚哭得更厉害了，这一次她却不肯听话，一双手抱得更紧了，好像抓住了救命稻草一般。这个人就好像是她生命中唯一的支柱，只要她松手，就会立刻坠入万丈深渊。

于是，她带着卑微的语调乞求道："让我抱着你好吗，就一分钟，我真的好害怕……"

陈曳没说话，却也没有再动，只盯着她的头顶。女孩的双手抱在他的腰上，脑袋埋在他宽阔的胸前，一抽一抽的，像只无家可归的小狗。带着少女香气的几缕发丝蹭在他的手背上，陈曳有些不自然地躲了躲。

然后，他说："一分钟到了。"

唐向晚黑着脸松开了手,坐了起来。

陈曳脱下了被她鼻涕污染过的外套,扔在了一旁。

唐向晚脸色一黑。

陈曳看了她一眼,拿过抽纸盒,放在她手上。

这个人永远都是这样,能疏远就疏远,能递抽纸盒绝不递抽纸,更不可能亲手为她擦眼泪。不只是现在,哪怕是一辈子,也没有这个可能。

可是现在并不是伤心难过这件事情的时候,唐向晚想到了更重要的问题,抽抽搭搭地问:"你来的时候,没看到一个男的站在门口吗?"

"没有。"陈曳很快地回答,只是他回答得太快、太多,让人觉得他在掩饰些什么,"接通电话的时候我已经在电梯里了,也许他听见电梯停靠的声音,从楼道溜走了。"

就这么简单?

想起刚才的事情,唐向晚依旧心有余悸,她回想了一下,没说话,心中却有些不敢相信。

陈曳沉吟了片刻,忽然问道:"你爸,为什么对你也这样。"

"他不是我亲爸爸!"一听这话,唐向晚就气不打一处来,而完全忽视了这句话里最重要的信息。

唐向晚刚想说什么去反驳他,可一想到对方也不知情,而自己也没想好解决的办法,只好道:"总之没你想的那么简单,你不要管了,我自己会想办法的。"

钟谦这个人,别人不了解,他是最了解不过了。陈曳的表情有些奇怪,简直对她这句话嗤之以鼻,极其嫌弃地看了她一眼:"你自己想什么办法?你要是能想出来解决的办法,也不至于发生刚才的事情了。"

"那你说怎么办?"

"我不了解你们之间的纠纷,但人身安全是最重要的,找个新的住处,雇保镖。"

"好啦好啦,我知道了。"唐向晚知道这件事情绝对不是那么好解决的,也不想再提这件事情，便换了个话题，"你吃过了吗？"

陈曳的回答很官方："没有。"

"我正好做了一桌好菜，本就想打电话叫你来吃的，我去热一热。"

心花怒放的唐向晚捡起菜刀，小跑进厨房，微信却突然弹出信息。

"我到了。"

是余烬发来的。

唐向晚呆呆地看着这几个字，只觉得血液从心口一直涌向了大脑，整个人都浑浑噩噩了起来。

余烬这个时候来她家楼下，能有什么事，但不管他有什么事，自己现在是彻底有事了。

唐向晚按灭了手机，瞥了一眼客厅里的陈曳，快要疯掉了。

她并不是担心被余烬撞到自己和陈曳在一起的事情，她现在担心的，是余烬会不会在陈曳面前说什么不好的话，他那个人说话一向口无遮拦，谁知道会不会说些什么。

想到这里，唐向晚迅速打开手机回了一句："我不在家里，我出去逛街了！"

刚一发出去，便响起了门铃声。

"叮咚——"

"……"

此时此刻，唐向晚的内心是崩溃的，表情几乎可以用"惨不忍睹"来形容，看了一眼那扇门，又看了看客厅里的陈曳，两人目光交接，对视了一眼。

陈曳站了起来。

唐向晚连忙朝他奔了过去，按住了他即将站起来的肩膀，急道："啊啊啊，不可以开！"

陈曳偏头瞥了她一眼："又是你继父？"

"不是……"唐向晚闭了闭眼睛，有点心虚道，"是我朋友。"

"男朋友？"陈曳问。

"不是不是!"

大概知道是谁了,陈曳顿了一下,眼底不知道是什么情绪一闪而过。

忽然,他问了一句:"你很怕我被发现吗?"

唐向晚一愣,连忙摆手道:"没有没有,我没有那个意思。"

陈曳似乎并不在意她的回答,直接便站了起来,走向了之前唐向晚为他准备的那个房间里,然后关上了门。

整个动作非常连贯,丝毫不拖泥带水。

唐向晚愣在原地。

这是……表示自己暂避一会儿的意思?

男神看上去很识趣啊,不对,现在不是识不识趣的问题。

门铃再次响起,唐向晚按了按太阳穴,终于抬脚走了过去,打开了门。

刚一打开门,余烬那张阴魂不散的脸就出现在了她面前,带着灿烂的笑容跟她打招呼:"嗨,晚晚。"然后就要朝里钻。

唐向晚单手支在门口,瞥了他一眼:"让你进来了吗?"

"别这么小气嘛,晚晚,你家不就是我家吗?"

唐向晚白了他一眼:"我数三个数,数完之后你还不离开的话,我就叫警察了。"

余烬捂住受伤的心,眼泪巴巴:"你真的忍心这么对我哦?"

唐向晚还没说些什么,余烬就僵在了原地。

他的反应着实是有些奇怪,唐向晚愣了一下,顺着他的目光看了过去,果然看见了沙发上陈曳遗落的外套。

唐向晚默默地把头扭了回来。

所以说洁癖不是什么好事。

唐向晚还在这里研究关于洁癖的行为特点以及未来发展对策,余烬已经拿起了那件外套,直接朝她的卧室走过去了。

"喂!"唐向晚直接喊住了他,"你凭什么进我房间?"

余烬似乎正在气头上，也不搭理她，直接抬脚走了进去。

"喂喂喂，你站住！"

唐向晚的房间里并没有发现奸夫，余烬便直接走了出来，进了卫生间，然后走到阳台，上上下下扫视了一遍，最后把目光投向了最后一间房。

唐向晚紧张到心脏都快要跳出来了，然而她也不知道自己在紧张什么。

明明她并没有做什么心虚的事情，可是现在怎么跟捉奸的场景差不多？

余烬站在门口，深吸了一口气，然后直接推开了门。

2. 将琴声碾成灰锁入柜

唐向晚捂住了眼睛，却发现并没有她想象中的尴尬场面。

房间里空无一人。

余烬也愣了一下，没有料到这样的局面。意识到自己的举动有些失态了，肯定在她心中造成了不好的影响，他懊恼地捶了一下墙，看着手中那碍眼的外套，眼神有些晦暗不明。

唐向晚轻咳了一声，解释道："我刚还没来得及说呢，这是我继父掉在这儿的衣服，你都不听我说就乱闯我房间。"

不对，她为什么要跟他解释这个？她和余烬之间又没有什么关系，就算看到陈曳在她这里又怎么样，她就是喜欢陈曳啊怎么了。

想到这里，唐向晚翻了一个白眼，抬手做出了一个"请"的手势。

"好了，现在可以请你出去了吧？"

浅蓝色的窗帘后面，陈曳侧着身子，看向了窗外。

高楼层的视野总是很好的，和暗无天日的地下室不一样。

此刻已经是傍晚时分，天色暗了，华灯初上，高楼大厦里亮起无数的窗户，像是千万支火把，又如同夜空中飘浮的星光，既遥远，也近在眼前。

和许多年前一样，陈曳就那么抬着头看着外面，目光穿透了十年的时光，

眼底一片寂静。

躲在窗帘后面这种事情,他也并不是第一次做了。

……

那里并不是市里最繁华的地带,而是一个较为僻静的地方,却因为周围绝美的湖景吸引了不少人来往,湖畔那栋别墅被不少参天大树包围着,在层层密密的树叶下伫立着。

分明处在这份热闹之中,却又好像与这份热闹无关。

"儿子,过来。"陈明亮朝他招了招手,脸上带着小心翼翼的微笑,"爸爸今天带你去见识见识真正的钢琴。"

八岁大的陈曳瞥了一眼父亲,站在那比自己父亲还要高一倍的大门面前,手脚局促。

"钢琴?"

"爸爸没用,没钱给你买钢琴,只能给你买电子琴……好在爸爸现在给唐毅老先生做司机,他最近刚给女儿买了一架施坦威的钢琴,听说价值八十五万元,我们就只是去看看,他对人一向和善,就算发现了,也不会说什么的。"

陈曳沉默了片刻,抬起头仰望着自己的父亲:"那不是做贼吗?"

"不是做贼,怎么会是做贼呢。"陈明亮一惊,连忙皱起了眉头将他揽了过来,"爸爸一直都可以自由出入的,今天只不过是多带了一个你而已,而且小姐和夫人现在在学校做文艺会演,不会回来的,爸爸就是带你进去看看钢琴,不会碰别的东西的。"

"那还是做贼。"陈曳没什么表情,小小的人儿气势居然比大人还要足,"电子琴就可以了,等我长大以后挣钱了,我会自己买的。"

"胡闹什么?你就算挣一辈子,能买得起八十五万的钢琴吗?再说了,你不是一直想弹一次真正的钢琴吗?爸爸只是带你去一次,没有人会发现的。"陈明亮白了儿子一眼,"我都已经和裴阿姨打好招呼了,都是自己人,爸爸就带你进去看看,感受一下,咱们就走,啊。"

小孩子一般都是无法和大人商量任何事情的。

尽管陈曳满心的不愿意，却还是被陈明亮拽着进了那栋别墅。只是从他的左脚踏进去的那一刻开始，似乎生命的轮轴就开始渐渐偏离了原来的轨道。很多事情我们从来都没有想过要去做，很多人我们也从来没想过要去遇见，但偏偏这个世界就是如此，充满了那么多的未知和分叉，每一条都通往不同的终点。

裴婶见他们两人进来了，朝四周看了看，嗔怪道："仅此一次，下不为例啊。"

"当然了，裴姐，咱们的交情你还信不过我吗？你也知道我儿子就喜欢音乐，我这个做爸爸的没本事，也只能出此下策了。"

裴婶叹了一口气："我知道，我知道，你的人品我是信得过的，不过一会儿离开宅子的时候，还是要检查一下，要是出了什么事，我也帮不了你。"

"知道，我当然知道了。"陈明亮一边赔笑，一边小心翼翼地拉着儿子上了楼，那里就是唐向晚的房间了。

陈曳抬脚，慢慢走了进去，年仅八岁的他站在巨大的房间里，显得格外渺小。

然后，他便看到了那架小型三角钢琴，曲线流畅而又优美，琴壳由许多层枫木和桃花心木压合而成，一眼看去，只觉得琴身高贵而典雅，在寂静的空间里散发着柔和的光泽。

陈曳看着看着，便不自觉地走了过去，睁大了眼睛，望着那架平常可望而不可即的钢琴，它是那么的大，大到需要踮脚的地步，而当他打开琴盖按下第一个键的时候，整个房间似乎都和这一声产生了共鸣，回荡着幽幽的琴音。

陈明亮看了看，便默默地退了出去。他是一个没有本事的父亲，没有办法给孩子创造最好的条件，只能用这种近乎不道德的方式来满足儿子微小的心愿。

裴婶见陈明亮下来了，叹了一口气，拿起碗一边擦一边念叨着："这样的事情还是要少做，唐老先生人好，但是夫人这个人你也是知道的，她可不会轻易放过你。"

陈明亮连忙赔着笑道："我知道我知道，就半个小时，我就带他走。"

裴婶点了点头，正要放下手中的碗，突然一惊，看向了门口。

那里突然传来了开门的声音,陈明亮心中一个"咯噔",当下几乎是一个趔趄,和裴婶对视了一眼,准备快速上楼把儿子抱下来,然而已经晚了,就在他转身的那一瞬间,门就已经打开了。

走进来的是一个七岁大的小姑娘,穿着一身GUCCIKIDS(古驰童装)的裙装和时下最新潮的童鞋,只是那双原本清澈的眼睛里满是和她年龄不符的疲倦,随后进来的是一个年轻貌美的女人,从头到脚无一不是名牌,手里拎着蛇皮手提包,高昂着头,跟在女儿的身后。

向岚进来的时候似乎愣了一下,看了陈明亮一眼:"你怎么在这儿?"

"夫人……我……"陈明亮紧张到面色发红,却一句话也说不出来,内心局促不安,想说些什么却都憋了回去,只是目光闪躲,不时朝楼上看去。

"算了。"向岚似乎并没有要多问的意思,看了裴婶一眼,蹬着十厘米高跟鞋转身就上了楼,对身后的唐向晚道,"赶紧上来把你这身衣服换了,一会儿我们要和姚阿姨一起吃饭。"

唐向晚软软糯糯地应了一声,跟着上了楼,走进了自己的房间,然后轻轻带上了房门。

房间里面空无一人,唐向晚正要朝衣柜走去,忽然发现自己那架钢琴的盖子开了,疑惑地歪了歪头。

也许是昨天睡觉之前忘记合上了吧。

唐向晚走了过去,一时兴起,随手弹了段不成调的曲子。

窗帘后面,男孩透过薄薄的棕纱静静凝望着她,耳朵捕捉到那段几乎可以说是难听的调子,嘴角却笑了起来。

看得出来她对音乐并没有任何兴趣,也没有一点天赋,她却拥有常人努力一辈子也难以拥有的顶尖钢琴,可是不知道为什么,他竟然一点也不嫉妒,只是有一点点羡慕而已。

唐向晚盖上盖子,转身走到了自己的衣柜面前。

"哗啦"一声打开了衣柜。

如同仙女拨开纯色的云层，显出里头灿烂的星光，一个七岁大的小姑娘，衣柜里满满都是奢侈品，看上去虽然色彩众多，实际上却几乎都是相当和谐的配色，陈曳就看着她从衣柜的这一头走到另一头，踱来踱去，犹豫不决。

"晚晚，换好了没有啊？"向岚在门外问道。

"还没有。"唐向晚见妈妈催了，随便用衣撑取了一件小西装下来，然后直接背过手拉开了背后的拉链，露出白洁的背部。

陈曳一愣，还没有反应过来脸就涨得通红，连忙闭上了眼睛。

虽然他才八岁，却已经知道男女有别了，闭上眼睛好久，刚才的画面居然还在脑海里挥之不去。陈曳红着脸拍了拍自己的脑，才发现刚才的小姑娘已经出了房间。

陈曳松了一口气，慢慢从窗帘后面走了出来，眼下最要紧的是尽快离开这里，他本身就不该出现在别人的房间里。

刚走出来，陈曳整个小身子就僵在了原地，因为有人拍了一下他的肩膀。

半晌，属于小姑娘的软糯声音质问道："你是谁？"

3. 像是从未靠近过的局外人

那一声出来，陈曳尴尬到连手都不知道该怎么放了。

"我……"

"你怎么会出现在我的房间里？"唐向晚走到他面前，虽然人小，气势却没有输，"我就说我的钢琴盖不会无缘无故打开的，说吧，你到底是什么人？"

陈曳沉默了半晌，决定如实相告："我爸爸带我来找裴婶有点事情，我听说楼上有架钢琴，就擅自进来了。"

"原来是这样，那你可真是胆大，随随便便进别人的房间，你怕不怕我报警啊。"唐向晚故意吓唬他，还做了个鬼脸。

陈曳腼腆地笑了笑，轻声答："怕，但你肯定不会。"

说完这句话的小陈曳似乎还想说些什么，又觉得这句话不太好，纠结了半

响后,还是忍不住说了出来:"还有,你弹的曲子可真难听。"

没想到他居然这么直接地批评了自己,唐向晚愣了愣,皱了皱眉,别扭道:"随便你怎么说,反正我本来就不喜欢弹钢琴。不过看在你比我们班的男同学都要好看的分上,我就不报警了。你赶紧走吧,要是被我妈发现,你就完了!"

"嗯嗯。"陈曳点了点头,准备离开,又忍不住回过头问了一句,"不喜欢钢琴,为什么要买?"

"啊?"唐向晚一愣,呆了好半天才回道,"我爸送我的生日礼物啊。"

空气凝滞了片刻。

"哦……"

"你呢,你喜欢弹钢琴?"唐向晚反问。

陈曳点了点头,没有多说话。

"你喜欢的话,我就送给你吧,反正我也用不上。"

小陈曳呆了一下,明知道是对方随口说的话,并不能当真,还是被眼前这个小姑娘的豪言壮语震惊到了。

此时,门外突然传来向岚的声音:"好了没有啊晚晚,你姚阿姨等着呢,怎么这么久了还没有换好啊,要不要妈妈给你挑?"

"啊,不用了不用了,马上就好了!"唐向晚连忙出声阻止。

"你太磨叽了,妈妈进来帮你挑。"向岚直接伸手推开了门,刚一打开就愣在了原地,看着房间里两个半大的孩子,半天都没缓过神来。

外面的裴婶和陈明亮心道不好,连忙跟着上了楼梯。

看着房间里的两个孩子,每个人都心思各异,陈明亮紧张得冷汗直下,向岚则是勃然大怒,上前一步就把女儿拉离了陈曳的身边,冲着对方吼道:"你是谁家孩子,怎么会在我女儿的房间里!"

陈曳满脸窘迫,却没有抬头去看自己的父亲。

"还有你,裴婶!"向岚转过身冲着裴婶吼道,"怎么看家的!怎么让小偷混进来的!"

吼着吼着气也没消，向岚直接上前拽着陈曳的胳膊就朝外拉："小小年纪不学好，学人家偷东西，跟我去派出所，把你的父母找过来，让他们好好教教你！"

陈曳本来就小，被猛地一拉，胳膊都差点给拽断了，他却一声不吭，只是闷着任由向岚把他朝外拽。眼看着陈明亮就要憋不住了，唐向晚忽然开口道："妈妈，你干什么呢？"

所有人都是一愣。

唐向晚直接上前将陈曳拉到了自己身后，丁点儿的个头，愣是生出了母鸡护小鸡的气势："这是我钢琴培训班的同学，是我让他过来教我练琴的，我之前都跟裴婶打好招呼了才放他进来的，是吧裴婶？"

"是是是！"一旁干着急的裴婶连忙附和。

向岚皱了皱眉，疑惑地看了小男孩一眼："不是你们合伙骗我的？"

"你不信，你让他弹一首给你听。"唐向晚直接走到钢琴面前，费了好大力气拉开凳子，笑着喊道，"过来啊李小飞。"

陈曳反应了一秒钟，才反应过来这个名字是在叫自己，不过她取名字也确实取得太随意了一点，后来的很长一段时间里，他都有点不适应，只是这种不适应，却成了他漫长人生里唯一的寄托。

在众人的注视下，陈曳看了自己的父亲一眼，然后抬脚走了过去，坐在和他身高不相匹配的琴凳上，抬手弹了起来。

其实他并没有系统地学习过，指法也有很多错误，但是向岚作为一个外行人也看不出来其中的关窍，主要是这孩子弹起琴来神采飞扬，手指飞快，让她也不自觉地恍惚了，只觉得坐在自己面前的是一个不可多得的神童。

让她产生这种感觉的，主要还是他所弹奏出来的音乐，那是巴赫的《哥德堡变奏曲》，整个乐感听起来就像是在织毛衣一样，节奏明快，规律明朗，完全听不出来是一个这么大的孩子弹奏出来的。

男孩纤长的睫毛在脸上刷下一排阴影，手指化身为舞者的脚步，整个人看上去无比认真。

一曲终了,没有人说话。

陈明亮松了一口气,向岚也终于相信了他们的话。

唐向晚眨巴着大眼睛看着面前那个衣着朴素的男孩儿,只觉得心里头说不出来的难受,却连她自己也不知道自己在难受什么,他的眼睛里明明有星光,却无法存在于浩瀚的宇宙里。

价值八十五万的钢琴近在眼前,陈曳将手收了回来,似乎不敢多停留一秒,然后他转过头来,看了唐向晚一眼,笑了起来。

"谢谢你。"

那一眼,有点长。

长到后来很长一段时间里,男孩儿长成了少年,无数次骑着单车路过她家楼下时,总会如当时一样看着那扇亮着灯的窗户,一看,就是很多年。

"我叫你出去,你听不见吗?"

唐向晚的声音把陈曳拉回了现实,他皱起了眉,却看不清那边到底发生了些什么。

余烬站在原地,有些恼怒,目光也渐渐变得暗淡了起来。他抬起眼眸,带着些卑微的神色看向了面前的人:"你就这么讨厌我?"

"我为什么要讨厌你。"唐向晚只觉得他像个小孩子一样胡闹,毫不在意地说,"只是现在天都快黑了,你再不走的话,有人又要说闲话了。"

"我不在乎。"

"可我在乎啊。"唐向晚皱起了眉,直直地看向他,"我还要嫁人呢。"

她这句话实在是有些伤人,余烬的心一下子沉到了湖底,眼底的光一点一点暗淡了下去。

他其实是个相当有耐心的人,大学期间,向来不务正业的他也能为了一个女孩子收起玩心,亲手帮她抄实验报告,帮她答过的"到"连起来都可以唱一首《结婚进行曲》了,只是他做的那一切在对方看来,似乎只是朋友之间的事情罢了。

他也不知道为什么自己偏偏就喜欢上了她，偏偏就只想娶她。

除了她之外，未来人生的规划里，从来就没有别的人。

似乎是四年来的感情都集中在一起爆发了，余烬突然上前一步将她卡在了门后，声音都有些歇斯底里了。

"唐向晚，你能不能看到我一次，哪怕只有一次。"

可能是人生中第一次做出这么冲动的事情，余烬低头想要说些什么的时候，却什么也说不出来。于是，他便伸出手，第一次，紧紧将她搂在了怀里。

那样炙热的拥抱来得太过于突然，唐向晚彻底呆住了。

成熟的男人气息就那么扑面而来，突兀到无法想象，唐向晚猛地撞在他坚硬的胸膛上，只觉得鼻梁被硌了一下，连气都没能喘上来。

唐向晚下意识地将头偏向一边，将脑袋从余烬的胸膛中钻了出来，一瞬之间，大片大片的空气便跟着灌了进来，鼻息之间是余烬那带着些侵略的气息，强势而又专横，不给她片刻空间。

"你就不能考虑……嫁给我吗？"

唐向晚终于生气了，一把将他推开，沉声道："余烬，你能不能成熟一点？"

"我不能。"

余烬的眼神里多了很多说不清道不明的东西，和从前每一次表白被拒绝的时候都不一样，一股失落的情绪从心底渐渐弥漫开来，但里面除了失落，更多了一些绝望的意味。

"晚晚，你就给我一点希望……"似乎是抓住了最后一根救命稻草，余烬的声音是那么低，与他从前的状态全然不符。

唐向晚皱起了眉，想要说些什么，却又无从说起。

此时此刻，余烬的身后突然响起了一个冷冽的男声。

"她不想给。"

空气在一瞬间凝固了，余烬有些不敢置信地回过头，于是他便看到了那个

据说是自己最大的情敌的男人,就那么站在自己身后,静静看着他。

陈曳走上前来,也不多说什么,只是上前拉着唐向晚便朝门外走去,动作流畅到……似乎已经练习过千遍万遍一样。

唐向晚整个人都呆住了,她没有想到陈曳会在这个时候出来,正如她也没有想到余烬刚才会做出那些事一样。而此时此刻,她只是呆呆地跟着陈曳朝外走去,幸福到找不到东南西北。

余烬整个人僵在原地。

风毫不留情地掠过窗帘向他吹来,就如同他这些年做过的梦一样,干干净净,却又虚无缥缈。

4. 一生一次孤注一掷

傍晚时分的大街上,行人并不是很多,车流却依旧不减。

唐向晚跟在陈曳身后,紧张到连一句话也说不出来。她似乎全然没有料到对方会有这个举动,她以为一直都是自己默默追随在他身后,只要自己不主动,就跟对方永远没有交集了。

可是她没有想到,他竟然就这么拉着自己出来了,也不知道是为了解决自己的尴尬,还是什么别的原因呢。

"你要带我去哪儿啊?"唐向晚带着满心的期待,小心翼翼地问。

"去一个地方。"

"废话,我当然知道是要去一个地方了。"唐向晚有点紧张地跟在他身后,"是什么地方啊?"

"你不是一直想听我唱歌吗?那我就唱给你听。"

尽管脑子里一路上闪过了无数种猜测,但是当唐向晚踏入酒吧门口的时候,还是愣了一下。

陈曳示意她坐在离人群稍微远一点的角落里,然后直接走了上去。看上去他显然已经是这里的熟人了,不少人一捕捉到他的身影便立刻叫起了他的名字。

"陈曳你迟到了哦!"

唐向晚有些茫然地看着他走过去,看着他抓着麦站在台上的模样,看着他身后乐队极其自然地为他伴着奏。

这样的场景让她慌了慌神,只觉得自己好像从未了解过他这个人,看见他唱歌的样子,恍然间想起之前让他参与新电影主题曲的事情,便拿出手机给制片人发了个消息,约了一下见面的时间。对方回应了之后,唐向晚才放下手机朝台上看去,陈曳还是站在那里,眼神静静地望着她,似乎是在等她放下手机,才打算唱第一句。

见唐向晚的眼神飘了过来,他唱了第一句,温柔缱绻。

恍惚间,唐向晚的眼神里忽然多了许多说不清道不明的东西,其实她并不是第一次听他唱歌了。

往日情形渐渐在她面前浮现,真实而又虚无。

……

"这次校园歌手大赛,学校决定让你担任评委之一,你一向是我们学校的门面担当,这次比赛又有不少媒体过来,要好好表现。"马主任看了唐向晚一眼,将一份细则交到了她的手中。

"这不太好吧老师……"唐向晚瞥了一眼她递过来的东西,"我对乐理一窍不通,让我去做评委,岂不是很不公平吗?"

"这有什么公不公平可言的,除了你之外,还有另外几个学生会的孩子都是评委,比赛之前,音乐老师会给你们仔细讲清楚评分细则的,你就不用担心了。"

"可是……"唐向晚还是有些不敢。

"别可是了,比赛这几天全校暂停上课,不会影响你的学业的,不过你如果实在是有顾虑的话……"

唐向晚正纠结的时候,身后传来了女孩儿们的讨论声:

"听说了吗,三班的陈曳也要参加这次校园歌手大赛呢!"

"天哪天哪，真的吗？不行不行，我得回家去借个相机才行，男神上台唱歌的画面怎么能不记录下来呢！"

同年级的姑娘们叽叽喳喳地从唐向晚的面前走过，耳朵捕捉到那两个字的唐向晚一下子抬起头来，全身上下如同过了电一样。

"老师，我愿意！"

没想到她变卦变得这么快，马主任疑惑地瞥了她一眼，清咳了两声，道："那你就去准备吧。"

很快便到了初赛的日子，为了这个比赛，学校特意停课三天，在这个凡事以升学率为重的学校，除了运动会，大概也就校园歌手大赛才会有这么轻松的时候了。

体育馆里人声鼎沸，汗水挟裹着空气中隐约传来的花香味，这莫名的花香便是从学校特意买来摆放在评委席旁的花瓶中传来的，唐向晚抬起眼皮瞥了一眼周围。

舞台上目前空无一人，四周的阶梯上已经坐满了人，大部分人都穿着蓝白相间的校服，叽叽喳喳吵得人头都要炸了。

"喂，喂喂喂，同学们，同学们，保持安静。"主持人在一旁开始试话筒了，环顾一圈之后对着话筒道，"请参赛的同学到评委席抽号，抽到什么数字就是第几个上场。"

说完，坐在前面一排的参赛同学便起身朝这边走了过来。

捕捉到那个颀长的身影后，唐向晚的心脏突然开始怦怦直跳，深吸了一口气，猛灌了一口矿泉水，然后对着一旁整理抽签桶的同学道："我来吧。"

那女孩儿愣了一下，便递给了她，这种活别人向来都是避之不及的，因为又要协调又要沟通，不知道她怎么会主动要求做这件事。

唐向晚再次深吸了一口气，尽量让自己脸上表现得平静一点。

各个年级不同的参赛同学都一一上来抽号，抽到靠前的或者靠后的都是怨声载道，靠前容易拿不到高分，靠后又需要等太久，大家都希望抽到中间的号。

唐向晚迅速在表格上记下了每个同学的上场次序，刚放下笔准备给下一个同学抽的时候，突然感受到了一缕熟悉的气息，和那日在操场放孔明灯时一样，带着些许松木的香气，干净而又醇和，甚至还能依稀听见夏日里的蝉鸣，那样独特而又清新。

那人稍微近了近，将手中的字条搁在了她的表格上，然后转身离去了。

唐向晚抬起头的时候，只看见了一个蓝白相间的清瘦背影。

唐向晚一动不动，连四肢几乎都僵硬了，等她再次反应过来的时候，陈曳已经消失在了人群中。

"你怎么了？"旁边的女孩儿用手肘碰了碰她，"该抽下一个了。"

"哦……好。"唐向晚懊恼地将抽签桶朝下一个人递了过去，然后看见了自己面前的那个字条，愣了一下。

上面简简单单地写着一个"1"字。

陈曳的运气也是厉害了，居然直接抽到了第一个上场。只是她最难过的，却是刚才的那一幕，她接下了评委这个差事，又忙活了半天，就是为了能跟他说上一句话，最后却只看见他一个背影。

连一句对话都是奢侈。

唐向晚静静坐在酒吧的角落里，不说话，也不喝酒，只是远远注视着那个灯光下同样发着光的男人。

这么多年过去了，他永远都是那样，只要一支麦、一盏灯，就如同站在世界中央，哪怕是世间光华璀璨的翡翠，也抵不上他眼里半点星光。

其实这个酒吧并不算太过于吵闹，而他干净醇和的声音也在这样的环境下格外清晰，面色苍白的少年抓着麦，也不知注视着什么方向。

唐向晚支着下巴，远远望着他，现实和记忆渐渐重合，许多岁月翻腾而过，清晰地浮现在眼前。

……

"第一个上场的是高二(3)班的陈曳,他演唱的是《今天只唱一首歌》。"

体育馆中突然爆发出一阵惊天动地的尖叫声,唐向晚蹙了蹙眉,有些不开心,这些尖叫声一听就是那些高一的小学妹发出来的,原来除了自己,还有这么多人喜欢他。这种和人分享的感觉让她感到些许失落,但除了失落之外,更多的却是为他骄傲。

这就是她的男神啊,被所有人喜欢着,骄傲肆意而又张扬地活在这个世界上,不容任何人置疑。

"《今天只唱一首歌》?我怎么没听过这个名字啊,是谁的歌?刚出来的新歌吗?"

"这你就不知道了吧,这是陈曳自己写的歌。真的不愧是男神啊,成绩又好,长得又帅,会自己编曲,还会弹钢琴呢!我看这次校园歌手大赛就是为他量身打造的,他一上去,谁还敢下一个上场?"

"那又怎么样,整个一中谁不知道陈曳已经有喜欢的人了,你们与其在这里叽叽歪歪,还不如去调查一下,他喜欢的那个人到底是谁。"

唐向晚愣了一下,看了一眼说话的人,心中有些莫名的情绪涌动着。

整个一中谁不知道陈曳已经有喜欢的人了……

她明明知道,却总是装作不知道。和陈曳表白的人实在是太多了,基本上每个班都能找出一堆他的小迷妹儿,但是听说每次有人和他表白,他都会以自己已经有喜欢的人作为拒绝借口,久而久之,也就没有人再敢去跟他表白了。

台下的声音似乎完全无法影响到陈曳,他看了一眼台下,握着话筒的手便轻轻放在了唇边,启唇道:"这首我第一次写的歌,送给你。"

5. 今天只唱一首歌

话刚落音,台下一阵尖叫。除了那些呐喊的少女之外,反应最大的却是校领导,猛拍桌子道:"这些孩子,好好的比赛吵吵什么,脑壳都疼了!"

领导反应再大,也影响不到台上的他。陈曳开了第一句嗓,那第一声便如同水银流泻,在空旷的体育馆中缓缓流淌着。

"天哪天哪天哪,不能呼吸了!"

"啊啊啊,好帅啊!怎么可以这么帅!我真的想嫁给他——"

台下人群尖叫,唐向晚却好似被什么东西电了一下,怔在了原地。

总是听说这个世界上有一种叫作即视感的现象,也就是觉得眼前发生过的事情似曾相识。此时此刻,唐向晚就有这种感觉,明明听她们说,这首歌是陈曳自己编曲作曲的新歌,应该是从来没有公开演唱过,可是不知道为什么,她总觉得这旋律似曾相识,仿佛曾经在什么地方听过似的。

她听过这旋律,一定有听过。

……
今天只唱一首歌,唱给一个骄傲的姑娘。
她是明月是朝阳,是我梦寐的宝藏。
笑起来是温柔蜜糖,一眨眼就点亮了长夜星光,
愿有一天能得到这奖赏。

唐向晚有些茫然地抬头,看着台上发着光的少年。他总是那样,随随便便就能吸引所有人的注意,也理所当然无法注意到她的存在,哪怕自己努力做到与他比肩,也无法赢得他的片刻视线。

今天只唱一首歌,散场之前唱完这首歌。
永远做她的少年,把吻她当作愿望。
在人海声潮,在绝壁悬崖,在咫尺身旁。
在她生命里第一个到场。

唱完这一句后,台上那人忽然瞥了她一眼。

　　撞上他视线的那一刻，整个世界忽然变得明亮了起来，光影斑驳之下，连冰雪都消融了。

　　那一瞬间，带着惊慌失措的惊诧，唐向晚的心跳都漏了半拍，当然，漏的不只是她的心跳，还有那人的歌。

　　不知道是发生了什么，本来发挥稳定的陈曳突然慢了一拍，和伴奏没有对上，虽然后面接上来了，但是中间这点瑕疵，也足够引起众人的讨论：

　　"天哪，陈曳刚才是怎么了，走神了吗？"

　　"我知道我知道，他刚才朝我们这边看了一眼，一定是看到我了，然后被我的美貌所打动，才走神的！"

　　"要点脸，男神看谁也不会看你啊。"

　　……

　　一旁观众席上的女同学们插科打诨，唐向晚却久久没有回过神来，半晌，不可思议地捂住了脸，刚才发生的一幕就好像是在做梦一样，一点真实感都没有。

　　他看她了。

　　唐向晚心神大乱。

　　初赛结束了，陈曳自然是拿了高二组的第一名，连一点悬念都没有。但初赛只是一个开始，第二天晚上还要举办决赛，只有在决赛中拿到前三名的人，才能拿到那笔丰厚的奖金。

　　整个一中，所有人都知道，这次决赛，陈曳一定会是第一名。

　　没有争议，没有悬念。

　　于是在初赛结束之后，唐向晚无论走在哪里，都能听见大家讨论这次比赛的声音，即使是在接水的时候也不例外。

　　"哇，刚才陈曳唱歌之前说的那句话实在是太帅了，你没看到校领导脸都白了吗。太浪漫了，太勇敢了，如果我是那个女孩儿，折寿十年我都愿意啊！"

　　"那你知道陈曳喜欢的人是谁吗？好像从来都没有听他说起来过，但是只要有女生跟他表白，他都会说自己有喜欢的人了。"

唐向晚耳朵一竖，拿着杯子不紧不慢地挪到她们身后，准备偷听。

"我知道我知道！"有人插话道，"听说是隔壁二中的一个女老大，整天抽烟喝酒穿露脐装的那种！可帅了，像陈曳这样的人，应该就喜欢那种女孩儿。"

"瞎造什么谣，我听说他喜欢的是高三的一个学姐，成绩可好了，就是七班的那个，叫什么什么敏的……次次都考年级第一呢，听说最近还要参加清华的自主招生考试。"

听了半天也没听到什么有价值的东西，唐向晚拿着水杯又折了回来，站在祝萌萌身边，唉声叹气。

"怎么了我的唐小鸭。"祝萌萌无奈地看了她一眼，"整得跟刚失恋似的。"

"和失恋有什么区别……"唐向晚瞥了她一眼，心情糟糕透了，也没心思打水了，"如果有一天，你喜欢的人已经有喜欢的人了，你也会跟我一样难过的。"

祝萌萌白了她一眼，随口道："有喜欢的人怎么了，就算我喜欢的人结婚了，老娘也照样把他给抢过来！"

"哇，你这么了不起呢。"唐向晚也白了她一眼，"我都这个样子了，你还说风凉话。"

"与其和那些花痴小姑娘一样纠结他是不是有喜欢的人了，不如来猜一下你男神决赛会唱什么歌吧。"祝萌萌朝周围看了看，然后从兜里掏出来一张饭卡。

"你干吗？"唐向晚瞥了她一眼，满脸不屑。

"赌啊，我赌他决赛还会唱自己写的歌，就赌这张饭卡里剩的钱，怎么样？"

"谁要跟你赌了，姐姐我还缺你饭卡里这点钱啊。"唐向晚端着杯子就要走。

"你就猜一下嘛，又不会死。里面有七十块呢！"祝萌萌在身后诱惑道。

"好吧好吧。"唐向晚满脑子都是陈曳有喜欢的人，心情低落不已，懒得跟她继续纠缠，有些无奈地随口道，"《你是我的玫瑰花》。"

祝萌萌无语："你能不能认真一点？不带这么敷衍我的，你以为你男神跟你一个听歌品位啊！"

"你什么意思,《你是我的玫瑰花》明明很好听啊,热情似火好嘛!我最近 MP3 里天天循环,你才没有听歌品位呢。"

水打完了,两人打打闹闹朝远处走去,身影渐行渐远。

决赛的时间是第二天的晚上,备受期待的时刻总是来得很快,整个一中上上下下几乎所有学生都到齐了,甚至还有不少外校的人想办法混进来看。一中每年的校园歌手大赛都是一场盛会,尤其是决赛,就连省电视台都会转播。

当然,决赛的时候唐向晚自然就不可能是评委了,评委都是学校的领导、音乐老师,以及市电视台的部分工作人员。好在祝萌萌的妈妈在省台工作,这次过来转播的工作人员有不少人都跟她熟识,祝萌萌便拉着唐向晚坐在了前排摄像大哥的旁边。

决赛的选手还是很多,这一次陈曳并没有倒霉抽到第一个,而是抽到了最后一个。前面的很多同学虽然也都唱得很好,但是唐向晚总是觉得没什么兴趣,全程昏昏欲睡,好几次被祝萌萌一巴掌拍醒,才强撑着坐好继续看。

所以轮到陈曳的时候,场上的人已经走了一大半,其实若不是因为他最后一个上场,场上的人估计早就已经走空了。

"接下来上场的是高二组的第一名,陈曳同学。"主持人带着标准的笑容,看着手中的牌子,然后面色有些僵硬地继续道,"他演唱的曲目是……"

主持人的话还没有落音,伴奏就已经先放了出来,主持人愣了一下,朝录音老师那边看了过去,却见对方也是一脸茫然,这才发现身后上场的那人背着一把吉他,对着话筒直接为自己伴奏了。

一朵花儿开,就有一朵花儿败——
满山的鲜花,只有你是我的珍爱。

陈曳一开嗓,现场就传来一片尖叫声,男声女声都有,此起彼伏,和之前的气氛相比基本上就是一个天上一个地下，如果不是台上还挂着一中的背景板，还以为是哪个明星过来开演唱会了。

  好好地等待，等你这朵玫瑰开。
  满山的鲜花，只有你最可爱——

  所有人都在尖叫，只有两个人是石化的。
  唐向晚呆住没说话，祝萌萌手上的薯片差点掉在了地上。
  陈曳抱着吉他，闭着眼睛随意地唱着，台下热情却是一浪高过一浪，几乎要听不见台上的声音了。

  你是我的玫瑰，你是我的花，
  你是我的爱人，是我的牵挂——

  明艳而又张扬的舞台灯光下，那人明亮的眼眸，像是从千年珠蚌中孕育而出的珍珠。
  唇红齿白的少年，抱着吉他，下颌的线条完美又坚毅，将"清风霁月"和"肆意张扬"两个毫不相关的词结合在了一起，像是从漫画里面走出来的少年一样，让人心醉不已。
  祝萌萌手里的薯片塞了三分钟都没塞进嘴里，傻了吧唧地看着台上的陈曳，然后僵硬地将手伸进口袋里，拿出那张饭卡，郑重地放在了唐向晚的手中。
  "唐小鸭，你真是走了狗屎运啊你，没想到你男神听歌跟你一个品位，这七十块钱就归你了，好好吃顿饭，别在小卖部乱刷糟蹋我的饭卡！"
  唐向晚一扬刘海，选择性地无视了她话中的嘲讽意味，骄傲道："那是。"心中却是一片清风拂过的悸动。
  原来自己和他并不是那么遥远啊。

至少,他也会听自己这种凡人听的歌。

6. 最不擅长的就是遗忘

时光匆匆而过,在细碎的窗缝里投下一点点微弱的光影,却根本无从抓起。

台上的人好像一点也没有变,他似乎天生就适合这样的地方,被人群簇拥着,没有一丝怯意。似乎他只有在这种地方,他才是真正的他,少年意气,肆意张扬。

酒吧里的人也和当初学校那群同学一样闹着叫着,在这样的喧嚣之下,唐向晚只觉得恍如隔世,恍然间以为自己又回到了哪个时刻,在台下渺小而又卑微地看着他。

人在这种时候总是精力充沛的,看着大家都在"嗨",唐向晚也要了两瓶精酿啤酒,跟着大家一起闹了起来,那些认识的,或者是不认识的,很快就聊在了一起。

"总觉得你有点眼熟啊妹子,我们是不是在哪儿见过?"

唐向晚本来就长得标致,上来搭讪的男人一个接一个,只是这人倒并没有撒谎,他是真的觉得好像在哪里见过她似的。

唐向晚不是很想搭理他,却还是回道:"眼熟吗?"

"特别熟!"那人刚回了一句,一旁的朋友也围了过来,带着一身的酒气搭上了她的肩膀,阴阳怪气地问着自己的朋友:"哟,什么时候搭上的,不赖嘛。"

台上陈曳正唱着副歌部分,一句还没有唱完,眼神在人群中寻找着某人。

正好看到了这一幕。

"啧……"

陈曳低骂了一声,歌也不唱了,丢下话筒直接走了下来。

这个字从音响里蹦了出来,周围的人直接蒙了,好多人都没有反应过来,但目光都一致地跟着他看了过去,甚至还有不少人从座位上站了起来,原本乱糟糟的酒吧忽然变得安静了许多。

陈曳走下台之后,拨开了唐向晚身边两个乱七八糟的人,直接走到了她面前,眼神有些不悦:"你有病啊你喝酒。"

那两个人见他过来了,只当这个妞是名花有主了,便自觉散开了。

唐向晚抬起头来,目光有些迷醉地看向了他,笑着说道:"来酒吧不喝酒干什么呢?"

陈曳皱起眉头,有些不知道说什么,想来也是自己的问题,根本就不该带她来这种地方。他原本只是想带她过来听自己唱歌的,却没想到这一层,看来还是不该带她过来,还是早点把她送回去才是。

正要说些什么的时候,唐向晚带着醉意看了他一眼,忽然伸手拉着他的耳朵,把他朝自己的方向拉了过来,然后小声在他耳边道:"男神,我告诉你一个秘密。"

周围很吵闹,人声嘈杂不已,这一刻,陈曳却似乎只能听见她的声音。

"我就是想喝醉,这样你就能送我回家了,你就能跟我一起回家。"

这话说得,一听就是有些喝醉了,才把自己的真实想法暴露了出来,也不知道她醒来之后会不会后悔说出这句话。陈曳只觉得又好气又好笑,但面对这样的她,他也不知道该说些什么,过了好半天,他才从喉咙里挤出几个字来:"好,我送你回家。"

说罢,他直接将唐向晚打横抱了起来,女孩儿本来就不高,人又娇小,横抱起来就像个猫似的。

见他打算要离开,老板连忙过来拦住他,有些打趣道:"你这就要走了吗,今天晚上才唱了一首歌呢,你要是走了的话,今天的工钱就不给你结了哦。"

光怪陆离的灯影之下,陈曳的背影看起来是那样的冷寂,而除了这份清冷之外,似乎还多了些意外的坚定。

"不用结了。"

午夜时分的街上,行人明显已经少了很多,几乎可以说是没有几个人在路上走了,一路上也只有夜宵摊还开着门,老板拿着蒲扇坐在摊上,一边玩手机

一边等客人。

沿路暖黄色的街灯带着温和的光芒,照在两人的身上,平静而又温暖。

走了一条街,陈曳将唐向晚放了下来,小声问道:"抱累了,背你好不好?"

"不好。"唐向晚闭着眼睛,也不看他,直接拒绝了,"就要你抱。"

陈曳有些无奈,知道她喝醉了,说出来的话可能自己也没什么意识,这个时候也不知道该如何应对了,只喃喃道:"那你还不减肥。"

已经喝得烂醉的唐向晚将眼睛睁开了一条缝,好奇地问:"我们为什么不坐车呢?"

两人停留的地方太凑巧,街灯的光从上自下照了过来,晃得人睁不开眼睛,少女的乌发光泽如瀑,陈曳却有些发怔地看着女孩儿的眼睛,那双眼睛里有着比灯光还要耀眼的东西,他却无法分清是什么。

只觉得她眼里有漩涡,一直牵引着他朝里面看去,陈曳凝视了她许久。

半晌,他忽然低下头去,在她耳边轻声说道:"我也告诉你一个秘密吧。"

"什么秘密?"唐向晚嘻嘻笑着。

"因为坐车的话,时间太短了。"

说完这句话之后,陈曳觉得自己可能是疯了,轻咳了一声就直接将她背起来,继续朝前走着,似乎是为了掩饰自己的尴尬,脚步也变快了许多。

喝醉了酒的唐向晚智商基本是负的,根本没有听懂这句话,还在那里问:"短?为什么短?陈曳,我眼睛里有好多星星啊。"

陈曳懒得搭理她,背着她径自朝前走着,甚至松了一口气,还好她没有听懂这句话的意思。

唐向晚忽然开始唱起了歌,在空无一人的大马路上,声音显得格外突兀。

"一闪一闪亮晶晶,满天都是小星星,啊!星星还是那个星星哟,月亮也还是那个月亮……哦,哦,只有那篱笆墙,影子咋那么长。长亭外,古道边,一行白鹭上青天,天上掉下个林妹妹哟,妹妹你坐船头……"

陈曳皱着眉,忽然顿住了脚步,喃喃自语:"弹琴弹得乱七八糟,唱歌也五音不全……"

"你说什么?"唐向晚停下高歌,大声问道。

……

陈曳久久地沉默着,也不看她,也不说话。

周遭是难得的默契和宁静。

陈曳偏过头来,对上了她的眼睛。目光也渐渐变得晦暗不明,而那一瞬间,万千星辰似乎都汇于一处了,在那人半醉半醒的眼底闪耀着异样的光彩。此时此刻的陈曳,似乎终于明白了什么叫作近乡情怯。

小时候看童话故事,白马王子和公主最后永远都会在一起,灰姑娘和王子也可以在一起,却偏偏没有那最后一种可能——灰少年和公主。

大概连安徒生自己也觉得,灰少年,是配不上公主的吧。

如浆果一般的双唇近在咫尺,似乎只要他一侧身,就能够触碰到了。陈曳目光下移,看着她的目光有些温热,却又是一片清明。最终却将脸又侧了回来,看向了前方的路灯。

成熟却又带着点青涩的松木气息就在身旁,唐向晚一瞬间酒醒了一大半,定定地看着那个人的侧脸。他的眉宇间似乎藏着山川湖海,精致的下颌弧度如天神造就,浓密的长睫之下,是带着光辉的星瞳。

"你一直在担心我还记不记得你,却不知道,是你一直记不起我。还好你不记得我,今晚也不要记得了。"

陈曳低低一笑,笑容温暖明亮。

被他难得出现的笑容蛊惑了心神,全然没有听见他后面的话,唐向晚顿时瞪大了眼睛,酒都醒了一大半:"你再说一遍,我没有听清!"

陈曳当然不会再说一遍了,笑了笑,迈步朝前走去。

清晨的阳光打在她的脸上,带着些温柔的意味,唐向晚从睡梦中醒来的时候,身边已经空无一人了。

她有些茫然地从床上坐了起来,呆呆地看着周围,这里……是她自己的房间,熟悉的布局,熟悉的味道,却只剩下了自己。

一旁的床头柜上放着一杯温水,似乎还冒着点热气,想来,那个人应该是刚走不久吧。

唐向晚捂着自己的头,昨天的事情,都有些记不清了,只记得自己似乎是喝多了,说了很多不该说的话。

身上还穿着昨天的衣服,唐向晚低头看了看,不知道是该哭还是该笑。而当她起身走到客厅的时候,却看见了客厅茶几上的那张字条,字条上还压着一串没见过的钥匙。

"换新锁了,记得保管好钥匙。"

唐向晚看着字条上那有力的字迹,内心忽然一暖,好像有什么东西在她心上缓缓拂过去了似的。

陈曳,是在关心她的吧。

昨天和导演、制片人约好了下午要谈一谈主题曲的事情,唐向晚看了看手表,松了一口气,好在醒来得及时,一切都还来得及。

她连忙给陈曳发了个消息,让他记得今天不要迟到,却在此时收到了向岚发来的微信——

"晚晚啊,陪妈妈参加一个饭局。"

唐向晚抚了抚额头,一时语塞。

7. 你的人生很有趣吗

"晚晚啊,快过来坐。"

"晚晚坐这边吧,让阿姨好好看看你,这么些日子没见了,我们晚晚又长漂亮了。"

"是呢是呢,晚晚又懂事,又能自己挣钱,比咱们的孩子可有出息多了!"

一群衣着华贵的女人将唐向晚团团围住,向岚站在一边,满脸都是春风得意,听着众人夸耀自己女儿多么有出息，就好像在夸自己一样开心。

唐向晚笑着一一礼貌回应，昨天喝得实在是有点太多了，到现在脑袋都有点晕晕乎乎的。

她坐在母亲身边之后，才拿出手机和身边的母亲发了一条微信。

"不是说了咱们现在没什么钱了吗，怎么还和这群朋友来往？"

很快，向岚有些不高兴地瞥了她一眼，打字回复。

"怎么，你还不让妈妈交朋友了？这些都是妈妈真心交来的朋友，你不要乱说话啊。"

唐向晚有些无奈，却又找不到什么话去反驳。想到爸爸去世之前，这些贵妇一个个都上赶着巴结她妈，各种打交道、攀关系，爸爸去世之后很长一段时间里，这群人基本上就好像是人间蒸发了一样，和妈妈淡了联系。如果不是这几年自己渐渐熬出了头，她们也不会再次围上来的。

看了身边的向岚一眼，唐向晚想起了继父可怕的嘴脸，很想将事情的始末全部告诉妈妈，可是继父钟谦说过的那些话一直在耳边回响着，虽然不知道他说的那些话有几分可信度，但是万一他真的伤害妈妈，自己也无法控制。

在她还没有想好万全之策前，暂时还是先不要把这件事情告诉妈妈吧。

菜一道接着一道上来了，一旁的阿姨们打开了话匣子，从前几年的朋友离婚之后嫁了小她十岁的老公，到谁谁谁家的孩子考上了国内最高学府，断断续续聊了十几分钟。

十二点五十分。

唐向晚看了看时间，有点着急，她和陈曳约好了两点钟去见导演的，不知道吃完饭还来不来得及。

"晚晚啊，上次给你介绍的那个小梁你们还有联系吗？"

唐向晚愣了一下，半天才反应过来她说的是那天那位据说是硕博连读，回国后经营着一家珠宝公司的男人。她尴尬地回道："谢谢阿姨介绍，但可能是没什么缘分吧。"

说实在的,还真要谢谢这位伯母,要不是她精心安排了这场相亲,恐怕自己也没机会遇到陈曳了。

"怎么会没有缘分呢,你看你们两个,郎才女貌,多么般配啊。"穿着貂衣的中年女人掩着嘴笑道,"像咱们晚晚这样的才女啊,就应该找个这样的男人嫁了,男主外,女主内,以后日子才能过得舒坦,感情是可以慢慢培养的嘛。"

唐向晚有点不高兴,自己都明确表明没有缘分了,对方还在这里劝。照以前的她的脾气,大概就直接站起来甩脸色了,跟陈曳待久了之后,在处理这种事情上也要比以往冷静许多,不再像以前那么幼稚了。于是,她深吸了一口气,沉声道:"谢谢阿姨,我暂时还不想结婚。"

向岚连忙碰了碰她的胳膊,示意她不要乱说话。

一旁的阿姨们纷纷开始窃窃私语了起来,一个人道:"晚晚,你这就不对了,你看你现在事业有成,又青春貌美,怎么能不结婚呢,等过几年你年纪大了,想要找到另一半可就难了,这种例子阿姨可见的多了。"

"哎呀刘姐啊,你不知道,谁说咱们晚晚嫁不出去的,你没看报纸吗?晚晚可是大耀传媒董事长余绪的准儿媳呢。"

一群人又开始窃窃私语了起来,有些惊叹,好几个人还打算上来巴结巴结。

"不是。"唐向晚突然极其冷漠地回应。

气氛一下子下降到冰点,所有人都愣住了,就连向岚也被自己女儿突如其来的冰冷态度吓到了,一时失语。

说出这句话的那位阿姨发现自己好像是说错话了,掩了掩嘴,连忙出声转移话题:"哎呀,咱们晚晚不是写小说的吗?什么时候有空帮我们这群阿姨写几本书啊,我一直都很想把我和我丈夫的爱情故事记录下来呢。"

唐向晚没有说话,低头看着面前的碗。

"哎呀,林太太,快讲讲你和你丈夫的故事吧。"

那人口中的林太太打开了话匣子,滔滔不绝:"我和我丈夫结婚二十年了,我们是在一个聚会上认识的,我们两个人一见钟情,后来我们就相爱了,然后我们生下了爱情的结晶，虽然他每天公司的事情都很忙，但是他一直都对我很好。"

"哇，原来莫总是这么好的男人啊！晚晚，听到了吗？还不快帮你林阿姨写一本书。"

唐向晚真的有点恼火了，但她一想到陈曳不喜欢幼稚任性的自己，还是忍了下来，淡声道："不想写。"

"为什么？"林太太非常不可思议地问，"你不是写小说的吗，这些都是我给你提供的素材啊，平常我可都不跟人提的，你要知道珍惜啊晚晚。"

唐向晚实在忍不住了，微笑："不好意思，这素材太普通了我看不上。"

"晚晚，你怎么能这么说话呢，阿姨明明是好心帮你啊。"

"好啊，我写也可以，"唐向晚将面前的餐具拨到了一边，将手肘放在了桌子上，认真地问，"多少钱？"

"什么多少钱？"林太太有点蒙。

"我近期明码标价千字三千，请付钱，谢谢。"

现场一片哗然，议论纷纷。向岚只觉得自己的老脸都被女儿丢干净了，连忙就要站起来给她打圆场，没想到唐向晚直接先她一步站了起来，毫不客气地怼道："多大的脸要我给你的人生写一本书，你的人生很有趣吗？"然后直接拎着包离开了餐厅。

剩下的空气一片凝滞。

过了很长一段时间，长到所有人都以为她已经走远了，贵妇们才纷纷开始谈论了起来，嘴上唾沫纷飞：

"这孩子真是不懂事，果然没有爸爸教的孩子就是这样没教养，还好我儿子已经结婚了，否则谁家摊上这样一个儿媳，真是要倒大霉了。"

"是啊，以为自己有点小名气就很了不起了吗？这么狂妄自大不谦虚的人，迟早有一天会从高处摔下来的。"

向岚尴尬地坐在原处，脸色铁青。

唐向晚拎着包,下了车就一路小跑,直到看见了站在不远处的陈曳,才松了一口气。

"不好意思,我来晚了。"

也许是经历了昨天的事情,感觉和陈曳之间的距离近了很多,唐向晚抿了抿唇,看了看他接过去的包,露出了娇羞的小表情,然后便屁颠屁颠跟在他身后。

"干什么去了?"

见陈曳问了,唐向晚便将刚才的事情同他讲了一遍,连那些人脸上是什么反应,有什么小动作都讲得一清二楚。她本来就是写小说的人,同陈曳复述这件事情的时候也是绘声绘色,直接还原了当时的所有场景。

陈曳听完之后,沉默了片刻,忽然开口道:"你就不能成熟一点吗?今天你逞一时之快说出了你最真实的想法,难保明天这个人就不会恼羞成怒去伤害你,在背后给你泼脏水造谣。"

唐向晚没料到他会说这些话,一时间愣住了。

"你和我们不一样,你是公众人物,要注意场合,况且你现在已经不小了,怎么还不知道隐藏自己的想法呢?"

唐向晚头一次没有乖乖站在原地听训,而是抬起头来看向了他。

"我为什么要隐藏自己的想法,我就是生气,我就是不开心,我就是不想和她们多说一句话。"

陈曳看了她一眼,知道她本来就是这个个性,不打算同她争执,只沉默地别过脸去。

也不知道是在发脾气还是怎么,唐向晚声音更大了:"我就是喜欢你,我不喜欢隐藏自己的想法!"

陈曳的头偏了过去,唐向晚看不见他的表情,只觉得他一定又在背后翻自己的白眼,于是她也不说话了,只低垂着头默不作声。

陈曳却并没有反驳什么,只是回头看了她一眼,又看了看手表,道:"走吧。"

语气平静，好像没听见刚才那句话似的。

唐向晚见他避开不提，也不好意思再继续同他吵，只默默跟在了他身后。

两人离开得很快，并没有听见一旁两个迎面走过来的小姑娘说话的内容。

"哇，刚才那个男生笑起来好帅啊，简直心醉，真羡慕他女朋友，可以天天看见这样逆天的颜。"

"他笑了吗，我怎么没看见？"

"笑了，就一下，我看见了。"

到了餐厅之后，看见周导已经坐在了那里，唐向晚连忙道歉，直说自己是有事情耽误了。周导却并没有责怪她的意思，只是将疑惑的目光投向了陈曳。

"啊，导演，这位就是陈曳，我之前给你介绍过，我的高中同学，也是我跟你提过的这次主题曲的创作人。我们都是合作好几部戏的老熟人了，我介绍的人，你总该相信吧，之前作品也都发到您的邮箱了，想必周导也已经听过了。"

周导透过厚重的镜片重新打量了陈曳一眼，随即便皱起了眉头，露出更加疑惑的表情来："你、你不是……"

"怎么了？"唐向晚也是一愣，她只是想给导演介绍一下陈曳的存在，没想到对方却露出这样的表情，"你们之前见过吗？"

周导正要说些什么，陈曳忽然看了他一眼，轻笑了一声："我这种人，怎么可能认识这么著名的导演呢？"

周导干笑了两声，没有再多说什么，只是将目光投向了唐向晚，又看了看陈曳，不知道在思索些什么。

"没关系，之前不认识不要紧，现在不就认识了吗？我们来商量一下主题曲的事情吧。"唐向晚笑道。

"嗯，既然是唐编介绍的人，自然是没有问题的。"

♥

第四章

为·来·时·盛·放

● 1. 我的心机都是你 ● 2. 光阴不过是沉默的傀儡 ● 3. 其实命运从不屑操纵任何人
● 4. 不过是自私伪善的面具 ● 5. 谎言都是从谎言开始的
● 6. 你所热爱皆为我所热爱 ● 7. 一个吻是一个宇宙
● 8. 他一错到底还不知悔改 ● 9. 有个喜欢的人是多么美好

1. 我的心机都是你

"你到底要干什么?"

唐向晚看了看被塞到自己手中的包,又看了一眼精心打扮的祝萌萌,她今天穿了一件黑色露肩连衣裙,脚上踩着一双十厘米的高跟鞋,站在自己身边,基本上要比自己高上一个头。

"哎呀,你就别管我要干什么了,总之呢,你就把这个包找到一个远远的地方丢掉就好。"祝萌萌叉着腰横了她一眼,"大家朋友一场,你不会不帮我吧。"

唐向晚有点蒙:"那你总要告诉我为什么吧!"

祝萌萌悄悄朝四周看了一眼,这才俯身在她耳边小声说了几句话。

刚一听完,唐向晚连忙将自己手中的包又塞回了她的怀里,坚决拒绝:"不行不行,我已经进了一次局子了,你还想让我进一次啊!还有,你作为一个专业的娱记,连这点基本的法律知识都没有吗?"

"哎呀,你就帮帮我嘛,不会有事的,我只是说丢了东西而已,出事了我一个人扛!我只是去做个笔录,不会真让他们找的。"祝萌萌拍着自己的胸脯保证道,"大不了份子钱你少出点就行了!"

"什么份子钱?谁要结婚了?"

"我和警察哥哥的啊。"祝萌萌一脸甜蜜,"你就等着来喝我们的喜酒吧。"

"你们才认识几天啊……"唐向晚扶额。

"那又怎么样,我十几年前就发誓以后要嫁给警察了,我就喜欢他,不行啊?"

"行行行,你说什么都行。"唐向晚翻了一个白眼。

所以当祝萌萌雄赳赳气昂昂地拉着唐向晚走进派出所的时候,唐向晚整张脸上都写着抗拒。

"你好,我来报案。"祝萌萌撩了一下鬓角的碎发,走到那人面前,声音柔破天际。

唐向晚实在是没眼看,躲在她身后假装玩手机。

谢攸抬眸看了她一眼,愣了一下:"是你?"

祝萌萌的表情立刻变得相当精彩,宛如老乡见老乡一般热泪盈眶,上前就道:"谢警官你还记得我呢!"

"当然记得了。"谢攸笑了起来,将桌上的文件收在一边,淡声道,"你给我们疾风加了一餐,我还没跟你说声谢谢呢。怎么了,出什么事了要过来报案?"

"哦,这个嘛。"祝萌萌有些忸怩,犹豫了一下才说,"是这样的,我丢了一个包,想看看能不能麻烦您帮忙找找。"

谢攸点了点头,没什么特别的表情,也不看她,直接问道:"包是在哪里丢的、丢了多久了?你最后一次见到你的包是在哪里?包里是否有身份证、钱、卡、钥匙之类的东西?包是什么颜色、什么牌子、什么大小?是否有怀疑对象?"

"啊?"

听了这一大长串的问话,祝萌萌有点蒙。

看她一脸茫然的样子,谢攸直接从旁边抽出一张表递给了她,轻声道:"如果说不清楚的话,你可以在表上填清楚。"

祝萌萌看了一眼被塞到自己手中的表,愣了一下:"呃,这个……其实也不是很重要的包。"

谢攸看了她一眼,面露狐疑。

"我填，我填。"祝萌萌挠了挠头，拉着唐向晚就走到一边，一脸纠结地小声道，"怎么这么麻烦啊，我是不是把事情闹大了？"

唐向晚白了她一眼，更小声道："知道会闹大你还敢做这种事？要我说，咱们趁早走，人家警察本来就够忙的了，还要应付你这个神经病，太惨了。"

"不行，革命尚未成功，岂能半途而废！"祝萌萌拿起笔飞快地填完了那张表，然后一脸娇羞地递了回去，"谢警官，我就是不小心丢了而已，没有怀疑对象，找不到也没关系的，我就是报备一下。"

谢攸淡淡扫了一眼，公事公办道："在每一张笔录材料后面写上签名和日期，然后摁右手食指的红色手指印，最后在末尾写上'以上笔录我看过，和我说的一样'，句子的头部和尾部都要摁上手指印。"

祝萌萌乖乖照做。

谢攸看了一眼表格，喃喃道："在平关道丢的……"

祝萌萌没听清他说些什么，只想直入主题，掏出手机就道："警官，加个微信呗，如果有线索了也好第一时间通知我呀。"

谢攸抬头看了她一眼，似乎有些想笑，却还是道："我没有微信。"

祝萌萌惊呆，这年头居然还有不用微信的人，也不知道是敷衍自己还是真的没有，于是退而求其次："那就手机号好了！"

拗不过她的要求，谢攸在纸上写下了一串号码，递给了她："你的号码表格上已经有了，有什么消息我会第一时间通知你的。"

"好的好的，谢谢警官！"祝萌萌看着他，几近两眼放光，但也没忘了补充一句，"那个我的包就不用找了，也没什么重要的东西，我就是来备个案，如果有人捡到了你通知我一下就好，没有人捡到的话您可千万别去找！"

谢攸有些狐疑地看了她一眼，直接开电脑打开了天眼系统，输入了几个关键字之后，看着屏幕里传来的画面，然后叫住了那两个正要溜走的人。

"你们过来一下。"

"谢警官……"祝萌萌有点僵硬，挪着步子走了过去，果然在屏幕里看到

了两个鬼鬼祟祟的影子……

垃圾桶面前。

"你确定丢这儿？"唐向晚问。

"确定确定，就丢这儿。"祝萌萌最后看了一眼自己那款刚找朋友代购的新款手提包，给它来了一个离别的拥抱，然后毅然决然地丢进了垃圾桶里。

"宝贝儿，为了你主人将来的终身幸福，暂时忍受一下这恶劣的环境吧！"

"报假案啊。"谢攸低头看了一眼她刚才填的表，然后将凌厉而严肃的目光投向了祝萌萌，用一种斩钉截铁的语气沉声说道，"你这种行为严重扰乱公安机关依法办案，违反了《治安管理处罚法》第二十三条规定，即扰乱机关、团体、企业、事业单位秩序，致使工作、生产、营业、医疗、教学、科研不能正常进行，尚未造成严重损失的情况。"

"我、我、我、我、我……"向来以女强人形象示人的祝萌萌第一次露出这样慌乱的神色，巨大的石头轰然砸在她的心上，让她语无伦次、口不择言，"我不是，我、我、我、我……"

"按照条例规定，应当对首要分子处十日以上十五日以下拘留，并处一千元以下罚款。"谢攸毫不客气，继续补充道，然后打开了自己的抽屉，抽出来一堆材料。

"谢警官！"慌不择路的祝萌萌突然跪了下去，然后，抱住了他的腿！

"……"唐向晚石化。

谢攸目瞪口呆。

"我知道错了！我回去一定认真反省自己的过失,我写检讨！我体罚自己！谢警官你千万不要拘留我啊！我祝萌萌从小就是三好学生，连离家出走都没干过啊，我这么多年的清白履历不能就这么毁了啊！"祝萌萌一紧张起来就分不清谁是谁了，一把鼻涕一把泪，带着哭腔，抱着人家的大腿就是不肯撒手。

唐向晚简直没眼看，偷偷将脸转到一边，假装不认识这个女的。

也不知道祝萌萌是真的一下子给急疯了，还是想故意揩人家的油……

整个派出所的人都朝这边看了过来，左脚被一个女孩子这么抱着，谢攸的脸瞬间红透了，从耳根一直红到了脖子里头，尴尬到不知道说什么，想把她给拉起来，看了看她穿的那身露肩装又不知该如何下手。他索性道："行了行了，我就是吓唬吓唬你，口头批评教育就行了，以后不要再做这么无聊的事情了。"

祝萌萌一愣，立刻站了起来，破涕为笑："真的吗，谢警官？"

谢攸叹了一口气，不动声色地整理了一下自己的裤腿，然后严肃道："念在你还年轻不懂事的分上，我就不处置你了，但是你们自己也都是成年人了，什么事情该做，什么事情不该做，自己要分得清楚。妨害警察公务可不是什么闹着玩的事，知道吗？"

"我知道了……"祝萌萌羞愧地低下头，也不忘悄悄瞥他一眼，"我下次不这么干了。"

语气乖得像个小学生。

唐向晚拉着丢人的祝萌萌出了这扇门，祝萌萌的眼神却被一旁派出所的照片墙给吸引住了，看着谢攸的证件照又开始夸赞了起来。

唐向晚拽了好长时间都拽不动，差点又要报警。

直到终于拉着她出了派出所的大门，快要分别的时候，祝萌萌脸上的表情都没有变过，带着怀春少女一样的神态不住念叨着：谢警官真温柔啊，谢警官人真好啊，谢警官简直帅到没朋友啊！

好不容易摆脱了这个大龄怀春少女，回到公寓楼下，唐向晚才终于松了一口气。

暗恋中的女人真可怕，不知道自己面对陈曳的时候是不是也是这个样子？

上电梯的时候，目光不经意瞥到了电梯里的摄像头。

唐向晚忽然愣了一下。

回想到今天在派出所里,谢攸查看监控录像的画面。

又想到那天继父在门外突然消失的事情,和陈曳脸上不太自在的表情,怎么想都觉得很奇怪。

那天晚上喝了太多的酒,都把这一茬事情给忘了,继父不可能看到有人上来就善罢甘休的,陈曳一定是和他碰过面的。

唐向晚盯着摄像头若有所思,既然是在楼道里发生过的事情,那么保安室的监控里也一定会有记录的。

想到这里,唐向晚便重新按了楼层键。

出了电梯门后,她直接敲了敲保安室的门:"您好,我能进来吗?"

值班的人正在打盹,冷不丁被人叫起来,态度并不是很好:"什么事?"

"那个,我能看一下昨天二十楼的监控录像吗?"

值班室的人白了她一眼:"这个可不是谁都能看的,除非是公安系统要调,你以为谁想看都可以啊。"

唐向晚思考了一下,出门给祝萌萌打了个电话,要到了谢攸的电话号码,然后给谢攸拨了过去。

"你好谢警官,我是今天那个报假案的傻子的朋友,我叫唐向晚。"

"嗯,这么晚了,不是又要做什么违规的事情吧?"

"不是不是,我就是想看一下我们小区的一个监控,但是这边小哥不让看,因为我最近总感觉有人跟踪我,但是又不确定,所以想看一下监控,证实一下,如果真的有人跟踪我的话我一定向你报真案!"

对方沉默了一下:"你让保安接电话。"

唐向晚连忙把手机交给了对面的人。

值班室小哥接完电话后,黑着脸,看了她一眼:"好吧,你看吧,不过二十楼的监控画面看不到,只能看一楼的,你要看大概几号几点钟的?"

唐向晚喜出望外,连忙报了一个时间,然后站在一旁看了起来,心中紧张万分。

监控里快进地播放着那个时间段的一楼楼道画面，不少业主进进出出，当看到钟谦进电梯的时候，唐向晚的心还是"咯噔"了一下。

随后，她便看到了陈曳的身影。

2. 光阴不过是沉默的傀儡

等电梯的期间，陈曳打了一个电话，也就是当时打给自己的那个，当时钟谦正在踹她的门。

唐向晚屏气凝神地看着屏幕。

然后她便有些愣住了，神色诧异而又彷徨。

接完电话之后的陈曳，似乎完全变成了另外一个人，一个她从来都没有见过的……另外一个人。

他开始疯狂地按着电梯的上行按键，电梯却迟迟不来，监控里看不清电梯停在了哪一层，只能看到他焦急不安地在原地走来走去，然后，他便转身消失在了画面里。

当时的时间是 19 点 42 分。

唐向晚连忙焦急地问："他去哪儿了？"

值班的小哥也有些愣神，喃喃道："那个方向，应该是楼梯吧。"

楼梯……

唐向晚呆呆地看着屏幕，一直快进过了很久，也没有看到他回来重新坐电梯。

刚才的时间是 19 点 42 分，而她记得那天开门的时间是 19 点 46 分，也就是说，陈曳从一楼的楼梯跑到二十楼，只用了不到四分钟的时间。

这个想法惊得唐向晚好一会儿都没有反应过来。

那么冷漠的人，会为了她的事情这么慌张吗？

她不是在做梦吧……

但那样的场景就那么真实地出现在她面前，没有一点作假。

一直到出了保安室，唐向晚都有些晕晕乎乎的，捧着脸自言自语："啊，

我这是怎么了,不思考怎么对付继父,居然还在想这些乱七八糟的。"

可是不知道为什么,心里头隐约有几分甜蜜的预感。

思前想后,她拿起手机给陈曳发了一条信息。

"你就承认吧,你是关心我的。"

带着七荤八素的小激动,唐向晚一路哼着歌上了二十楼,出了电梯门之后,忽然听到了隔壁电梯门开的提示声。不知怎么回事,她突然心里一跳,大概是有一种不祥的预感,唐向晚下意识地快步往一侧的楼道走了过去。

因为整天被继父骚扰,现在都有点十年怕井绳了。

"晚晚最近真是越来越不懂事了,今天我在朋友们面前真是丢死人了,你知不知道他们说得有多过分,说我女儿没有爸爸教!"

唐向晚刚刚躲好,隔壁电梯里钟谦和向岚就走了出来,声音不大不小,正好能被她听到。

钟谦略显恼怒的声音响了起来:"我就是没有好好管教她,才把她养成了这么一个白眼狼,之前跟她要点钱,居然推三阻四的。"

黑暗中,唐向晚脸色一沉,咬牙切齿,恨不得立刻冲出去当面怼死这个奇葩。

"唉……"向岚叹了一口气,"咱们晚晚虽然不太懂事,但也是很辛苦才能赚些钱的,你要归要,别要那么多。"向岚的声音里带着几分小心翼翼,说着抱怨的话,语气却像是在哀求。

钟谦冷哼一声,语气里却透着不耐烦:"跟她非亲非故的灾区她都能捐几十万出去,我是她爸,要一点钱用用还不行了?"

向岚似乎被他吓到了,沉默着没敢回话,两人朝女儿的家门口走去。

唐向晚听到两人的脚步慢慢走远的声音,钥匙插入锁眼开锁的声音,想着这个可怕的男人又要进她家了,她就从心底升腾出了一股恶心,可是伴随着这恶心的,是深深的无力感。她真不知道钟谦到底给她妈灌了什么迷魂药,对于这样一个品德败坏的男人,她妈怎么就那么离不开呢?

唐向晚靠在墙上,紧紧地握住了拳头。这段时间,她一直拖着这个事情,却忘了事情是越拖越乱的。

她实在是有些受不了了，实在不行，她就真的只能去报警了。这个男人这样一直存在在她的生活里，她这辈子都过不好。而且她妈其实也一直活在欺骗中，这个男人一直花着她的钱，背着她妈在外面养别的女人，都养二十年了，可是她妈一直被蒙在鼓里。

站在房门口，向岚拿着钥匙试了几次都没打开门，钟谦烦躁地一把推开她，自己去开。

钥匙的确能插进锁眼，却根本拧不动，他试了几下还是不行，气得他一下子就砸了门。

"怎么回事，她换锁了？"钟谦生气地说。

向岚也不知道，只是胡乱猜测着："会不会是锁眼里生锈了？"

听到这话，唐向晚才松了一口气，她差点忘记了，之前陈曳找人来给自己换过锁了，所以继父和她妈是进不去的，还好陈曳有先见之明。

"呵呵！"钟谦冷笑两声，抽出钥匙，狠狠砸在了地上，"这死丫头是换锁了，防着我也就算了，连你也防上了！"

向岚面色微变，心里有些不自然，却又有些歉疚。晚晚估计是被钟谦要钱要急了，所以跟自己也生疏了许多。

向岚不说话，钟谦越发恼怒："你打算什么时候告诉她真相？一天到晚说我是她继父。继父、继父、继父，多了一个字怎么都亲不了，我可是她亲爹啊！亲爹跟亲闺女要点钱花怎么了，哪家闺女这么白眼狼的？"

这话一出来，向岚顿时一惊，立刻回绝："这……这不行！绝对不行！"

"怎么不行？她也该知道真相了，老子的种，一辈子姓唐是什么意思？"钟谦横了向岚一眼，面色阴冷。

这句话一出来，躲在黑暗中的唐向晚面色如土，满脸都是不敢置信，一时间手脚冰凉。

向岚不敢出声。

她怎么敢说,晚晚要是知道真相,可能一辈子都不会原谅她这个妈了,甚至会一辈子看不起她,更何况,这件事情知道的人越多,自己的名声就越是不保,外界会怎么写?大文豪唐毅的遗孀竟然是个婚内出轨的女人?别说是这个市了,恐怕自己到时候在这个国家都没有立足之地了,绝不能说,绝对不能说。

虽然当初她也是被逼无奈,可是说到底,晚晚一直以为自己是唐毅的女儿。唐毅是什么人物,那是国内数一数二的大文豪,名声在外,如果让晚晚知道自己的亲爹只是个游手好闲的混混,肯定接受不了这个事实的。

钟谦看着身边这个女人,一时间只觉得心中烦躁不已。原本他也并没有这么贪婪,只不过最近何小媛总是想着送儿子出国,要钱要得着急,自己又只有这么一个儿子,当然希望儿子过上最好的生活,做个有出息的人,不要像自己一样,活了大半辈子,最后也没混出个什么名堂来。

原本以为女儿有出息,能从她这里要到些钱,唐向晚却总是躲着,他实在没了办法,也顾不得再哄着向岚了,威胁向岚:"反正我没钱花了,你要么帮我跟她要钱,要么我就告诉她真相!"

向岚打了个哆嗦,几乎抢着道:"我帮你,我帮你,你要多少?"

钟谦看着向岚的面色,突然觉得自己从前真是太傻了,有个这么好的帮手在,他干什么每次都自己来呢?

他伸出手指道:"一千万!"

"一千万?"向岚整个人都吓傻了,"你让我上哪里给你弄一千万……实在是太多了。晚晚不会给我的,晚晚自己也没多少钱的,钟谦,你不要太过分了。"

"怎么,你怕了?"钟谦面色阴冷地看着她,"你给女儿打个电话,让她想想办法,她现在不愿意见我。"

向岚有些着急,几乎要吓晕了,白着面色道:"不行,你这要得也太多了,我们晚晚也不容易……"

"行了,别那么多废话!"钟谦不耐烦地打断她,"姓唐的那老家伙可是大文豪,那些书哪一本版权不是大几百万?她自己也写书,多写几本钱就出来了。再说了,她不是还跟别人合资开了个朝阳客栈嘛,怎么也不至于拿不出一千万块钱吧?你就跟她说,最后一次,给我一千万,我以后再也不问她要了。"

那可是一千万啊,哪有这么容易就能拿出来的数字。

向岚还是摇头:"不,不行,真不行。一百万,我帮你要一百万行吗?"

钟谦面色骤然变冷,一双眼睛也好像突然变得阴森起来了,让人胆战心惊。

"一百万,打发叫花子呢?一千万,少一分都不行!要不然,你就等着吧,晚晚会知道你是怎么在嫁给唐毅之后还跟我偷情,生下她又不肯跟姓唐的那老家伙离婚的!"

"你!"向岚也有些动气了,"你小声点!"

钟谦一步步紧逼,脸色忽然变得更加阴沉了,甚至还多了几分轻蔑的笑意:"怎么,你也会害怕?那你怕不怕,我告诉她更多的真相,包括……唐毅是怎么死的?"

话刚落音,向岚毫不犹豫地给了他一个巴掌!

她目眦欲裂:"你这个疯子!"

不知道过去了多久,楼道里早没人了,也不记得他们是什么时候离开的。唐向晚靠着墙壁只觉得刚才的对话还响在耳边。如蜂声般回旋,嗡嗡作响,在她的大脑中转来转去,不带一丝停留。

……

"晚晚会知道你是怎么在嫁给唐毅之后还跟我偷情,生下她又不肯跟姓唐的那老家伙离婚的!"

"那你怕不怕,我告诉她更多的真相,包括……唐毅是怎么死的?"

3. 其实命运从不屑操纵任何人

那些话像是从地狱里传来的一样,回荡在唐向晚的耳朵里。

原来自己不是唐毅的女儿,而是丧心病狂的钟谦的女儿?还是妈妈和钟谦偷情所生。那时候妈妈还是唐毅的妻子,如果不是自己偶然听见,恐怕一辈子都不会知道这件事情。

而且,他们最后那句话究竟是什么意思?

难道爸爸唐毅的去世,和他们有关系吗?爸爸的死,并不是意外吗?

今天发生的事情实在是太让人难以接受了,唐向晚只觉得整个人都没有了力气,流了太多眼泪,眼睛早已哭肿了,眼泪也早已流干了,就连站起来,也觉得没有任何支撑。

想到刚才听来的那些话,想到自己居然是这么肮脏的存在,想到爸爸那么多年白疼她了,那么和蔼温柔的爸爸……唐向晚再也受不住,如同失去庇护的幼兽,埋着脸,任由眼泪濡湿了自己的袖子。

怎么会这样呢?她明明是唐毅的女儿啊!从小她就被所有人羡慕着,被所有人谈论着,说自己遗传了父亲的文采,才能写出那么多好看的故事。

那一瞬间,她忽然觉得自己的存在是一种罪过,一种无法被救赎的罪过。在这一刻,她心中涌起了一股又一股强烈的恨意,她恨钟谦,也恨自己的妈妈。

妈妈原本是她在这个世界上唯一的亲人,她原本发誓要一辈子好好照顾妈妈,不让妈妈再受一点点的苦,可是此时此刻,她之前坚持了那么久的信念轰然崩塌,再也无法支撑。

妈妈为什么要对不起唐毅?为什么要生下她?

那一瞬间,唐向晚忽然觉得活在这个世界上没有了什么意义,甚至想到了死。这样的身份,她还有什么颜面活着?

别说靠着爸爸昔年的名声在文坛里混了这么久,她连姓唐,都是对爸爸的一种亵渎。

不……她甚至都不配叫他一声爸爸。

唐向晚慢慢抬起头,手撑着地,缓缓站了起来。

天早已经黑透了,因为她一直沉默地坐在原地,楼道里的声控灯并没有开。

黑漆漆的，她看不见楼梯，但是她用手一点一点摸着，摸到了楼梯口。

如果只是从楼梯上滚下去的话，应该没有那么容易死吧。

那，如果直接从二十楼跳下去，应该可以直接去见唐毅了，去和他说话，去告诉他自己心中有多么难过，多么绝望？

那一刻，唐向晚的心里仿佛有个小人在冲她喊：去死，去死，你没有脸再活着了，你的存在就是爸爸的耻辱，是爸爸一生的污点。你只有死了，只有不存在这个世上了，才能抹去这耻辱和污点！

唐向晚慢慢走到楼梯间的小阳台上，看着底下川流不息的车流。这座繁华的城市，直到现在也是灯火通明，四周都是那么明亮，自己心底却是漆黑一片，没有一点希望，这么多年努力所取得的成就似乎都白费了，在这一刻，她一无所有。

唐向晚呆呆看着底下车流的时候，手机突然响了，她愣了一下，犹豫了很久，还是打开了手机，然后便看见了上面那条消息，是陈曳回给她的。

"嗯，我承认。"

那一瞬间，唐向晚几乎不知道如何形容自己的心情。她呆呆看着那三个字，一下子就哭了。他承认了，承认他是关心她的了，可是又能怎么样呢，她这样的人，还配得到他的关心吗？

唐向晚将手机放了回去，看着底下川流不息的车流，缓缓抬起了脚，就在此时，声控灯忽然亮了。

她有些诧异地回过了头，看着白得有些刺眼的灯光，努力地勾了勾嘴角。也好，能在光明里死去，总比在黑暗里好，那样真的太孤单了。

"唐向晚！"

突然的怒吼传来，声音还没完全落下，已经有人如一阵风般冲了过来，直接将她从护栏上抱了下来，反身便将她压在了身后的墙上，不容她有一丝别的举动。

唐向晚被这突如其来的举动撞得眼冒金星，却知道抱着她的人是陈曳。

她听见了啊,是陈曳的声音,是她喜欢的陈曳的声音。

他那样紧张自己,像是在做梦一样。

她没说话,也没有再哭,只是浑身发抖地抱紧了陈曳的腰。他的腰虽然精瘦,却像是能给她一种支撑力一般,如同溺水的人抓到了一块可以带动身体的浮木,她整个人都靠在了陈曳身上。

他的怀抱是那样暖,那样让人沉溺其中,真希望自己永远不要醒过来,永远不要面对这残酷的现实。

感觉到怀中人的战栗,陈曳到嘴边的话全部吞回了肚子里,只回以她更紧、更宽阔的拥抱。

他不知道她发生了什么事情,也不敢去问,尽管心中隐约猜到了几分。

低头看了她一眼,许久许久之后,他才终于开口:"先回家,好不好?"

唐向晚没有出声,只在陈曳怀里闷闷地点了点头。

那一刻,她认怂了,她不想死了,她舍不得陈曳。

这世上有那么多让她难以面对的事情,唯独陈曳,是她溺水时抓住的最后一块浮木,将她从绝望的海洋中拉了回来。

她怎么能死呢?

她还没有正式向他告过白呢,她还没有……和他在一起过呢。

这个她紧紧抱着,也紧紧抱着她的男人,她想他肯定也是喜欢自己的,尽管他不说,但她已经隐隐感觉到了他的爱意,那样沉默,却又热烈。

唐向晚吸了一口气,泪水更加汹涌了。

"刚才发生什么事情了?"陈曳一直没敢问她怎么了,就是怕她情绪不稳定,此时见她还没有缓过来的样子,便低声问了一句。

"陈曳,唐毅不是我的亲生父亲。"唐向晚顿了好长时间,才在他怀里闷闷道。

这个原本应该是惊世骇俗的一句话,在陈曳听来,却似乎不是什么大事了。他垂眸看着怀里的人,想要说些什么,最后却将话都咽了回去,久久地喟叹了一声。

她还是知道了,这宿命无从躲起。

陈曳轻轻将唐向晚抱回了家,将人放在沙发上时,看见了她白得几乎有些透明的脸,他眉头紧紧拧在了一起,声音温柔到几乎可以滴出水一般:"我去烧点水给你喝。"

唐向晚不想喝水。

她摇头,可怜巴巴地看着他,又红又肿的眼底倒映出他的身影。

陈曳有些心疼,却又不好表现出来,此刻也没有办法,只好转身拧了毛巾给她擦满脸已经干涸的泪痕,动作温柔而又轻缓。

唐向晚看着这温柔细致的陈曳,觉得像是在做梦。

他怎么忽然对她这么好?

原以为眼泪已经流干了,可是现在看着他,又源源不断地涌了出来。原来陈曳也有对自己这么好的时候。

"陈曳啊。"唐向晚红着眼睛,难得正经叫了一次他的名字,没有叫他男神或是什么奇奇怪怪的称呼,只是认认真真地唤了一声他的名字,那样干脆。

"你说。"

"你知道我这个名字是怎么来的吗?"

不等陈曳说话,唐向晚便自顾自地回答:"我爸爸姓'唐',我妈妈姓'向',我出生的时候我爸爸年纪已经很大了,所以我爸爸就给我取了个名字叫唐向晚……我的名字寓意那么好,可背后为什么会是这样?"

陈曳静静地看着她,没有再说话,只回以她沉默的凝视。

半响,他把唐向晚轻轻抱了起来,起身送她回了卧室。

唐向晚实在是哭累了,也没有力气去管自己现在衣服脏不脏,只躺在床上看着他。

她唤道:"陈曳。"

陈曳蹲在一旁,并没有回应她,只是伸手抚上了她的眼睛,淡声道:"闭

眼睡吧，一觉醒来，就什么都不记得了。"

唐向晚眼前顿时一片漆黑，但在这样的漆黑里，她感到了前所未有的安心，一切就好像是在梦里一样，梦里陈曳轻轻拍着她的肩，带着令人安静的节奏。

陈曳站在病房的门口，看着来来往往的人，有些沉默。

护士长从他面前走过，熟稔地跟他打招呼："是小曳啊，又来看你爸爸了？"

陈曳点了点头，双手插在口袋里，并没有接话。

护士长似乎突然想起了什么似的，忽然顿了一下，转过头道："小曳啊，不是我催你，我们之前已经通知过你妈妈补交住院费了，但是一直都还没有动静，你也知道我们的难处，如果可以的话，希望你们能尽快补交啊。"

"嗯，"陈曳应道，"我知道了。"

护士长叹了一口气，然后便朝着反方向离去了。

陈曳仍旧站在病房外面，似乎没有要进去的意思。大概过了一刻钟之后，走廊的尽头一个匆匆忙忙的身影赶了过来，走到儿子面前，带着点怯懦和讨好的意味问道："你怎么来了也不进去？"

陈曳看了一眼自己的母亲，上身穿着一件米黄色的旧衬衫，下身一条宽松的白裤子，本来只是四十多岁的人，看起来却好像已经五十多了。

"我等你一起进去。"陈曳淡声答。

"好好好。"林茱整了整领子，便走进了病房。

陈曳不知道在想些什么，在门外站了很久之后，才跟着母亲走了进去。

病房里并不是像其他病房一样的味道，而是有些闷湿，甚至可以说气味有些难闻了。

林茱朝床上的人走了过去，和往常一样自然地坐在老公的身边，问道："今天感觉怎么样？"

没有人回答她。

床上的人闭着眼睛，像是睡着了一样。

林茱似乎早就习以为常了,也没有多说什么别的话,只是抓起了他的胳膊,自然而然地按了起来,按完胳膊又开始按摩小腿,一遍又一遍地抬起来又放下,就像这么多年来一直这么做的一样。

陈曳站在母亲身后,看着这样的场景,眼睛一热。这样的场景看了很多年,他还是有些接受不了。

他走到病床的另一边,准备抬起父亲的另一只脚,却被林茱叫住了:"你别动,妈来就行了,你爸好长时间没擦澡了,万一把味道串到你身上了怎么办。"

陈曳愣了一下,回道:"那又有什么关系?"

林茱笑了起来,打趣道:"你以为妈不知道哇,你最近和一个姓唐的姑娘走得很近。唐小姐是上流社会的人,咱们高攀不起,但你还是要注意注意自己的形象,万一让她闻见了,不是什么好事。"

听到那个人的名字,陈曳顿了一下,没有说话。

林茱接着道:"妈的意思是,唐小姐是个好姑娘,身边一定有不少优秀的朋友,你跟她关系处好了,到时候她也能帮你找个对象什么的……你现在年纪也不小了,也是时候找个合适的人成家立业了,知道了吗?"

"妈。"陈曳有些不大高兴,直接打断了她,"这种话以后就不要说了。"

"怎么了,妈说实话你还不高兴,你毕竟没有念过大学,身边哪能给我找到像样的儿媳妇,人家唐小姐可是……"

"妈!"

陈曳突然站了起来,语气里带了几分愠怒。

"你这孩子,妈说两句怎么了!"林茱也有些生气了,也跟着站了起来,"我知道你这孩子从小就自卑,你爸爸这个样子之后,你就越来越封闭自己了。可是不管怎么样,你总要为自己的将来考虑考虑吧!"

陈曳没有再说话,而是直接抬脚走出了病房。

他并不想和自己的家人争论,只是怕控制不住自己的态度。

病房中,林茱握着丈夫的手,一开始还只是絮絮叨叨地说着儿子的不好,

到了后来,语气已经隐约有些哽咽。

陈曳站在门外,听着母亲的声音,心中有如刀绞一般难受。

很久很久以前,并不是这个样子的,一切就好像是倒放的电影镜头一样,让人来不及暂停。

那个时候的他,也有着一个普通却完整的家庭……

"爸爸,爸爸,我还是想要一架真正的钢琴。"

小陈曳皱着眉看着自己面前的电子琴,嘟囔着嘴委屈道:"电子琴一点也不好弹,难听死了。"

陈明亮看了他一眼,笑着道:"我儿子这么小就知道要好东西了,可是怎么办呢,爸爸穷,买不起钢琴,等爸爸有钱了,再给你买一架最好的钢琴。"

小陈曳嘟着嘴,不开心了:"爸爸为什么穷?"

陈明亮大笑了起来,将儿子放在了腿上:"爸爸为什么穷?这个问题问得好,爸爸自己都不知道为什么这么穷。"

"你少跟你儿子贫嘴了。"林茱正在厨房拖地,嗔怪地看了陈明亮一眼,脸上虽然没有什么笑意,却能实实在在地感受到她对生活的满足,"有工夫逗你儿子,不如来帮我拖拖地。"

陈明亮连忙假装没有听到的样子把头转了过去,对着儿子道:"你看你妈,离了你爸就不行了。"

小陈曳哈哈笑了起来,上前去揪他的胡楂。

陈明亮连忙朝后躲,两人打打闹闹了半天,陈明亮才终于严肃了起来,将桌子上的电子琴朝自己的方向挪了挪,忽然开口道:"儿子啊,其实有时候,无论你弹的是电子琴还是钢琴,你在意的人永远听得懂你的音乐,你不说话,她也会懂。"

陈明亮一边说着,一边抬手弹了起来。

旋律一出,就是极其熟悉的调子,却又实在不知道是什么歌,小陈曳有些茫然地看着自己的爸爸。

陈明亮自顾自弹着,也不说话,厨房拖地的林茱便跟着哼了起来:"多少人曾爱慕你年轻时的容颜,可是谁愿承受岁月无情的变迁,多少人曾在你生命中来了又还,可知一生有你我都陪在你身边……"

粗劣的琴声下,却是一派祥和。

……

4. 不过是自私伪善的面具

唐向晚从睡梦中醒过来的时候,天已经亮了,她有些疲倦地睁开了眼睛,看向了四周,白日的光透过窗帘缝照射了进来,并不算多么刺眼,但也足够照亮这一方天地,昨日发生的事情就好像是梦一样,只有红肿的眼睛证明一切都是真实存在过的。

手机被放在一边,悄无声息,唐向晚伸手将手机拿了过来,却看见最上面一条消息。

是陈曳发来的。

"醒来就告诉我。"

唐向晚也不知道此时此刻自己是什么心情,是该开心他在关心自己,还是庆幸至少还有他肯陪在自己身边。

唐向晚拨通了陈曳的电话,这一次,接通后并没有传来冷冰冰的声音,而是轻轻的一句:"你醒了?"

没等她说话,陈曳似乎想起了什么,又道:"该吃午饭了,我给你点了个外卖,你先别出去吃了,过会儿应该就到了。"

"嗯……"唐向晚应了一声,心里说不出来是什么滋味。

沉默了片刻之后,她有些小心翼翼地问:"陈曳……你今天能陪我去个地方吗?"

"去哪儿?"

陈曳那头的声音听起来有些嘈杂，周围似乎有很多人，透过旁边的人的声音，隐约能听出来是在医院。唐向晚愣了一下，问道："你病了吗？怎么去医院了？"

陈曳沉默了半晌，随口答："没有，过来探病的，你刚才说要去哪里，我陪你去。"

得到了这样肯定的回答，唐向晚才感到了些许的安心，这才将心里的想法说了出来："昨天发生了很多事情，我都没有来得及详细告诉你，原本是无法相信真相，有些崩溃，但现在我有更重要的事情要去做，我隐约觉得，有些事情并没有我想象中那么简单。"

唐向晚顿了顿，道："我怀疑我父亲是钟谦杀死的。"

即便是已经知道了自己不是唐毅的亲生女儿，她还是固执地唤唐毅"父亲"，固执地认为自己是唐毅的女儿。

电话那头的陈曳听了这句话，似乎沉默了片刻，也不知在想些什么，过了很长时间也没有说话。

"所以，我想回到我小时候住的地方，去看看能不能找到什么线索，万一真的是这样，我一定会替父亲讨回一个公道的。对了，那幢别墅现在是我妈和钟谦住的，我有钥匙，可以随便进去，只是我现在和他们关系闹得这么僵，不敢一个人回去。"

"我陪你去。"陈曳的声音从手机那头传了过来，清冽的声音一如既往，"你在家里等着，别出门，我忙完就过来接你。"

"好。"唐向晚应道。

挂了电话之后，唐向晚长长叹了一口气，准备起身去洗漱的时候，微博忽然跳出来一个新的评论。她随手点开，便又看见了之前那个奇奇怪怪的ID——李小飞。

在自己最新一条微博下面留了个言，没有别的多的话语，只有一个简简单单的表情，一个心。

唐向晚皱了皱眉，正疑惑的时候，门铃忽然响了起来，想必是陈曳给她点的外卖到了，便整理了一下自己的衣着，上前去开了门。

刚一打开门，唐向晚整个人就愣在了原地，一颗心也瞬间凉了下去。

门外站着的不是什么外卖员，而是她妈。

向岚一手提着唐向晚给她买的包，一手却提着超市购物袋，里头塞得满满当当全是吃的，有菜和水果，还有不少肉。或许是因为心虚，没有像以往那样训斥唐向晚都这么大了还没个姑娘样，邋里邋遢就跑来开门。

向岚把超市购物袋往上提了提，叫唐向晚看："我刚看你门外挂着一袋外卖，想着可能是你睡过头了，人家按了你的门铃都没有听见。不过这外面的外卖都吃不得，妈就给你扔了，下去买了些菜上来。妈都跟你说多少次了，那些外卖不干净，用的油都不好，腾出点时间自己做饭吃多好？"

听见向岚把陈曳给自己点的外卖扔了，唐向晚就有些气了，但此时此刻，她也无心和她争论这个，只是面色冷冷地挡住她进来的路："你来干什么？"

向岚本来就是带着目的来的，此时此刻的确是心虚不已，甚至还有些愧疚，可是此刻看着唐向晚的态度，她也有点不高兴了，皱着眉训斥道："你这孩子，怎么跟妈妈说话呢？我这不是担心你一个人照顾不好自己，所以买点好吃的来，打算给你做顿饭吃。"

"谢谢了，我不需要。"唐向晚极力克制情绪，让自己的态度表现得不那么明显。可是面对着向岚，她还是没有一点想和向岚交谈的欲望。

向岚脸色彻底沉了下去，严厉地叫了女儿的名字："唐向晚！"

"你不要再叫这个名字了。"唐向晚抬眼瞥了她一眼，冷笑了一声，下了逐客令，"要是没别的事了，你就先回去吧，好好陪陪你的丈夫，不用再来我这里献殷勤了。"

话落，她往后退了一步，冰冷的眼神里没有一丝温度，直接关了门。

门一关上，她却无力地靠在了门后，牙齿也紧紧咬住了下唇，整个人都有些发虚。刚才她其实想问，你为什么要做那样的事？你不爱爸爸，你跟爸爸离婚了，再去和别人结婚啊，你为什么要那样对一直疼爱你的丈夫？

你让我一直做唐家的女儿,就不心虚吗?你听着别人叫我唐向晚,你不害怕吗?

夜深人静的时候,你就不会羞愧吗?

向岚一脸莫名其妙地站在门口,这一刻她被气到真的想直接甩手走了,难道只是因为自己丢了她一份外卖,她就这么对待亲妈了吗?

这二十多年,唐向晚一向是个听话的乖女儿,对自己的要求也是有求必应,就连那么不喜欢的相亲,她安排了,女儿也都会去,旁人都说自己生了个好女儿。可今天女儿的态度变化这么大,一时之间,向岚根本接受不了。

可是就在向岚犹豫的时候,脑海里立刻进出了钟谦的威胁。她如果不帮着钟谦要到一千万,他就会告诉晚晚真相的,这对于她来说,是永远也不能见光的事情,如果晚晚知道了真相,永远都不可能认自己这个妈了。

向岚深吸了一口气,尽量让自己的声音变得不那么尖锐,再次敲门道:"晚晚,开门。"

屋里,唐向晚虽然就靠在门后,可是她就好像什么也没有听到一样,背靠在门上无动于衷。

"晚晚,妈妈有话要跟你说。"

"晚晚,你快开开门,妈真的有话要跟你说,妈下次再也不丢你外卖了还不行吗?"

"晚晚!你这孩子到底怎么回事,快开门!"

向岚越来越气,声音也越来越大。

唐向晚实在是忍不住了,转身猛地把门拉开,声音比她还要大上几分:"你到底想干什么?"

向岚被她的模样惊到,一时间居然连话也说不出了,只有些惊讶地看着她。

唐向晚开了门,进屋坐在了沙发上。

向岚默默跟了进来,把自己买的东西放到一边,反手关上门。她也没敢再说唐向晚了,小心翼翼走到沙发边,踌躇了好半响才小声问道:"晚晚,你怎么了？"

唐向晚没有理她，只坐在沙发上，也不知道在想些什么。

向岚靠着唐向晚坐在另外一侧，想去拉唐向晚，唐向晚却立刻躲开了。

"晚晚，跟妈妈说，到底怎么了？"向岚面上有些讪讪，语气里却是关心，"是发生什么事了吗？你跟妈妈说，看看妈妈能不能帮你。"

唐向晚记起那天钟谦的话，其实能猜到向岚来的目的。向岚此时此刻来这里，除了跟她要钱，也没有别的事情可说了。所以此刻向岚这么关心她，她一点也听不进去，满心只觉得她虚伪不真实。

"我有什么事情，你也不必操心。"唐向晚将头偏了过去，淡漠道，"你说吧，你来有什么事？"

向岚见女儿这副样子，哪里还有心情提那事，她忙摇头，说："妈就是来看看你，没别的。"

唐向晚却不客气："要是没事，就请你先走吧，我不太想看到你。"

向岚看着女儿，只觉得女儿的模样很陌生。她不知道唐向晚是怎么了，但是感觉到唐向晚对她的拒绝，还是觉得有些难过。

也许她留下，只会让晚晚更伤心，还不如先让晚晚一个人在这里静一静，等过些日子再说。

她起身，慢慢地往外走去，也不敢再打扰女儿。

就在这时，手机铃声却响了，如一道惊雷打在她耳边。

5. 谎言都是从谎言开始的

铃声一响，向岚几乎是下意识就慌乱起来，而看到手机上来电显示的名字，更是抑制不住地轻轻发颤。电话是钟谦打来的。她攥着手机没敢接，可是一遍铃声停止，钟谦再次打了过来，一刻也不容她喘息。

不断的铃声让向岚几乎看到了钟谦愤怒的模样，他如果真的生气了，可是真的会不管不顾地跟晚晚说出真相的。他以前一直想要儿子，可她偏偏自从生

了晚晚后就再不能怀孕了,他对晚晚这个女儿可没有多疼爱。

向岚果断地按了拒绝,然后发了条信息过去,让他先不要打电话,说自己正在女儿家里。

手机终于不再响了,向岚也回过头看向唐向晚:"晚晚,今天妈妈来是、是最近手头没钱了,想跟你……"

果然说出口了。

唐向晚突然冷笑起来,低着头,语气淡漠:"哦?要多少?"

向岚闭了闭眼,那句话却卡在喉咙里怎么也说不出来,过了好半晌,才终于道:"一……一千万。"

唐向晚抬起头来,脸上笑意未减,那直直射过去的眼里一片冰冷,声音也听不出来一点感情:"你要一千万?做什么?"

向岚不会撒谎,顿时被问得哑口无言。可是这钱她必须得要到,她不能让女儿知道真相。

向岚白着脸,结结巴巴地撒谎:"你……你爸爸赌钱输了,人家说必须要给。要是不给的话,就会砍了他的手。"

"我爸?"唐向晚冷笑着,眼底尽是阴霾。

向岚又说起老话:"继父也是爸爸,他娶了我就是你爸爸。"

唐向晚冷冷道:"是啊,他娶的是你,不是我。"

见女儿这么固执,向岚暂时妥协:"好,继父,继父,你说什么就是什么。晚晚,你就先帮帮他吧,你不帮他,实在没人能帮他了,他毕竟也做了你这么多年的长辈,你总不能眼睁睁看着别人砍了他的手吧。你要是实在不愿意,等妈妈以后想办法赚了钱,再还给你就是了。"

唐向晚心里有些悲哀,没想到有一天,妈妈会为了别人来骗她。她往前迈步,缓缓走到向岚跟前,在向岚期待的眼神里,一字一顿地道:"没有钱还学人家赌,砍手都是轻的,应该直接砍死才是啊。"

她说这些话的时候,眼底一片冰冷,眸色转深,根本看不清里面的神情,仿佛是深不见底的潭水。

向岚被这样的女儿吓到，她从来都没有见过这样陌生的唐向晚，先是蒙了一瞬，可是待反应过来后，就勃然大怒了。

钟谦是晚晚的亲生父亲，晚晚怎么能这么冷血地说这样的话？

她抬了手想打唐向晚，可手都到唐向晚脸颊边了，看着唐向晚不躲不避的模样，到底是停了下来。气却并没消，她一双好看的凤目瞪着唐向晚，教导道："晚晚，你读了这么多年的书，难道书本上就告诉你，人可以对长辈这么冷血无情的吗？"

"长辈？一个只知道吸血的继父，算哪门子长辈？我告诉你，我没有钱，一分也没有。现在，要么你从这个房间里走出去，从此不要再来，要么我去派出所报案告你们恐吓勒索，我绝对说到做到。"

一个做女儿的，怎么能这么说话。向岚忍无可忍，一巴掌终于打在了唐向晚的脸上。

原本白皙的脸颊上立刻红成一片，在她脸上烧了起来，唐向晚摸着自己的脸，却是对着向岚笑了："妈，你可知道，那个大发慈悲娶了你的男人，在外面还养了一个叫小媛的女人，一养就是二十年，还用着你女儿给的钱给那女人买车买房，我一直担心你会受不住，没有告诉你。"

"你说什么？"向岚面色大变，喃喃自语了起来，"二十年？怎么会是二十年，不是五年前才开始的吗？"

唐向晚整个人都石化了，僵在原地，一句话也说不出来。她的心狂跳着，大脑却像停止转动一样，费了极大的力气才找回自己的声音："你怎么会知道这事？"

向岚顾不及回答，一脸急色地问唐向晚："晚晚，这到底是怎么回事？二十年，怎么是二十年，哪里来的二十年？"不等唐向晚回答，她自己就失魂落魄地念叨了起来，"明明是五年前的，因为我年纪大了，你又是女儿，他明明是五年前才找的人，生了个儿子，为的只不过是给钟家留个后。怎么会，怎

么会是养了二十年呢?"

这话实在是太过于讽刺,唐向晚忍不住笑了起来,有些自嘲。笑着笑着,她就一把拽住向岚的手,用力地把向岚往外拉。

将向岚推出了门后,她又回头把向岚的包和超市买的东西一股脑扔了出去,紧紧关上门。

这么多年,原来只有她才是被蒙在鼓里的那一个。

向岚在门外又敲门又喊门,半天不见屋里有动静,反倒是吵到了楼上楼下的住户,甚至小区物业都过来查看了。她没办法,只能拎了东西先离开。

向岚走后,唐向晚缓缓坐在了地上,闭上了眼睛,睫羽上隐约带了些泪光。

钟谦一直要挟她问她要钱,妈妈还说孝敬继父是应该的,可实际上呢?实际上,他们两人才是一家人吧,不然为什么妈妈会和他一起合谋,来骗自己的钱?亏她还以为是在保护妈妈,原来自己在他们心里,不过是个取款机罢了。

现在才明白,也算是自己太傻了,从今往后,她便不会再这么傻下去了,她所拥有的东西,一样,都不会再给他们。

一样都不会。

办公室里,余烬有些焦灼地看着手机,不停地下拉着微信。

唐向晚没有回复他的消息,也没有发朋友圈之类的动态,似乎是消失在了他的世界里,没有一丝征兆。

余烬的眉头紧紧皱了起来,心绪有些难以言喻。那天的事情让他很长时间都没有缓过神来,但即使是经过了那天的事情,他也没有任何要放弃的意思,那出现在唐向晚房间里的人,应该就是她口中那位男神无疑。

自己其实根本就没有资格去左右别人的生活,可他就是觉得不甘心,他究竟是哪一点比不上那个人?

但回想起那天的事情,自己其实也做得有些过分了,说到底自己也是有错在先。

秘书轻咳了一声:"想给她发消息又怕她生气吧?"

余烬看了他一眼:"怎么,你有办法?"

"我能有什么办法呀,我老婆每次不理我我都没辙。"秘书将桌子上的文件收了起来,"很少看到你这么认真呢。"

余烬没有说话,只低头思考着什么,半晌,道:"她的生日就要到了,我提前给她准备一份礼物,应该能消消气吧。"

秘书愣了一下,喃喃道:"我记得你说过,唐小姐的生日是十二月,现在离十二月份还早着呢。"

余烬一笑:"她的生日,没有早晚。"

林湾大道。

唐向晚深吸了一口气,看着面前那栋别墅。

时间已经过去了很多年,有些事情却还历历在目,那些好的坏的,深刻的或是早已模糊的。

她从一出生起就住在了这个地方,和爸爸妈妈一起。

不……

和唐毅。

那个人并不是她的爸爸。

陈曳站在唐向晚身后,看着她的背影,一时沉默。

"陈曳,你知道吗?这是我从小长大的地方。"

我知道。

陈曳很想这么回答,但他没有开口,只是"嗯"了一声。

许多年来,故意绕远路只是为了路过这里的事情,似乎连他自己也记不清了。

"我有能力买房子之后,就搬出来了,因为住在这里总是会想起我爸,也不想看见我妈和继父挥霍我爸留下来的遗产,觉得心里头硌硬。"即使已经知道了真相,唐向晚嘴里还是把唐毅叫作爸爸,有些感情不是那么轻易就能改变的。

唐向晚说了这句话之后，就没有再继续了，只是拿出钥匙，打开了大门。

裴婶已经去世很多年了，新请的保姆并不经常待在家里，整栋别墅显得十分冷清。唐向晚慢慢朝前走着，陈曳就一直默默跟在她身后。

看着周围熟悉的环境，唐向晚只觉得一股酸涩的感觉冲上眼眶，尤其是当她走到自己房间门口的时候，看着里面那些未曾变过的摆设，更是觉得心里头酸酸的。

那间房她已经很久没有住了，里面的窗帘、书架、衣柜，还有小梳妆台，都是爸爸亲自给她挑选的，如今已经落了不少灰尘。因为她基本不回来住，向岚也懒得请人打扫，原本精心布置的小窝也就成了现在这个样子。

当时她还因为不想要书架和爸爸大吵了一架，现在想来，当时的自己是多么幼稚。

陈曳站在她身后，看了一眼那间房里熟悉的摆设，忽然问道："你的钢琴去哪儿了？"

"我妈卖掉了。"唐向晚叹了一口气，淡淡答道，"有段时间我们过得很拮据，爸爸虽然留下了很多钱，但是都被继父花得没剩多少了，我妈那段时间卖了很多东西，包括车和钢琴，那架施坦威的钢琴是我爸送给我的生日礼物，当时是八十五万买的，最后也就只卖了十几万……"

唐向晚正絮絮叨叨地说着，突然僵在了原地。

那一瞬间，不知道是什么东西在她心上狠狠撞击了一下，心脏开始剧烈地跳动着，整个人产生了一种难以名状的怪异感，说是即视感，却又没有那么清晰。

半晌，唐向晚转过身来，凝视着陈曳。

她淡声问道："你怎么知道，我房间有一架钢琴？"

6. 你所热爱皆为我所热爱

"哟，祝大记者今天舍得来台里了？"同事宋孝玄拿着一张资料从她身侧走过，又折了回来。

祝萌萌抬头瞥了他一眼:"你这么闲呢,还有空管我来不来台里。"

宋孝玄顿住脚步,趴在她的卡座护栏上调侃道:"那是,虽然你平时挺凶的,但你一天不在,整个办公室里都没有生气了,我工作都没有积极性了,你不得负这个责啊。"

"负你大爷,干你的活儿去。"祝萌萌懒得搭理他,白了他一眼,掏出手机就开始神游。

要不要给谢警官打个电话呢?

还是发短信?

还是通过这个号码查一下他是不是真的没有微信?

宋孝玄看了看她的表情,猜测道:"哟,我们萌萌这是有男朋友了?"

换作以往,这句话通常会换来一记"祝氏无影脚",然而今天似乎并没有。

宋孝玄瞪大了眼睛,看着眼前向来脾气暴躁的祝萌萌露出了一丝……类似于娇羞的神色,然后听到对方小声道:"还没有到那个地步啦。"

宋孝玄以为自己见了鬼,愣了好半天才支支吾吾道:"你真有男朋友了啊?"语气听起来还有些伤心似的。

祝萌萌横了他一眼:"瞎猜什么,不过我真是借你吉言了,记得准备份子钱啊。"

宋孝玄整个人都愣住了,有点分不太清她是在开玩笑还是说真的:"不是吧……我还没开始追你呢,你就要嫁人了?"

"烦不烦啊!"祝萌萌看见他就来气,"忙你的去吧。"

这个宋孝玄,从实习生时期就天天围着她转悠,整天都没个正形,现在都签了好几年了,居然还是这么个德行。

"好好好,我走我走。"宋孝玄没再多话,东西都不拿了,转身就消失得没影了。

祝萌萌看着他掉在自己卡座上的稿件,喊道:"喂,你录棚不拿稿子啊。"

没有任何回应。

祝萌萌嗤笑了一声，将新闻稿拿起来看了一眼，瞬间愣在原地。

平城兰桂区公安分局民警连夜追回被盗文物，及时止损。

她边看边喃喃道："我去，宋孝玄什么时候去跑法制线了……"

只是祝萌萌看完之后，并没有一开始那么高兴了，将那张稿件放在了一旁，捧着脸若有所思。

回想之前自己做过的事情，祝萌萌简直不敢相信那是她能做出来的，说出去真是要让人笑掉大牙，作为一个省台记者，居然为了撩汉子谎称自己丢了包。

警察是一个神圣的职业。

祝萌萌捂着脸，不敢让别人看出来她现在的脸上有多么羞愧。

就这么一直发了半个小时的呆，祝萌萌终于拿出手机，拨通了那个基本上已经倒背如流的电话号码。

"喂。"电话接得很快，不过几秒钟，那头便传来男人干净醇和的声音，"哪位？"

祝萌萌忍住自己怦怦直跳的心，走到一旁的茶水间，轻咳了一声才道："那个……谢警官你好，我是省台的记者祝萌萌。"

"找我有什么事吗？"谢攸依旧是很公事公办的语气，不带一丝感情，却是相当有礼貌的。

"我……"祝萌萌犹豫了很长时间，才小声道，"我就是那天那个报假案的蠢货。"

电话那头的人明显一愣，过了好半响才"扑哧"一声笑了起来："哦，是你啊，没想到你还是电视台的记者。"

祝萌萌只觉得整个人都想找个地缝里钻进去："那个……我同事最近在做你们的一个报道，就是追回失窃文物的那个。"

"哦，那个啊，那个不是已经结束了吗？"

"是的。"祝萌萌深吸了好几口气，才终于出声道，"如果可以的话，我想报道自己前几天报假案的新闻，为自己错误的行为买单，可以去采访一下你吗？"

　　时间似乎在一瞬间停滞了，电话那头的人久久没有出声，电话这边的祝萌萌整个心都快要跳出来了，焦急不安地等待着对方的回复。

　　很久之后，那头才传来熟悉的清冷男声，听起来有些无奈，更多的却是欣慰："我知道你作为一个电视台的记者，形象一定很重要，你的领导不会同意你这么做的。其实你能正确认识到自己的错误，已经足够了，况且你也并没有真正妨碍到我们的公务，作为一个人民警察，这点辨别能力还是有的。"

　　"我……"祝萌萌一时失了言语。

　　"如果你一定要报道这件事，去提醒公众不要乱报案的话，大可杜撰出一个假的形象出来。但是你看，我这是不是又在怂恿你做假新闻了？同理，我相信你也不会无缘无故去报假案，一定是有什么不能说的难言之隐，既然如此，又何必抓着这件事情不放呢？"

　　谢攸顿了一下，才继续说道："其实警察和记者很相似，或者可以说本质上没有什么区别，每天接触不同的人、不同的事情。一个发现真相，一个传播真相。一个是记录时代，一个维护时代。一个通过报道去推动这个社会，一个尽所能去帮助需要帮助的人。但他们做的都是同样一件事，那就是为这个社会尽自己的微薄之力。"

　　谢攸这番话说完之后，祝萌萌久久地沉默着，不知道该说些什么，顿了好长一段时间，直到谢攸以为她已经挂了电话的时候，她才开口道："我知道了，谢警官。"

　　谢攸轻笑了一声："那我去忙了。"

　　"嗯。"

　　祝萌萌挂了电话，看着茶水间镜子里自己光鲜亮丽的外表，心中五味杂陈。

　　毕业这么多年了，从综艺节目的实习生做到现在跑娱乐线的记者，每天和各种明星打交道，靠着一支笔就能左右部分人的演艺生涯，她觉得自己的人生还算是圆满的。

但是在听完他那段话之后,祝萌萌开始对自己走过的路产生了怀疑。

对她而言,这只是她的一份工作,高薪资、体面,说出去很好听。

只是她好像真的从来没在里面感受到什么发自内心的快乐。

正思考着人生,茶水间里忽然进来了一个人,祝萌萌定睛一看,却是隔壁栏目的制片,那姐姐上前打了一杯开水,看了她一眼,打招呼道:"小祝,今天来得挺早啊。"

祝萌萌深吸了一口气,忽然问道:"芳姐,你们社会新闻部还缺人吗?"

7. 一个吻是一个宇宙

"你怎么知道,我房间有一架钢琴?"

陈曳似乎被她给问住了,惊觉自己失了言。一瞬间,空气中似乎再也听不见别的声音,他没有回答这个问题,只是静静站在原地,将头微微偏了过去,眼底如同深不见底的潭水,让人无从窥探。

唐向晚只觉得自己就要捕捉到什么很重要的信息了,可是当她看向对方的眼睛时,却再也看不见任何其他的神色。

陈曳淡声道:"你提过的。"

唐向晚感觉心口有什么东西就要呼之欲出了,但是一瞬间过后,她便再也想不通其中关窍。

"我……我有提过吗?"

陈曳相当肯定道:"还是前几天的事情,你不记得了吗?"

唐向晚顿时噎住,皱起了眉头,她想要追问,却又无从追起。对方越是表现得笃定,她就越是感到不对劲,就在她想要打破砂锅问到底的时候,突然传来钥匙开锁的声音。

唐向晚心中一惊,连忙拉着陈曳就朝房间里面走。

门开了之后,能听到是钟谦和向岚回来了。

好在钟谦和向岚并没有要上楼的意思,脱了鞋子之后便朝客厅走去,坐在沙发上说起话来，声音并没有刻意压低，所以这边两人也能够听到。

"其实说到底还是得赚钱，你忘了十几年前，你吃桃子严重过敏进了重症监护室，连住院的钱都付不起，还是我想办法给你凑上的，现在日子好了，吃穿是不愁了，但总觉得紧巴巴的。"

"别跟我提桃子。"

"老公，你也该找个正经事儿做了，刚才老张说的你都听见了吧，咱们也跟着投投资，也好分分担女儿身上的重担。"

"没有本金，怎么投资？你说得轻巧。"

唐向晚将身子贴在门后，仔细听着外面的动静，屏气凝神，眉头紧锁。

陈曳看了她一眼，心底掠过一丝奇异的感觉。那一刻，他也不知道自己是在心疼，还是什么别的原因。

但是，这种情形并不能给他太多胡思乱想的机会，陈曳看了身边傻乎乎的唐向晚一眼，叹了一口气，走过来将唐向晚的手机调成了静音，然后抓过了她的手。

唐向晚正惊讶的时候，陈曳直接拽过她的手指，按在了解锁键上解了锁，直接打开了她手机里的录音。

唐向晚恍然大悟，这才发现自己确实是有些傻了，原本就是来收集证据的，居然连录音这件事情都忘了，还好有陈曳提醒自己。唐向晚抬头看了他一眼，想要说些什么，却被他用一根手指点住了嘴，指尖的温度比她的脸颊要高上许多，倒不像是向来沉默的他所能拥有的温热。

"嘘。"

钟谦虽然发起脾气来有些凶，平时跟向岚说话还算是和声和气，此时此刻的他，便又恢复了往日道貌岸然的嘴脸，完全看不出来他曾经做过些什么事。

"而且你也知道，投资这种东西，我向来不懂。你就自己看着办吧。"

向岚叹了一口气，语气里隐约能听出来不是很高兴："我的意思你应该明白的，咱们现在吃唐毅的老本已经吃得差不多了，他留下来的财产是有限的，

并不是取之不尽用之不竭,想要一直过好日子,就要用钱生钱……"

钟谦一下子就明白了她的意思,毫不犹豫地打断了她的话,语气都有些不耐烦了起来:"你别以为我不知道你想说什么,无非就是想说现在拿不出一千万,你可别忘了,之前的事情你也……"

"好了好了!何必重复一遍又一遍!"向岚也跟着打断了他的话,皱起眉头来,"你这张嘴真是没个把门的,迟早有一天死在自己手上!"

钟谦似乎也意识到了自己这个问题,有些谨慎地朝四周看了过去,并没有发现什么异常的情况,但当他全方位看了看这栋房子之后,眼神突然亮了亮,多了一道奇异的光彩。

多年来的夫妻,已经有了足够的默契,向岚立马意识到不好,连忙准备岔开话题,对方却抬眼看向了她,突兀地问:"怎么,你怕了?"

"我……我怕什么?"钟谦面色阴冷地看着她,"你把别墅卖了就有了。现在房产证就在你房间里的抽屉里,你不要以为我不知道。"

向岚有些着急,几乎要吓晕了,白着面色道:"不行,你不是说了只要钱到手就没事了,现在怎么又要房产证了?不行不行的,这别墅是老头儿留给我们母女俩最值钱的东西了,以后保不准还能涨更多,说什么也不能卖,你要是卖了,你让我住哪儿?"

"咱们可以住在女儿家里啊,我看她那套房子还不错,采光也好,格局也是我喜欢的。反正她也有能力,让她出去住个小三房也就差不多了。"钟谦不以为然,过了半晌,又道,"你一开始就该把这幢别墅给卖了,早有钱,不就早能投资了吗?"

向岚一时间无言以对,有些无力地攥起了拳头,看着他的目光里也多了些无奈和怨恨。

对于眼前这个人,她爱得几乎有些病态了。

当年她爱上这个男人的时候,他一无所有,如今,他依旧一无所有。想起来,当年的他长相儒雅,也不太爱说话,年轻的时候却很招女孩子喜欢。他们在同一个村长大,上的同一所小学和中学,彼此也曾许过海誓山盟。

哪怕是她后来做错了事情,被他威胁了一辈子,也都一意孤行地待在他身边,从未想过要离开这个人,但这一刻,她真的有些疲倦了,十几年来的隐忍,通通都不重要了。

向岚的声音渐渐低了下去,带着喟叹与无奈:"钟谦,你不要太过分了,那毕竟是你的亲生女儿。把她逼死了,谁都没有好日子过。"

"这个时候知道心疼了?"钟谦瞥了她一眼,扶了扶眼镜,"你花她钱的时候怎么不说自己过分?不过有一点你说得对,她毕竟是我的亲生女儿,女儿养老子是天经地义,是传统,孝义不可废的道理,你懂不懂。"

钟谦的话就好像是尖刀一般扎在唐向晚的心上,一句一句,捅得她连一点完好的地方都不剩。唐向晚的泪水一瞬间汹涌而出,所有的委屈似乎都集中在了一起,再也无法控制。

眼看着她就要抽泣出声了,陈曳心下虽然心疼她,更多的却是焦急,连忙上前示意她不要发出声音。

如果让钟谦知道她躲在这里,后果将不堪设想。

唐向晚虽然伤心,却也知道这个时候不能任由自己的情绪崩塌,因为此时此刻她并不是一个人,她的一举一动也都牵扯着陈曳。

两人正用眼神交流的时候,外面似乎起了更大的争执,似乎是向岚在拼命拉扯钟谦,而钟谦却要朝楼上走去。

"你站住,你不许去!那是老头子留给我们仅剩的值钱的东西,你说什么也不能去拿!"

陈曳一惊,连忙拉着唐向晚躲进了床下。天旋地转之间,唐向晚已经被陈曳塞了进去,带着还没有干透的泪痕,一脸茫然地看着他。

陈曳叹了一口气,用眼神道:我要是不陪你过来,你早就死了一万次了。

唐向晚无从辩驳,只好乖乖躺在床下,抹了抹眼泪,认真听着外面的动静。

空气安静得出奇,陈曳伸出手拽了拽床单,尽量将两人罩得更严实一些。

果然,隔壁的门被打开了,钟谦进去开始翻箱倒柜了起来,动作大到连这间房都能听得一清二楚。

知道自己再拦也没有用,向岚没有再阻止,只是站在门外语气哽咽道:"你这个没良心的,你说是要一千万还赌债,你以为我不知道,你又是去拿给何小媛了吗?"

钟谦没有说话,但也没有停止手上的动作,依旧在房间里四处翻找着。

"我知道她给你生了个儿子,但现在我才是你的妻子啊,你怎么能够做出这种丧尽天良的事情呢。这么多年来你是靠谁活过来的,你不知道吗?"

钟谦的目光渐渐变得阴森了起来,回头望着她:"当初你答应过我什么,现在却又在这里装可怜,唐毅是怎么死的,你心知肚明吧?你以为,我真的不敢将当年的事情告诉女儿吗?"

"你不要再威胁我了!当年的事情我根本毫不知情,根本就是你一个人策划的!"

"你默认,你逃不了干系!"

原来当年的事情,和母亲也脱不了关系,原来父亲的死真的是他们一手策划的。

唐向晚瞪大了眼睛,泪水汹涌而出,两人的话语如同尖刀一样扎在她的心头,不给她一丝一毫喘息的空间。似乎是再也忍不住了,唐向晚几乎就要哭出了声,在一半黑暗一半明光的室内低低抽泣了一声。

那一瞬间,周遭都静了一静。

下一秒,身侧的陈曳直接用吻堵住了她的嘴。

他的唇有些软,却并不是没有一点力量的,有些像是被炭火微微烘过的棉花一样,那么轻轻地覆盖在她的唇上,带着温暖的安抚。也有些像是春日的涟漪,缓缓荡漾开来,将她的眼泪都融在了自己的心里。

太过于突然,没有任何准备。唐向晚呆呆地看着面前的人,将接下来的抽泣声都咽了回去,再也不敢出声。

外面的钟谦屏气凝神，问道："你有没有听到什么声音？"

向岚一愣，随即愤怒道："你不要岔开话题！我告诉你，当年的事情跟我没有关系！房产证，我是不会给你的！"

两人吵架的声音已经完全听不清楚了，陈曳的神情被隐藏在了阴影之下，在触及她的目光之后便慌忙落跑，下意识松开了她的唇，将沉重的头搁在唐向晚的肩上，碎发拂过她的脸颊，只让人觉得发痒。

唐向晚的泪痕仍旧挂在脸上，整个人却都已经呆了，有些恍惚地回忆着刚才的那一瞬间。

恍如隔世。

8. 他一错到底还不知悔改

大耀传媒 27 楼多功能会议厅。

整个会议厅里坐了接近三十多个人，每一个人都是西装革履，神情严肃的模样。

这是一场重要的会议，有人在认真地做着会议记录，有人时不时提出问题或是自己的见解，一切都是那么正常。

但正常的环境里，总是有那么一两个不靠谱的人。

比如余烬。

这个刚刚毕业没多久就已经坐在领导右手第一排的不知道被多少人羡慕的年轻人，正埋头在电脑的背后，认真地……做手工。

纤密的睫毛在他脸上刷下一排阴影，如果不是耳朵上的耳机出卖了他，不知道的人还以为他开会有多认真。

键盘的边上摆了一个盒子，盒子里装满了五颜六色的黏土。盒子的旁边放着一本书，书的封面粉粉嫩嫩的，上面写着八个大字——《女孩私房手工教程》。

电脑里的画面也不是正在谈论的会议内容，而是一张照片，照片里是一个略有点婴儿肥的姑娘，穿着一身超大号的学士服，被同样穿着学士服的余烬搂

着肩膀,站在树林里的模样,男孩儿大笑着,女孩儿却死板着个脸,似乎不大愿意跟他拍照的样子。

但即使是这样一张照片,也被他拿来当电脑桌面,一当就是好多年。

"我觉得这个方案还有改进的余地,就比如植入方面就不够全面,除了普通的口播植入之外,其实还可以有很多别的软植入,比如将商品作为整个剧的主线,刘章,你一会儿下去修改一下。"

"好的,明白了。"

此时此刻,余烬正在给自己的黏土小人捏小鞋子,试了好几种颜色感觉都不是很好看,于是他便皱起了眉,凑近了那张照片。

一旁主持会议的人简直看得咬牙切齿,如果他不是余绪的亲儿子,自己一定要把他电脑上的画面直接投影出来,让所有人都来谴责他。

然而,在权势没有对方高的情况下,这种画面也就只能在心里想想罢了。

不只是他,座上许多人看着董事长的儿子这副吊儿郎当的样子,都有些叹气,不说什么不尊重工作的空话,谁不想活得这么轻松自在,只不过没有人家的资本罢了。

余烬戴着耳机听着歌,终于发现了一个让他满意的颜色,兴奋地将那块黏土挑了出来,继续认真地做着自己的手工,全然不管旁人那些艳羡或是鄙夷的目光。

唐向晚坐在咖啡厅的角落里,看着坐在自己对面的陈曳,眼底说不出是什么样的情绪。刚才的事情就像是梦境里发生的事情一样,记忆清晰,却从未敢想。

这种时候,她也不敢再提这件事情了,只拉了拉自己的口罩,闷声道:"何小媛没有工作,这些年来一直都是靠着钟谦养着她和她的儿子,当然,这些钱也是从我这里出的。我之前也有找人调查过何小媛,听说她还算是精明,瞒着钟谦在这里开了一家小咖啡店,平日里只有周末才会过来看看,既然要收集证据,那就收个全套。"

陈曳将咖啡放到一边，看了她一眼，想说些什么，却又憋了回去。

顿了好半晌，他才忍不住开口："你在咖啡厅戴个口罩，生怕别人不知道你有多古怪吗？"

"那我怎么办，那么多人认识我，何小媛一定也见过我。"唐向晚皱着眉反驳，"被人觉得古怪，总比直接认出来要好吧？"

陈曳敛目，语气淡淡："坐过来。"

"哈？"唐向晚愣了一下。

"叫你坐过来。"

陈曳又重复了一遍，唐向晚这才明白他是什么意思，此时此刻他的位置正对着墙，却又朝着收银台稍微倾斜，自己只要坐在他的右边，就能很好地被掩护起来。

扭怩了一下，唐向晚才起身小心翼翼地坐了过去。陈曳伸手轻轻摘掉了她的口罩，道："你不用紧张，我会陪着你等。"

陈曳的话语令她安心不已，唐向晚只觉得心里头有股暖流缓缓流动着，将自己这么多天来的委屈都冲刷了干净，原来在这种时候，喜欢的人一句关怀的话语能有这么强大的力量。

无论是遇到什么样的阻拦，只要一想到陈曳还在自己身边，就觉得什么也不用怕了。

正要说些什么的时候，收银台那边忽然有人笑着道："老板娘，您来了。"

唐向晚立刻探头要看过去，却被陈曳一把拽了回来，直接搂在了自己的肩膀上，将她的脸埋了起来，带着些愠怒侧头道："动作不要这么大。"

他的肩很暖和，宽阔而又硬挺，就像自己想象中那样有安全感，唐向晚埋在他的肩膀上点了点头，闷闷地"嗯"了一声，陈曳才轻轻松开了她。

陈曳刚才主动搂她了，这都是以前想都不敢想的事情。唐向晚有些不好意思地低着头，脸红了红，好半晌才平复下心情，悄悄朝那边看了过去，这一看，

就愣住了。

柜台那边站了一个女人，看上去已过中年，手里拎着的包也是极其名贵的，但不知道为什么，总觉得与她不太相配的样子。那人似乎正在和自己的员工说些什么，等到她把头转过来的时候，唐向晚才一惊。

"那不是那天在电影院看到的女人吗？"唐向晚看着那人，喃喃道。

陈曳随着她的目光看了过去，才发现那人确实有些眼熟，正是那日看电影的时候，坐在12号座位的人。

唐向晚看得有些呆了，目光渐渐变得恍惚了起来。

那日在电影院，有个陌生的女人和自己说："没想到在这里还能看到他的女儿。"

当时以为她说的是唐毅，现在想起来，她这个"他"字，应该是钟谦。

大耀传媒17楼。

有时候现实就是这么残酷，在工作岗位上坚守了十几年的人，也抵不过一个初来乍到的新人强大的背景，说是从底层做起，可就连这所谓的"底层"，在某些人眼里，也是永远也无法企及的地位。

余烬坐在独立的办公室里，开着音乐，继续做着手工……

虽然时不时转转椅子，起来活动活动筋骨，但几乎所有剩余的时间都花在这个黏土上了，丝毫没有把心用在工作上面。

所以当余绪黑着脸走进来的时候，余烬也没有感受到周围骤然降低的气压。

直到余绪猛然一拍桌子的时候，余烬才从自己的世界里走了出来，愣了一下，看了自己老爸一眼，问道："咋了老余？"

门外不少职员都悄悄竖起耳朵听了起来，他们不敢明目张胆地围观，一个个坐在自己的卡座上，却几乎全部都关注着那边的动静。

余绪本来还是黑着脸的，听他这么叫了一声自己，连忙转身把门给带上了，然后走回来指着他的鼻子骂道："你这个王八羔子，能不能注意点场合！"

"注意什么场合啊,这隔音效果这么好,谁听得见。"余烬不耐烦地左右转着椅子,还顺口问了一句,"哎,你觉得这个脸形是捏长一点好看还是捏短一点好看?"

不等余绪回答,他就自言自语答道:"还是短一点好,比较像她,胖乎乎的。"

"余烬!"余绪再次拍了一把桌子,这次的表情比刚才却要严肃不少,甚至多了些恨铁不成钢的意味,"爸跟你说正事的时候,站起来!"

余烬没想到一向疼他的老爸突然发这么大的火,一时愣了一下,却没有多说什么,放下手中的黏土站了起来:"怎么了,怎么了这是?"

"我都听说了,今天开会的时候你就在玩泥巴!你这是不务正业你知道吗!整个公司上上下下都传遍了!你说你都已经毕业的人了,能不能稍微收敛一点自己的小孩子心性,非要别人在背后对着你爸指指点点,说我余绪教出来的儿子就是这么个东西,你才满意吗!"余绪一教训起儿子来,嗓门就下不来,还越说越生气,"你知不知道你拥有的是多少人哭着喊着都没有的机会!"

"那你不如把机会留给适合的人。"不知道为什么,余烬竟然不再像从前一样乖乖挨训,而是转身又坐了回去,有一搭没一搭地捏着手里的黏土,声音不大,听在对方的耳朵里,却是那么的刺耳,"是你非让我来的,我本来就不喜欢做这些事,我从来都没有打算进你的公司。"

里面的动静实在是不小,不少胆大好事的实习生直接开始扒着门缝偷看了起来,还窃窃私语:"哇,余烬跟他爸吵架有点帅啊。"

"去去去,找骂呢吧你们。"领导连忙过来赶鸭子,"赶紧回去工作。"

"你!"面对着儿子的挑衅,余绪一下子火气又上来了,平时温文尔雅的样子都消失了,上前就把儿子桌上的黏土全部扫到了地上,"那你喜欢做什么,你就喜欢玩泥巴是吗?"

捏了许久的小人落到了地上,有些还是完整的,有些已经变得七零八落了。就如同破碎的镜子,即使能够用胶水修补完整,却再也照不出来一张完整的面容。

周围一瞬间安静到可怕,外面没有一个人敢出声。

可余烬竟然难得地没有发脾气,而是看着一地的狼藉淡淡道:"我没有喜欢做的事情。"

那一瞬间,眼底如同深不见底的湖水,没有一点涟漪。

他就是这么一个没有任何特色的人,没有自己的标签,没有职业梦想。他不像唐向晚一样喜欢写东西,也不像她的男神陈曳一样喜欢音乐。

平生的追求:唐向晚和游戏。

像他这种碌碌无为的人,如果不是靠着自己的有钱老爸,恐怕早就淹没在人海里了吧。

所以他抬起头来,眼神里一片平静。

"老爸,我挺感谢你的,真的,还好我是你儿子。"

9. 有个喜欢的人是多么美好

"嗨,谢警官,还记得我吗?"

祝萌萌今天穿着一身电视台的工作装,胸前台标尤其明显,和之前出现的样子截然不同。

谢攸倚在门口,上下打量了她一眼,倒真是有些意外。

"祝大记者。"谢攸这么笑着喊了她一声。

像是吸了一口清凉油的气味,祝萌萌只觉得整个人都要飘起来了。在她这么多年的职业生涯里,无数人都这么叫过她,但只有当谢攸这么叫她的时候,她才有一种难以名状的成就感。

或许这就是暗恋的感觉吧。

谢攸看了看表,又看了看她身后的摄像大哥,皱起了眉,问道:"不过,今天怎么派个女记者过来冲场子?"

祝萌萌故意道:"啊,那个我同事临时有事来不了。"

"也行,反正你稍微站远点,今天去的地方比较危险。"谢攸有些担忧地看了她一眼。

"好。"祝萌萌直接应了一声,可不知怎的,又鬼使神差地抬起眼眸来,朝前迈了一步。

对上那人幽深的瞳仁,祝萌萌紧张道:"谢警官会保护我的,对吧?"

谢攸愣了一下,冬日的阳光笔直地照了过来,打在对方姣好的面容上,将她一头黑发照得光泽如瀑,一时间,他竟有些花了眼。

但只是一瞬间,他便恢复了公事公办的神色,带着疏离而又自然的语气淡声道:"当然会。"

这个回答让祝萌萌神思恍惚了好一阵子,可他的表情根本看不出来对自己有什么别的意思,大概作为一个人民警察,保护每一个公民都是他应尽的职责吧。

于是祝萌萌笑了笑,笑着道:"骗你的啦,你别紧张了,我是跟着交警去查酒驾,坐同事的车一起过来的,一会儿就走了。"

"原来是这样。"谢攸松了一口气,"查酒驾也要注意安全,不要和别人起冲突。"

祝萌萌的嘴角扬了起来,有些偷乐。

"我知道了。"

咖啡厅。

唐向晚和陈曳依旧坐在角落里,默默注视着何小嫒的方向,他们所在的位置虽然听不太清那边具体说了些什么,但基本意思还是能够听懂的,无非是说些最近忙儿子出国留学的事情有些忙,前些日子没空过来看店。

"老板娘真是好福气啊,等儿子出国留学回来,有出息了,肯定会好好孝顺你的。"

何小嫒似乎也很喜欢听这些话,一时之间笑了起来:"那就借你的吉言了。"

"不过你一个人带着孩子也挺辛苦的吧。"

"不辛苦,只要儿子有出息了,我为他做什么都是值得的。"

角落里的唐向晚忽然冷笑了一声,语气有些愠怒:"真是不要脸,用的又

不是她自己的钱,当然不觉得辛苦了。"

陈曳看了她一眼,忍不住道:"你小点声。"

唐向晚有些不服气地朝后坐了回去:"我等不及了,我现在就想去报警。"

"就这么点证据,你就去报警,不是打草惊蛇吗?"陈曳皱着眉,"你能不能沉住点气,别老是跟以前一样。"

他说"以前"两个字的时候,唐向晚顿了一下,瞥了他一眼,隐隐觉得有些不对,一种奇怪的想法在她脑子里慢慢浮现。

自从那天听他说起钢琴的事情,她就一直觉得不对劲了,原本以为是自己一直在寻找他,可是不知道为什么,总感觉他似乎很了解自己一样。

仔细想来,那天她说起钟谦才是自己亲生父亲的时候,他的反应也很是平静,这一切都让她百思不得其解。

唐向晚将目光从何小嫒身上收了回来,看向了自己面前的咖啡,神色莫辨。

"陈曳,你之前,是不是很早就认识我了?"

陈曳没料到她会忽然说这句话,敛目道:"谁没有听说过你?"

"我指的不是这个,我的意思是,除了车祸赔款那一次,你是不是很早就认识我了?"

"怎么会。"陈曳的面色忽然有些变了,将手从她肩膀上慢慢收了回来,尽管仍旧挡着她,但态度明显不像之前那般了,而是有些冷了下来。

他越是这样,唐向晚就越是觉得蹊跷,却没有一心打破砂锅问到底,只道:"好,既然你不肯告诉我,我也不追问你,我只问你一个问题。"

"什么问题?"

"你喜欢我吗?"

陈曳顿了一下,眼中隐约有几道转瞬即逝的光影,他没有正面回答,而是道:"在这种时候,这个问题很重要吗?"

"很重要。"

陈曳没有回答,只将头偏了过去,将目光投向了车流如织的窗外,神色莫辨。

有时候，一个人在自己心里，并不能简简单单用喜欢或是爱就能概括，因为那个人就是心里一个很重要的人，谁也不能够替代。

"你现在最重要的事情，是收集证据。"男人的声音一如既往的清冷，没有一丝温度。

夜风悠悠地吹着，车辆在一段减速之后停了下来，车主们纷纷朝这边投来或是淡定或是惊惧的目光。

祝萌萌穿着电视台的工作服，站在离高速公路收费站两百米之外，和高速交警们有一搭没一搭地聊着天。

"你们的工作是真累啊，我就来了一次就有点扛不住了。"祝萌萌拢了拢领子。

一个交警笑了笑："你一个姑娘家，不在家里待着看电视剧，出来跑现场也是很辛苦的，我们都是大男人，这些苦算什么。"

祝萌萌有点不好意思地挠了挠头，她本来是做节目的编导，只不过最近没有项目，比较闲，就临时替了一下地面频道的同事，想过来体验体验。

这段时间抓酒驾抓得比较严，为了普及酒驾的危害，台里特意派她出来跑现场。到目前为止，她已经在这里站了三个小时了，抓到的酒驾倒是不少，每抓到一个她就会跑过去采访。

此时路过的车辆比较少，祝萌萌闲着没事，便将身子转了过来，朝四周看了看。

不远处一个昏暗的角落后面，一辆不算太起眼的别克车停在路边上，从外面看不清里面的具体情形。

"怎么还没有经过？"

"嘘，不要说话。"

"我怎么觉得那姑娘有点眼熟啊。"蹲在一旁的人小声道。

谢攸朝那个方向看了一眼，脸色冷了几分。

　　略有些昏暗的路灯下面,一辆越野车经过的时候突然加速,准备强行冲卡,被高速交警拦了下来,上前盘问之后,便拿出酒驾测试仪准备测试。祝萌萌看见有情况,便拿着话筒抬脚走了过去,摄像大哥跟在她身后也走了过去。

　　远处的谢攸忽然正了脸色,示意大家都不要动。

　　车窗降了下来,驾驶座上坐着一个光头,看上去四十来岁的样子,鼻尖还长了一颗痣,看着交警,脸色有些奇怪,就连动作都有些缓慢。

　　祝萌萌似乎闻见了什么奇怪的味道,便皱起了鼻子,喃喃道:"我怎么闻到了一股爆米花的味道……"

　　四周一片寂静,祝萌萌的脸色也突然白了起来。她很快便意识到自己到底说了一句多么没脑子的话。下一秒,自己的腰部似乎被什么尖锐的东西狠狠抵住了,祝萌萌脸色煞白,顿时冷汗直下,呆呆地看着眼前的光头,一句话也说不出来。

　　"糟了,情况有变!"

　　昏暗的角落中,有人大为震惊,直接拉开车门跳了下来。

　　这边的高速交警也完全没有料到会有这样的事情,因为他们出勤一般不会带枪,顿时便愣在了原地。

　　祝萌萌整个心脏都快跳出来了,她万万没有想到,自己新工作第一天就会遇到这么危险的情况,寒意从背部一直上升到头顶,几近昏厥,很快,她便缓缓举起了手来。

　　因为这种情况下首先要保证她的安全,所以交警即使有警棍也不能轻举妄动,只能想办法先拖延时间。

　　那人正用尖刀抵着祝萌萌的腰,正要放狠话的时候,脖子却骤然被人勒住,狠狠朝后拉去。谢攸一身警服,自另一个车门处骤然出现,直接将他钩住,狠狠扳向了另一个方向。

　　"不许动!"

　　"人民警察,放下武器!停止抵抗!"

四周一片寂静，气氛沉凝而肃杀。

祝萌萌腰上的尖刀被移开，交警迅速上前将她接了过来。

谢攸出现得太突然，那人明显没有反应过来，迅速举刀朝他挥了过去。谢攸哪是那么容易被偷袭的人，略微侧了侧身子，那把刀便从他胸前掠了过去，在转瞬之间削掉了他的扣子。

已经错过了最好的逃脱时机，看着随后跟来的一群警察，光头眼中一丝黯然闪过，低骂了一声，随即便举起手来，什么也不说了。

那是个已经调查了很久的毒案，据可靠情报显示可能会在今夜进行贩毒交易，而这个名叫方守义的光头，则是整个毒案当中最大的毒枭，直到这一次被锁定目标之前，都在平城逍遥法外，他们几个本身就是在这里蹲守，却没想到撞上这样一幕。

看着谢攸已经控制住了场面，这边的人才松了一口气。

祝萌萌呆呆地看着从天而降的谢攸，然后将目光投向了地上那粒明晃晃的扣子。

"方守义，名字倒是取得不错。"谢攸瞥了光头一眼，直接为他戴上手铐，却丝毫没有放松过警惕之心。

一切动作做完之后，谢攸偏过头看了祝萌萌一眼，似乎是想骂她，半响之后，还是问道："你没事吧？"

看着面前的人，祝萌萌一句话也说不出来，半响，"哇"的一声哭了出来。

"对不起……"

第五章

超·甜·蜜·算·法

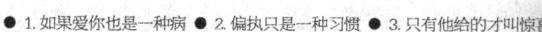

● 1.如果爱你也是一种病 ● 2.偏执只是一种习惯 ● 3.只有他给的才叫惊喜
● 4.你眸中是百万年星夜宇宙 ● 5.我想和你看岁月年年
● 6.一颦一笑一生长 ● 7.分清对错又能如何 ● 8.万钟于我何加焉

1. 如果爱你也是一种病

面前这个人，唐向晚以为自己一辈子都不会跟她有什么交集，只是没想到自己约她出来的时候，她还是愿意出来，甚至看上去很是平静，没有怎么把自己的邀约当一回事。

唐向晚早到了很久，点了不少的菜，此刻都已经凉了不少，但徐茵还是沉默地坐在她对面，一边玩着手机，一边有一搭没一搭地喝着面前的果汁，没有什么别的表情。

唐向晚有点尴尬地攥了攥手，只觉得自己现在的举动很奇怪，不过既然都已经约出来了，也没有办法收场了："我知道我不该来问你，但我真的没有别的办法了。"

徐茵轻轻笑了起来，瞥了她一眼，道："有什么话，你完全可以直接去问他，你也看到他对我的态度了，我对他也没有多深的了解。"

"他不愿意跟我说，我也问不出来什么事情。"唐向晚深吸了一口气，"徐茵，我只是想知道，这四年里，他是怎么过来的，又发生了什么事情。如果你愿意告诉我，你就告诉我。如果你不愿意，也没有关系的。"

徐茵本身也是个骄傲的姑娘，这段日子以来，她依旧像从前一样，每日坚持和陈曳发早安晚安，尽管对方从来没有回复过她。自从陈曳离开了朝阳客栈，她就再也找不到他了，如果不是唐向晚这次约她出来吃饭，她还不知道陈曳如

今身在何处。

"你凭什么觉得我会告诉你?"徐茵昂起头来,"况且,从我这里得到的消息,又有几分可信呢?"

唐向晚一时间语塞,不知道说些什么。

徐茵有些冷漠道:"谢谢你请我吃这顿饭,不过,陈曳的过去,就算我再清楚,也不会告诉你半个字。你如果真的喜欢他,有一百种方法可以走进他的内心,而不是从我这里来打听。"

她这句话说完,唐向晚便愣在了原地,一时之间,竟有些怔忪,觉得她这句话仿佛是敲在自己心里的一个钟,提醒了她。

是啊。

如果自己真的喜欢他,又何必从旁人那里打听呢。

"还有,"徐茵抬起头来,目光坚定,"我是不会放弃喜欢他的。"

说完这句话,徐茵直接拎起了包,离开了她的视线。唐向晚怔在原地,那句话久久响在耳边。

唐向晚戴着口罩走进了之前那家酒吧,坐在了最角落的位置,将口罩朝上拉了拉,屏气凝神地看着台上的人。

"接下来这首歌,是我高中写的,从来没有在这里唱过。"

众人开始欢呼了起来,有人喊道:"是什么歌呀,陈曳?"

"没有名字。"

台上那人开了嗓,唱起了那首许多年前的歌,一如既往的深情模样,只是不知道那份深情是唱给谁听的。唐向晚就那么静静注视着他,时光倏忽而过,一看就是很多年。

酒吧里,那人不再是穿着蓝色的校服,而是穿着一件简简单单的米白色衬衫,歌却还是当年那首歌。

今天只唱一首歌,唱给一个骄傲的姑娘。

她是明月是朝阳,是我梦寐的宝藏。

笑起来是温柔蜜糖,一眨眼就点亮了长夜星光。

愿有一天能得到这奖赏。

当他唱到最熟悉的那部分的时候,唐向晚心里"咯噔"了一声,当年的场景依稀浮现在眼前,只是这一次,他自如地唱完了那一句,没有偏过头来看她。

唐向晚只觉得自己心里被刀割了一样难受,就好像当初那个时候发生的事情,也只不过是她做过的一个梦而已,从来都是她一个人的一厢情愿,可是她不甘心。她不相信他真的就只能是自己的一个梦,一个抓不住的,虚无缥缈的存在。

唐向晚突然站了起来,走向了一旁的话筒,许多人都将目光投向了这个女孩儿,有些诧异地看着她。

唐向晚抓着麦,侧过脸看了他一眼,直接接了他的下一句。

今天只唱一首歌,散场之前唱完这首歌……

全场鸦雀无声,陈曳也没想到会有人打断自己,愣了一下,将头偏了过来。

永远做她的少年,把吻她当作愿望。

在人海声潮,在绝壁悬崖,在咫尺身旁……

唐向晚抓着话筒继续突兀地唱着歌,口罩之下看不清她全部的面目表情,只是所有人都能感受到她眼底的哀伤。

半晌之后,身后乐队的人对视了一眼,继续演奏了起来,跟着她的节奏走着。

少女的声音有些彷徨和悲伤,没有专业的唱法,甚至听起来有些可笑。

……

在她生命里第一个到场。

一首歌唱完,周围的人纷纷开始窃窃私语了起来:

"搞什么啊,不会唱歌还跑上去唱,以为自己是谁啊?"

"不对啊,陈曳不是说这首歌是高中写的,从来没有在这里唱过吗,她怎么会唱?"

"是啊,难道他们是高中同学吗?"

在众人的议论下,唐向晚终于唱完了这首歌。她抬起头来,透过酒吧里迷离的灯光看向了那人的眼睛,然后说道:"谁说没有名字,这首歌的名字叫作'今天只唱一首歌'。"

陈曳站在话筒面前,不发一言,也不看她。大概是觉得她有些无理取闹,陈曳直接松开了话筒走到她面前:"你先下来。"

她也算是半个公众人物了,在这里胡闹像什么话。

唐向晚朝后退了一步,摆脱了他的手,只道:"我不下去。"

于是,陈曳便停住了,手上的动作生生收住,有些无奈地看着她:"你到底要干什么?"

"我干什么,我在追你啊男神。"唐向晚忽然咧嘴笑了起来,笑容里的苦涩几乎要溢出来了,只是隐藏在口罩下,没有人能够看见,"不是都说女追男隔层纱吗?我都已经这样了,你为什么还是不肯喜欢我,但就算你不喜欢我,你就直接告诉我一个答案就好了啊,只是回答我一个问题,有那么难吗?"

陈曳看着她那副鬼样子,皱了皱眉,上前一步,又顿在了原地。

"你是不是喝酒了?"

"来酒吧我不喝酒喝可乐吗?再说,我喝没喝酒……重要吗?"长期压抑在心底的那些想法都宣泄了出来,唐向晚再也不顾什么形象了,突然撕心裂肺地喊,"陈曳我喜欢你啊!"

唐向晚的声音有些沙哑,说出口的话却是那么清晰。她就那么站在那里,将自己内心的所有想法全部宣泄而出:"我知道明明你也是喜欢我的,你那天在电梯外面那么紧张我我都看到了!如果你不喜欢我,为什么在得知我遇到危险的时候那么慌张,为什么会出现在我的店里,又为什么知道我房间里有一架钢琴?除非你能够给我一个合理的解释,否则我今天是不会走的,我就一直在这里,站在所有人面前,等你告诉我一个答案。还有,如果你不喜欢我,为什么要吻我?"

被喊话的那人站在人群中央,目光锁在她那张半遮住的脸上,差一点就要上前一步了,可他一想起自己这么久以来的坚持,想起那些横在他们之间无法跨越的鸿沟,便又生生收住了脚步,声音仍旧是那般冷漠、没有温度的。

"你是不是有病?"

那句话一说出口,他就有些后悔了,只是他没有办法,他只能这么做,只有这样才能让她不再心存念想,也只有这样,才能让自己死心。

周围一片哗然,不少女孩子都有些看不下去了,只觉得陈曳看上去格外绝情,只是旁人不敢大声议论,只敢小声地讨论着。

唐向晚终于敛了歇斯底里的神色,将痛苦都吞了回去。

"如果爱你也是一种病。"

……

陈曳的脚步顿在原地,抬起头来,望进她幽深的瞳孔里。

三秒钟之后,原本被这场闹剧打搅的酒吧突然重新沸腾了起来,只是这一次的沸腾却和往常的喧闹不一样,人们开始狂叫、吹口哨,就连身后乐队的吉他手也没忍住为他们喝彩。

这一切,只因为那个向来清秀冷漠的少年做了一件让所有人都意想不到的事情。

他大步朝前迈去，一直走到女孩儿的面前，不管不顾。

第二次扯下了她捂得严严实实的口罩，在对方瞪大眼睛之前，弯下腰便吻了上去。

这一刻，他忽然疯了，不再逃避，也不再自卑。

我知道我们之间不会有结果，所以我疏远你，拒绝你的靠近，这是我的理智。看到你难过，便也跟着遗憾难过，忍不住想要找回你，这是我的感性。

知道永远不会有结果，但还是想趁着最爱你的时候认真爱你，每天吻你一万次，饮鸩止渴，如履薄冰。这大概就是爱情吧。

为了这一刻的到来，我已经小心翼翼等了很多年。

我将永远都不会后悔我此刻的决定。

……

灯光沉醉迷人，看不清神色，只能听见众人起哄的声音。

双唇蓦然被人擒住，唐向晚的心跳都漏了半拍，望着他近在咫尺的鼻尖，眼前一片眩晕，几乎就要栽倒在地。

香甜如糖果的气息就在面前，想到往日种种，陈曳忽然有些哽咽，然后他便慌张地松开了她的唇，只是一瞬，便又恢复了往常的神态，只是却不再像以前那般疏离，而是多了几分说不清道不明的宠溺神色。

"你不是要等我的回答吗？"

这句话说完之后，陈曳顿了一下，清冷的声音如皎皎月影缓缓流泻而出，一直传到她的耳朵里。

如果爱你也是一种病。

"其实我们是同病相怜。"

嘴角依旧温热，分毫不减，唐向晚整个人都僵住了，大脑一片空白，连手都不知道该往哪里放了。那一瞬间，她恍惚间觉得自己身处天堂，绝非幻影。

这句话真好听，她这辈子都没听过这么美的情话。

陈曳看着她,她便也回望着他。

她曾经以为最亮的星星都是在天上的,遇见他之后才知道,原来最璀璨的星星,都藏在他眼底。

2. 偏执只是一种习惯

犯罪分子被控制在另一辆警车里,祝萌萌和摄像大哥坐在这辆警车的后座,有些紧张地朝窗外看去。

闯了那么大的祸,刚才又在那么多人面前哭了鼻子,祝萌萌一句话也不敢说了,只是低垂着眼,小心翼翼摩挲着手里那粒扣子。

那是她刚才趁乱在地上捡的,原本是打算还给谢攸,可是她此刻连话都说不出来。

这时,手机铃声突然响了。

祝萌萌接了电话,便听见唐向晚欢呼雀跃的声音:"萌萌我跟你说个事,你绝对不敢相信。"

祝萌萌一听到她的声音,越发委屈了起来,带着哭腔道:"晚晚,我刚才差点真死了。"

电话那头的唐向晚一愣,一下子就忘记了自己原本想要跟她说的事情,连忙问道:"你怎么了,出什么事了,没事吧?"

祝萌萌抬头看着前面开车的人的背影,一时间神思恍惚。那一瞬间她觉得自己就像是个漂泊多年的浪子终于找到了人生的归途,没有一点征兆,就爱上了这个人,看见他,就像看到了满天开花的星星。

"我现在已经没事了,明天出来吃饭,我再给你详细说吧。"祝萌萌拿着电话,轻声道。

唐向晚虽然担心她,但是听她语气觉得还好,于是安慰了几句便挂了电话,让她回家之后告诉自己一声。

祝萌萌将手机放下,将目光投向了前排那人的背影,然后垂眸,看着自己

手中那粒明晃晃的扣子。

　　谢攸，你在我的生命里出现得太晚，但幸好我没有错过你。
　　……
　　坐在副驾驶上的警察看了祝萌萌一眼，见祝萌萌状态不是很好，便安慰道："你也别太自责了，这是个意外，现在不是好了吗？"
　　祝萌萌还是有点紧张，用余光瞥了一眼驾驶座上的谢攸，忍不住搭话道："我以前不知道，你们的工作居然这么危险。"
　　谢攸专心开着车，听了这话，忍不住笑了一下："祝记者不是一直跑社会新闻线的吗？怎么会不知道这工作危险？"
　　后排的摄像大哥插嘴道："她是娱记。"
　　"谁说的。"祝萌萌连忙回头飞了一个眼刀给他，然后解释，"他的意思是说我是'渝记'，我是重庆人。"
　　撒了一个莫名其妙的谎，祝萌萌忍不住想要给自己来上一巴掌，并不是说对记者的种类有什么偏见，只是谢攸之前误以为她是跑法制线的，她刚调过来，不想被拆穿而已。
　　"不过这还算不上危险，真正危险的事情多着呢。"副驾驶上的警察似乎是想到了什么往事，看了谢攸一眼，感慨道，"谢攸他爸就是……"
　　"朱平，你闭嘴。"
　　意识到自己说错话了，说话的人吓得立刻噤声，尴尬地将眼神收了回去，再也不敢张嘴了。
　　祝萌萌也吓了一大跳，她从来没见过谢攸发这么大的火，一直到车停下来，众人互相道了别，看着谢攸离去的背影，祝萌萌才小声问道："他怎么发那么大火啊？"
　　那位叫作朱平的警察叹了一口气："谢攸他爸也是警察，不过在很多年前一次追击过程中，被自己的同伴误杀了。你也知道的，咱们追击一般都是交叉错开追击的，但和他一起出警的那位……哎，算了，都是过去的事情了，祝记者早点回去吧，时间也不早了。"

没想到谢攸竟然还有这么痛苦的回忆，祝萌萌低下头来，目光一时有些黯然，点了点头："好的。"

第二日。

餐厅。

祝萌萌张大了嘴，呆呆地看着面前这个既熟悉又完全不熟悉的陌生人，简直尴尬到不知道说什么，也不知道唐向晚是中了什么邪，居然会喜欢这么闷的人。

虽然高中三年是一个班的，但是加在一起说过的话似乎不超过五句，大多数都是从唐向晚口中听见这个名字。

原本还以为只是跟唐向晚过来吃个饭，没想到对方居然还拖家带口过来了。不过，这个时候她才明白昨天唐向晚究竟在雀跃什么，这么突然就在一起了，简直让人猝不及防，比她爱上谢攸还要突然。

"太神奇了，太神奇了。上次我们三个人同时出现在一个画面里，还是那次孔明灯事件吧？那天你过生日，我们在操场放孔明灯，说起来，你的生日又快要到了呢……"

祝萌萌认真地回忆了一下，还是觉得感慨无比。

"是啊，那个时候我们把孔明灯都挂到树上去了，差点就着火了，要不是陈曳偶然经过，我们现在档案里可能还有个处分……"话还没说完，唐向晚将面前的汤挪到陈曳面前，笑嘻嘻道，"喝汤。"

陈曳有些尴尬地咳了一声，自己去盛汤了，却是盛到了她的碗里。

这两人……

祝萌萌有些看不下去了，翻了一个大白眼。

唐向晚道："不说我们了，你昨天到底发生了什么事情啊，听起来感觉很

严重,怎么你现在好像什么事都没有发生过一样?"

祝萌萌长话短说,将昨天发生的事情全部给他们复述了一遍,还强调道:"你们是不在现场,无法感受到谢攸当时的酷炫狂霸拽。"

"好好好,你家谢攸最厉害。"唐向晚不跟她争辩,知道她自从暗恋上那个警察之后,就变成这副德行了,只道,"那你加油,早日把谢攸追到手,这样,我还能找你帮个忙呢。"

"什么忙?你什么时候也需要找警察叔叔帮忙了?"

"这个我就先不跟你说了。"唐向晚和陈曳对视了一眼,想到接下来关于找证据还有很长一段路要走,便没有再说话了。

"哟,你俩现在都有小秘密瞒着我了,看这架势,怕是过不了多久我就要喝喜酒了啊。"祝萌萌放下手中的筷子,打趣道,"这样吧,看在大家相识多年的分上,我给你们看看生辰八字,看看你俩到底合不合适。"

唐向晚有些嫌弃地看了她一眼:"准吗?"

祝萌萌一拍桌子:"别忘了我家祖上是做什么的!"

"好好好,我是十二月十二日晚上八点十五分出生的。"唐向晚表现得非常积极,直接就说出来了,可看陈曳一点反应的样子都没有,便伸手推了推他,"你呢你呢?"

陈曳的声音淡淡的,看了她一眼:"我不信这个。"

"哎,你这个人,怎么这么没趣呢。"祝萌萌听了这话,顿时不高兴了,一张脸板了起来。

虽然她主动提起来这个事,也只是想旁敲侧击地告诉陈曳一声,唐向晚的生日快要到了,不过他这么不配合,倒是让她觉得很挫败。

直到陈曳去洗手间的时候,祝萌萌才看向了唐向晚,忍不住劝道:"我就知道他还是跟上学那会儿一模一样,冷巴巴的,谁也不爱搭理。你怎么这么想不开一定要喜欢他啊,跟个木头似的,你换个人喜欢行不行啊?"

"那你别喜欢谢攸行不行啊,你喜欢喜欢宋孝玄。"唐向晚一边吃菜,一边怼了回去。

祝萌萌不屑地白了她一眼:"那是两码事。"

"怎么两码事了。"唐向晚夹了一块西兰花,"双重标准当唯一标准吗?我就喜欢陈曳怎么着?"

那一瞬间,祝萌萌愣了一下,看了看面前这个相识多年的闺蜜一眼,忽然想起了很多往事,想起很多年前,唐向晚也是这么目光坚定地告诉她,我就是喜欢陈曳。

许多岁月就这样过去了,她依然在说这句话。

祝萌萌低下头来,看着碗中的菜,无声一哂。

3. 只有他给的才叫惊喜

一大早起来,手机就被消息轰炸了,来自各种亲朋好友的祝福,还有微博上各种留言和私信,都是在祝她生日快乐的。

甚至,妈妈还给她发了一个红包。唐向晚看着那个红包,冷笑了一声,只觉得有些讽刺,便直接退出了对话框。她捋了捋头发,拔了充电线从床上坐了起来,看着满屏的祝福,却没有感到一丝的开心。

有那么多人都记得今天是她的生日呢。

只是,那么多的消息里,却唯独没有他的。

唐向晚挠了挠头,下了床,刷了牙,安慰自己——也许他只是还不知道吧。

毕竟他们才刚刚在一起没有几天。

一直到收拾完,走到早餐店里,点了一杯豆浆和一笼灌汤包坐下来,她脸上的表情都始终是没什么变化的,只是一直不停地看着自己的手机,刷新着消息。

她基本上每天早上都会来这里吃早餐,老板都已经认识她了,都不用她说什么,就知道她吃灌汤包喜欢蘸醋和香油不放葱。

只是不知道为什么,总觉得这家早餐店的布局和之前有些不一样,但都没看出来是多了些什么东西。

时间慢慢过去了,豆浆也几乎只剩下一半了,还是没有等到那人的消息。

他不会是还没有起床吧,唐向晚有些难过地看了一眼手机,正要站起来。

周围原本坐在一旁吃早点的人忽然全部站了起来,也不知怎的,每个人手里都捧着一个爱心烛台,朝她涌了过来,边走还边唱起了生日歌。

"祝你生日快乐,祝你生日快乐,祝你生日快乐,祝你生日快乐——"

唐向晚吓了一跳,呆呆地站在原地,有些不知所措,直到大家的祝福停了下来,身后突然传来余烬的声音:"晚晚,生日快乐。"

唐向晚才从浑浑噩噩中醒了过来,这才发现捧着蜡烛的一共有十八个人,笑嘻嘻地将他们两人围在了中间,她侧过头去,看向了那人的侧脸,灯影切在他棱角分明的脸上,让人分不清是现实还是虚妄。

她缓缓转了过来,呆呆地看着面前的人。

余烬忽然单膝跪地,不知从哪里拿出来一个盒子,在她面前轻轻打开,露出里面夺目而璀璨的戒指。上面的钻石看上去价值不菲,就连见过不少世面的唐向晚,也被惊了一惊。

"余渣渣……"

"晚晚,你不用现在回答我,我只是提前完成我的一个仪式。"余烬单膝跪在地上,语气有些卑微,却轻描淡写,"之前在你家发生的事情,是我太冲动,本来我是打算亲手做一个生日礼物给你赔罪的,不过后来被我爸给摔坏了。"

"啊,那件事,我都已经忘记了……"唐向晚忽然有些说不出话来了,看着周围这么多他找来的人,那些话怎么也说不出口,如果自己当着那么多人的面拒绝他,一定会让他很没有面子的。

男人的声音听起来有些低,似乎不太敢面对她的回答:"晚晚,你不用现在给我答复,真的,我有时间等。"

"不是,余烬……"唐向晚深吸了一口气,"有件事情我还没有告诉你。"

余烬抬起头来,目光投向了她略显焦急的眼神,隐隐已经猜到了她想要说什么,但他仍旧抱着最后一丝希望,轻声道:"你说。"

唐向晚偏过头去,看向了周围笑嘻嘻起哄的人,有些不知道该如何是好了。

最后,她拿出了手机。

片刻之后,余烬的手机忽然"叮"了一声,他垂下眼眸,解了锁,然后便看到了上面那句话——

"对不起余渣渣,我已经有男朋友了。"

唐向晚坐在家里的沙发上,有些发怔地看着自己的手机,那里始终没有他的任何消息,连一个简简单单的生日快乐都没有收到。

陈曳该不会不知道今天是她的生日吧?

可是连余烬都记得这个日子。

她心中泛起一丝苦涩,却又不能去怪他,毕竟是自己倒追他的。她和他之间的爱本身就是不对等的,所以早就该料到会有这种情况了,现在尽管陈曳已经和她在一起了,可是感觉和之前没什么两样,那天晚上发生的事情,好像就真的只是她做的一个梦而已。

说到底这个生日其实不过也罢,在知道自己其实是那个人的孩子之后,她已经彻底失去了过生日的想法,哪怕是听到"生日快乐"这几个字,想起钟谦那张丑恶的嘴脸,她也觉得无比恶心。

可是看着列表里的朋友们全都在给自己发红包发祝福,还是觉得很难过。以往过生日,她都会和一大群朋友出去玩,但是今天她一连拒绝了好几个饭局的邀约,把自己一个人关在房间里写稿子。

她坐在飘窗上,泡了一杯茶,电脑键盘都准备好了,却一个字也写不出来。

直到天色都黑了,唐向晚依旧坐在飘窗上,看着窗外渐渐暗沉的天色,心中烦闷不已。

正忍不住想和陈曳发个消息的时候,对方却突然发了一条消息过来。

"和朋友们聚完了吗?"

看到这句话的唐向晚愣了一下,不太明白他是什么意思。思前想后,她回

了一个问号过去。

对方秒回:"剩下的时间是我的吗?"

唐向晚觉得更迷茫了。

所以是她白矫情了一整天的意思吗?

她好像有点懂了,陈曳应该知道今天是她的生日,只是以为她要和朋友们聚会,所以没打算打扰她。可是怎么样也应该发个消息过来啊,让她白白难过了一整天,以为他不知道今天是自己的生日。

唐向晚越想越气,决定对他小施惩戒,直接回了一个:"不是!"

电话就打了过来。

接通了电话,听着对方略带焦急的声音,报复心强烈的唐向晚只觉得心里头特别愉快。

"你晚上有约了吗?"电话一通,陈曳就直接问道,语气听起来居然还有些着急。

"没有啊。"唐向晚装作不经意道,"我晚上要写稿子。"

电话那头的人沉默了一下,然后略微放低了姿态,但依旧是不可拒绝的语气:"稿子什么时候都能写的,你现在能来一趟平水江滩吗?"

"你好没诚意啊,让我自己去江滩,你都不来接我?"唐向晚故意怼道。

电话对面的人似乎有些局促,说话都不太利索了,喃喃道:"我走不开。"

"好啦好啦,跟你闹着玩的,我当然会过去了。"唐向晚笑了起来,迅速挂了电话,回到房间开始换衣服,难得陈曳第一次约她出来,没有理由拒绝他的邀约。

精心挑选了一套亮色的衣服,本来还想穿黑色裙子的,想到现在已经是晚上了,还是稍微亮一点比较好。唐向晚踩了一双五厘米的小高跟,化了个淡妆就出门了,想着是晚上,应该也不用化那么浓的妆。

平水江滩在平城并不算是个什么出名的景点,因为它比较偏,平时也没有多少人愿意大老远过来散步,所以行人还是很稀少的,但这并不影响它的景色。

下了车之后，唐向晚拎着小包，踩在鹅卵石铺就的小径上，朝陈曳电话里说的地点走去。

城市灯火离这里很遥远，一路上都是淡淡的灯光，但也正是这些连接了一路的清淡灯光，才让人觉得整个江面若即若离，变幻莫测。明月高挂，水光接天，与这美景相映成趣。唐向晚抬脚朝前走去，江上夜风吹起了她的裙摆，整个人仿佛融进了画中一般。

此时此刻，唐向晚整个脑海里只剩下了《前赤壁赋》中的那一句：惟江上之清风，与山间之明月。

江边的行人并不是很多，但大多数路过的人都会朝她的方向瞥上一眼，只觉得江风这么凉，这姑娘穿的确实是有些少了。更何况，现在可是冬天啊。

一直走到陈曳所说的地点，也没有看见他的人影，唐向晚皱起了眉，有些许的不悦。

却在此时接到了陈曳的电话。她滑开了接听键，正要问他怎么还不出现的时候，电话里的人突然问了一句："现在几点了？"

唐向晚皱着眉看了一眼手表，回答："八点十五分啊。"

话刚落音。

"砰——"

伴随着一阵突如其来的闷响声，天边炸开一排绚烂的烟火，原本漆黑寂静的夜空中，再也无法平静。

流光溢彩，无尽绚烂。

唐向晚整个人都僵在了原地，以为自己产生了幻觉，甚至已经顾不上电话里的人都说了些什么，只是呆呆地看着天际中的繁华烟火，神情复杂，晦涩不已，被眼前的一幕惊得说不出话来。

……

"我给你们看看生辰八字，看看你俩到底合不合适。"

"好好好，我是十二月十二日晚上八点十五分出生的。"

……

唐向晚站在原地,目光穿过江面,呆呆地望着江滩对面那个模糊的身影,明明烁烁的烟火打在他的身上,那人就这么看着自己,轻声道:"我就不过来了。"

"为什么?"

"一会儿城管过来了,我得交差啊。"

唐向晚听着电话里面轻描淡写的话,看着眼前这一切,一时间不知道该说什么,呆呆站在原地,泪水就这么出来了,站在原地,有些不知所措。

惊喜来得太突然,让她完全措手不及,而这一切都是陈曳带给自己的,一切都那么虚幻又那么真实,那么虚无缥缈,却又近在眼前。

漫天的烟花仍在继续着,不知道他准备了多久,也不知道还会存在多久,那些璀璨的光影让人看得眼花缭乱,在夜空绽放着属于它们的生命。

唐向晚昂着头,那烟火绽放在漆黑的空中,一朵又一朵交叠着出现,周围却很安静,没有人路过,整个世界似乎只剩下了他们两个人,再也容不得别人的擅入。

那人望着她,嘴角带了些微不可闻的笑意,半响,却渐渐平静了下来,只是静静凝望着她。身前江水平静,男人的眸中无悲无喜,无星无月,像是初见那般的眼神。

分明隔着那么遥远的距离,可不知道为什么,唐向晚就是觉得,他就站在自己面前。

这个人啊,他在自己生命里出现了多久,自己就沦陷了多久。原本以为这份暗恋会一直隐藏在她心里,原本以为只有自己付出,不会有任何回报,在她有限的生命里,从未想象过还会有今天。

陈曳静静看着她,忽然笑了起来,神情温柔,一如从前。

半响,一股淡淡的苦涩哽在了喉间,目光也变得有些恍惚了起来。

时光回溯,仍是当年。

"喂，你说咱们俩在这放孔明灯，要是被老师抓到怎么办？这可是校规上明确表示违纪的事情啊，而且我们还逃了一节晚自习……"唐向晚小心翼翼朝后面看了一眼，空旷的操场上只有零星的几个学生路过。

"怕什么！"祝萌萌白了她一眼，"前怕狼后怕虎的，你爸可是唐毅，学校哪个领导敢处罚你？"

唐向晚还在纠结。

"哎呀，你快点，"祝萌萌把记号笔递给了她，"好歹也是你的生日，赶紧把你的心愿写上去，放完咱们就回教室。"

唐向晚连忙在孔明灯上写了一行字，两人掏出从家里偷过来的打火机点燃了，然后合力朝空中放飞。

半晌。

"唐向晚你是不是傻啊！"漆黑的操场中爆出女孩近乎愤怒的咆哮声。

被吼的某人一脸菜色地看着远方的大树，语气哽咽："我也不知道……怎么就挂树上了……"

"少废话了好吗，赶紧爬上去摘下来！一会要是酿成火灾咱们两个都得玩完！"祝萌萌黑着脸就要朝树上冲，一副要跟孔明灯你死我活的架势。

三楼教室。

上晚自习的同学们开始窃窃私语了起来：

"你们快看，那不是祝萌萌和隔壁班的唐向晚吗？她们居然敢在操场放孔明灯，还挂在树上了。"

"我就说祝萌萌怎么没来上晚自习呢。"

"天哪，这高度，教导主任很快就能看到了吧。"

窗边，相貌清秀的男孩子偏过头，不经意朝窗外瞥了一眼，果然看到远处的大树上挂着一盏孔明灯，格外显眼，两个鬼鬼祟祟的女孩子不知道在商量些什么，其中一个，正是唐向晚。

他无声一哂,直接放下卷子就走出了教室。

值日的班干部顿时大喊道:"喂,陈曳你去哪儿,现在可是晚自习时间。你这样我要在黑板上记你名字了!陈曳!"

但无论他怎么喊,也喊不回来那个向来都是冷冷淡淡的人。

这个点了,操场上确实是没有什么人,所以陈曳假装路过其实是一件很容易被拆穿的事情,只是那个时候的唐向晚并没有想太多,毕竟她是第一次见到他。

陈曳单手插在校服口袋里,看着两个吵来吵去慌得不行的女孩子,勾了勾嘴角,从地上随手捡了一块小石头。

准备砸的时候,犹豫了一下,然后上前一步将唐向晚拉到身后。

陈曳瞄准了目标,将手中的小石子抛了出去,那挂在树枝上的孔明灯便应声落地,如同绚烂的星火般在空中一闪而落。

唐向晚呆呆地看着那个陌生的男孩子朝前走去,捡起那盏已经熄灭的孔明灯又走了回来。那人的面容隐藏在黑夜的阴影中,身材颀长,眼神明亮,用一种小小得意的眼神望着她。

男孩木香醇和的气息拂来,目光比方才的灯火还要炙热。

她不知道,男孩儿弯下腰捡灯的时候,无意中瞥见了那一行字:

希望下次生日,能看一场烟花。

少年独自一人坚持了许久的承诺,从来都无人知晓,他却将这份记忆独自放在了心底,他不说,可他知道自己总会做到。

原本漆黑无比的天野被绚烂的烟花覆盖,那璨若流星的烟火让无数人停下了脚步,驻足观看,不少人窃窃私语着,也有不少人拿出手机拍照。漆黑的天际不再像往常那般沉默,如同一夜之间在空中盛放的梨花,美到让人屏住呼吸。

陈曳抬起头的那一瞬间,身后炸开了一片绚烂的烟火,如花如雾。

不再拥有年轻的傲气,剩下的也不全是妥协。

有些话我从未说过,但我知道你明白。

"唐向晚,我喜欢你的时间,比你认识我还要长。"

4. 你眸中是百万年星夜宇宙

朝阳客栈。

余烬坐在大厅的休息处,看着这个看上去比往日要萧条许多的地方,一时失了言语。

从前挂满了横幅的地方已经被撕了下来,没有一点痕迹,似乎很多事情都从来没有发生过一样,就像是他一个人经历过的事情。

裴晓从楼上走下来的时候,看到的就是这样一幕,忍不住调侃道:"余大公子怎么有兴致来我这里坐坐了。你们两个啊,都好久没搭理过我了,让我一个人独守着这家客栈,真是太没有良心了。"

"没事就不能过来找你唠唠了?"余烬也不看他,只是神情疲惫地将手里的东西放在了桌子上。那是他准备送给唐向晚的戒指,此时在桌子上却显得格外讽刺。

裴晓一眼就看懂了,叹了一口气,在他身边坐了下来。

"你说说你,怎么又求婚了?"

"什么叫'又',我每次求婚都是很认真地思考过的好吗?"余烬懒得跟他争论,只坐在那里,一脸生无可恋的样子。

"那这次呢,她又是以什么理由拒绝了你?"裴晓笑着问。

"她有男朋友了。"

"啥?你说啥?"裴晓仿佛吃了鸡蛋一般张大了嘴,"这么突然,我怎么都不知道啊,是谁啊?我认识吗?"

"连你都觉得突然啊。"

余烬的语气听起来有些疲惫,甚至有些自嘲,但听不出来他有多伤心,但他越是表现得毫不在乎,裴晓就知道他这次究竟有多难过。

"我第一次想放弃了,真的。"余烬也不看他,像是自言自语一般,"以

前无论她怎么赶我走,我从来都没有想过放弃,可是当这个人出现的时候,我才好像明白了很多事情。那个人对她并不好,甚至没有那么喜欢她,唐向晚却对他情有独钟,可我呢,我无论对她多好,多么用心地准备惊喜,她都不为所动。"

看着余烬自言自语的样子,裴晓叹了一口气,除了是生意上的合作伙伴之外,这两个人也都是自己的好朋友,任何一方伤心的局面,他都不想看到。可是这段时间,唐向晚好像真的和他们有些生疏了,也不知道是不是因为他口中的那个人。

裴晓偏过头来,轻声道:"其实很多花里胡哨的求爱方式我们都见得多了,一时的浪漫也仅仅能打动对方一时的心。你想要追求一个人,你就要先成为一个值得被喜欢的人,然后再去追求她,这样才是最正确的决定不是吗?"

余烬偏过头来,用一种奇怪的眼神看着他:"你说话什么时候变得这么有哲理了?"

"从认识你们两个开始啊。"裴晓叹了口气,"你还算有点良心,记得我这个朋友,还过来看看。唐向晚那厮,别说我了,连自己的店都不管了,要不是你告诉我,我还不知道她是谈恋爱去了。"

顿了顿,他又道:"你可不能像她一样啊,人生又不是只有风花雪月,你也得收拾收拾自己的事业了。"

余烬没有说话,只是朝后靠了过去,看向了大厅那盏璀璨的吊灯。

一时眼花。

好在平城不是什么一线城市,执法环境也比较宽松,陈曳的举动最终也就是落了个口头警告,只是唐向晚开始变得有些黏人了起来,每天缠着他和自己待在一块,哪儿也不让他去。

好在他最近要为新电影创作歌曲,便也待在她家里,关在房间里创作。

陈曳原本也没想着要搬过来,只是想到钟谦的事情,还是有些不放心,便暂时搬了过来。

"还是看看别的房子吧,实在不行在外面先租着,等解决了这件事情,你再搬回来。"

唐向晚其实也早就想搬家了,一直有这么一个威胁,总觉得浑身上下都不自在,便应了一声,在网上看起了房子。

看着看着,她忽然又开始想念父亲了。

如果唐毅还活着的话,一定会告诉她怎么解决这件事情,从什么地方入手,从什么方面去分析。

可惜他已经去世了那么多年,就连他的死,很可能都是蓄意谋杀。

唐向晚鬼使神差地打开了搜索引擎,输入了"唐毅"二字,入目所见,都是唐毅的老新闻,还有许多悼念他的文章,这一翻就翻了快一个小时,越看越觉得鼻子有些酸。

正要关掉页面的时候,唐向晚忽然看到了一张照片,然后便愣在了原地。

那是一张很久以前的老照片了,是唐毅和一群人的合照,一共有十几个人,所有人都笑得满面春风,而其中站在最左边的那个年轻男子,让她大为吃惊。因为那男子的容貌就算是化成了灰,唐向晚也能看得出来,那人就是年轻时候的钟谦。

他们两个怎么会出现在同一张合照里?

直到看到"文联留念"几个字,唐向晚才隐隐约约有些感觉到,钟谦当年,很有可能也是个文人,虽然他现在一事无成,但回想起来很多和他相处的细节,她隐隐能够感觉到,他也是写东西的人。

可是在网上搜索"钟谦"两个字,却是什么信息也搜索不到,毕竟他就算是写东西,也应该是用了什么笔名吧。

钟谦和唐毅当年,一定有很多她不知道的故事。

越是知道得更多,唐向晚就越是觉得心里头闷得慌,一时间有些烦躁地将头靠在了椅子上,叹了一口气。

"怎么了?"

一旁的陈曳看了她一眼,以为她还在看房子,便道:"要不然我来找?"

"不是房子。"

"那你这是怎么了?"

唐向晚唉声叹气:"反正就是不开心,很烦很烦很烦。"

陈曳将手中记东西的笔放了下来,睇了她一眼,道:"心情不好,我带你去一个地方。"

"什么地方?"

陈曳轻笑道:"你忘了,一中每学期都要举办的校园歌手大赛,就在这几日了。"

"怎么,你要还债啊?"

陈曳皱起眉来,清冷的眼神投向了她:"我欠你什么了?"

"欠我三年早恋时光啊。"

报案人:祝萌萌,女,24岁,民族,汉。

被报案人:谢攸,性别,男,年龄,27,民族,汉。

被报案人于前日偷窃报案人左心房一间。

以上本人提供材料完全属实,并愿承担一切法律责任。

报案人:祝萌萌。

祝萌萌看着自己手机里即将要发出去的消息,开始拍桌狂笑了起来,半响,又觉得自己的行为太招摇,又暗自偷笑了好一会儿,删了又加,加了又删。

"萌萌,上班时间又玩手机呢。"宋孝玄端着咖啡从她旁边走过,有些担心地看了她一眼,"怎么样,上次去高速跟着查酒驾出了事,没伤着哪里吧?"

祝萌萌满脑子都是自己的谢警官,懒得搭理他,将身子背了过去,疏离道:"我是谁啊我,我身手这么矫健,怎么可能受伤呢。"

宋孝玄看了她一眼,分明察觉到她对自己的不耐烦,却还是忍不住多问了一句:"可是我听说你差点……"

"我都说了我没事了。"祝萌萌直接打断了他,"有警察叔叔保护我呢,我现在不是好好地坐在这里吗?多谢你关心啦,赶紧去忙吧。"

宋孝玄端着咖啡愣了一下,半晌,"哦"了一声。

祝萌萌坐在办公椅上,将自己敲出来的那几行字全部删掉了,放下手机,看着桌子上那粒扣子发起了呆。

之前没有仔细观察过,现在发现那粒扣子上还印着一行字母,仔细一看,却是POLICE,那几个字母在扣子上看起来不甚明显,却让她欣喜不已。

POLICE。

警察。

是她的盖世英雄谢警官啊。

"没想到都过去了这么久,一中还保留着校园歌手大赛的传统,坚持了这么多年,真是让人感慨啊。"唐向晚左看右看,只觉得一切都还像是从前一样,什么都没有变过。

"嗯,确实感慨。不过……咱们就不能换种方式过来吗?"陈曳看着成群结队的高中生,有点尴尬地将头偏了过去,不因为别的,只是他如今已经二十多岁的人了,还穿着一身高中的校服,实在是太奇怪了。

唐向晚上下打量了他一眼,又想笑,又想夸他穿什么都好看,穿上校服就还是当年那副高冷男神的样子。

最终,她却还是横了他一眼:"你别忘了,是你答应要带我过来的,是你答应要补上我从你这里丢掉的三年,不能反悔。更何况,我如果不穿校服过来看,会被人认出来的,校长一定会拉着我上去讲话,我最讨厌上台讲话了。"

瞥了一眼身边的人,陈曳叹了一口气,最终妥协。

胳膊毕竟拧不过大腿,他也永远逃不过唐向晚的吩咐。

两人挡着脸一路朝前,一路不少成群结队的高中生都纷纷朝他们投来异样的眼光,两人找了一个稍微靠后却足够看清舞台的角落坐了下来,直到没人注

意到他们,陈曳才有些僵硬地拽了拽那身短了一截的裤腿。

唐向晚"扑哧"一声笑了出来,然后弯下腰去,直接将他的裤管撸了起来,大笑道:"陈书记插秧了!"

后排的人顿时朝他们看了过来,还没来得及看陈曳的反应,唐向晚就立刻朝他那边躲了躲,生怕自己的脸被人看见。

陈曳原本想说她两句,让她不要胡闹,此时见她朝自己怀里躲的可怜模样,忽然轻笑了起来,顺势摸了摸她的头发,神情多了几分难以掩饰的宠溺:"你呀。"

唐向晚一下子就呆住了,怔怔地坐在原地,抬头看向他,一时间连说话都忘记了。

可能她真的是被虐习惯了,不太习惯男神这突如其来的宠溺,尽管这种感觉让她如在云端。

"陈曳啊……"

"嗯?"

"你以后还是对我冷一点吧。"唐向晚咽了咽口水,"至少真实,你对我太好的话,我总觉得自己像是在做梦,等过几天,梦醒了,你就离开我了。"

5. 我想和你看岁月年年

陈曳没有说话,只是偏过头来看了她一眼,然后将目光投向了台上,连眉梢都没动一动。

唐向晚的目光随着他看了过去,那上面是一个穿着白色衬衫的少年正在唱时下最流行的歌曲,声音尚且算得上好听,只是比起当年的陈曳来还是逊色不少。

"还是你唱得好听,可惜当年的手机还没有录视频的功能,不然我就录下来了。"

"这种黑历史就不要录了吧,你想听我随时都可以唱给你听。"陈曳有一搭没一搭地和她说着,目光始终焦距在台上,也不知道在研究些什么。

"那我现在就要听。"

"别闹。"

"你去台上唱嘛，以你的颜值和唱功，肯定还是当年那个盛况，说不定比当时还要热闹呢。"

陈曳有些无奈地看了她一眼，没搭理她。

唐向晚才不管他搭理不搭理自己，只认真看着陈曳的侧脸，看着看着，目光却忽然被前面一排的两个人给吸引了。

那小学妹靠在身侧男同学的肩膀上，也不知道是睡着了，还是故意的，就一直靠在他肩上一动不动。他们现在还是学校的学生，万一被教导主任发现了，一定是会受到处分的。

可即使是这样，那男孩儿也没有推开身侧的女孩儿，而是正襟危坐，将头立得很正，生怕她一不小心滑下去似的，连动也不动一下。

看着看着，唐向晚就有点羡慕，侧过脸来悄悄打量了陈曳一眼，可陈曳似乎正在认真欣赏着面前的表演，根本没有注意到她投来的目光。

唐向晚又看了看那两个人，整个人又失落，又羡慕不已，抿了抿唇，心跳得飞快。她也很想要这样靠在陈曳的肩膀上看表演……

更何况他们现在可是光明正大的情侣，也不怕什么处分了。

她心中腹诽了半天，瞥了陈曳一眼。

唐向晚忽然打了个哈欠，眼神疲惫，一副摇摇欲坠的样子，好像分分钟就能入睡一般。

可是陈曳似乎并没有注意到她，兀自看着表演。

不抛弃不放弃的唐向晚深吸了一口气，慢慢朝一旁靠了过去，表现出一副昏昏欲睡的样子，为了显得逼真，她还特地在差点靠上去之后惊醒了一下，过了片刻，又眯着眼睛摇摇欲坠，看上去似乎已经完全无法再打起精神来了。

当然，她可没有真的闭上眼，这样就观察不到对方的动向了，无法观察到

对方的反应,就不能实行下一步计划。

唐向晚小心翼翼撑开了一点点眼皮,始终观察着陈曳的反应,希望他能够注意到这里有一个快要睡着的女朋友。

陈曳本来在认真看表演的,还想就台上的歌曲分析一下,刚一侧过头来就看到了表演欲旺盛的唐向晚,睁开了一条眼缝看着自己,一副鬼鬼祟祟的模样,像只偷吃东西的小松鼠。

陈曳没说话,只是嘴角隐约勾起,一贯淡而远的目光带着些看好戏的笑意,都几乎快要溢出来了,却生生憋了回去。

唐向晚不知道对方已经发现了自己的诡异举动,还在那里试探性地装睡,如果不是已经从文了,她都在想以后要不然去做个演员算了。

陈曳大概是有点看不下去了,便偏过头来,对着她的耳朵道:"怎么,看困了?"

场馆很吵闹,不对着她的耳朵说话,根本听不清楚。

可他的声音听起来有些轻,似乎是用气声发出来的,温热的气流顺着这几个字一直传到唐向晚的耳朵里,她突然间有些不好意思了起来,甚至不敢抬起头看他,仿佛只要自己抬起头,耳根子就会红到底。

"有点。"她点头。

陈曳便敛了目,眸中带着淡淡的笑意,旋即,他抬起手来,从她的肩膀后面穿了过去,轻轻将她的头揽了过来,动作很轻很轻。

修长而笔直的手指触在她的头上,动作温柔而又缓慢,似乎是怕打扰她的困意。

唐向晚呆了呆。

很快,她便彻底说不出话来了。

陈曳将她的头揽在自己肩上后,便朝她靠了过来,一边笑她,一边在她额间落下蜻蜓点水的一个吻。

他全部的感情、全部的爱意，都藏在了那个清清淡淡的吻里，就如同他这个人一般，即使心中再惊涛骇浪，面上表现出来的也依旧是无星无月的样子。

身侧是属于他的独特气息，如松木般清香，那样安静醇和的气息，温柔缱绻地扑在了她的鼻端，唐向晚顿时彻底怔住了，整个人都变得僵硬了起来，血槽全空，清秀的脸庞微微发红，眼底却荡漾着数不胜数的星光，从未有过的欢喜瞬间盈满了胸膛，连一句话也说不出来。

该是多么幸运，她喜欢的人恰恰也喜欢她，喜欢她的人恰恰就在她身边，那么近，那么近。

她默默喜欢那么多年的陈曳啊，就像是自己的血肉静脉一般，已经和她连在了一起，谁也无法分割，谁也无法抽走。

唐向晚忽然直接伸手抱住陈曳的胳膊，顺势把头靠在他的肩上，厚重衣服摩擦簌簌作响，她在他的肩上蹭来蹭去，觉得严冬真是四季中最美的季节。

"啊！我好开心！"

"我突然不困了！"

耳边的人笑道："这次又是小说素材？"

唐向晚知道自己装睡的事情被他识破了，一时讪讪，连忙转移话题，靠在他肩上道："啊，那个什么，这个同学唱得还不错，比之前那个好听，不过现在流行的音乐，我是越来越听不懂了，可能我已经跟不上年轻人的节奏了吧。"

"说得好像你当年跟上了节奏似的。"

"你什么意思嘛，我听歌的品位那是很不错的。"唐向晚白了他一眼，"我当年简直就是金曲风向标好吗？"

"是吗？"陈曳语气淡淡的，但依稀能听见里面微不可闻的笑意。

"你还说我呢，你自己当年听歌的品位还不是跟我一样。"唐向晚凑到他

耳朵旁边故意小声唱道,"你是我的玫瑰,你是我的花,你是我的爱人,是我的牵挂……"

陈曳没有说话,只是轻轻笑起,无从辩驳。

"嗯,这首歌,挺好听的。"

"你看你看,你自己都这么说了,你批评我当时听歌的品位其实就是在批评你自己,知道吗?"

"知道了。"陈曳也不反驳,就那么坐在原地。舞台的灯影从他的肩上掠过,而他却也只是微微仰着头,不说话,也不笑,眼底是浩渺天地。

她就那么靠在他的肩膀上,紧紧抱着他的手臂,此时此刻的她看上去很安心,没有一点防备,那是他从未见过的状态。

陈曳侧过脸来,注视着她微微颤动的睫毛,心中一动。

他曾经以为,自己只有远离她,再远离她,才能给她最好的生活。只要看着她活得肆意精彩,他便也觉得高兴。

但这一刻,他忽然不想离开她了。

人生那么短暂,哪怕有的幸福如昙花乍现,他也想要得到这片刻的安宁与满足。

时光回溯,许多斑驳的回忆如同一张张纸片,在空中飘飞,最终落在了他的手心里……

开水房。

"你就猜一下嘛,又不会死。"祝萌萌催促道。

"好吧好吧。"唐向晚无奈,随口道,"《你是我的玫瑰花》。"

祝萌萌无语:"你以为你男神跟你一个听歌品位啊你!"

"你什么意思,《你是我的玫瑰花》明明很好听啊,你才没有听歌品位呢。"

水打完了,闹也闹够了,两人打打闹闹朝远处走去。

开水房的另一头,有人嘴角轻轻勾起,弯成一个完美的弧度,随即摇了摇头,无声一哂。

"陈曳，你笑什么呢？"

"我笑了吗？"陈曳收起笑容，目光淡淡地看向了一旁的朋友，忽然问道，"《你是我的玫瑰花》怎么唱来着？"

"……"

"你疯了吧，你不会决赛要唱这个歌吧？"

"怎么，不可以吗？"

"算了，你开心就好。"

"不直接回家吗，怎么还来这里？"

"来都来了。"

唐向晚在门口犹豫了半天，还是跟着陈曳走了进去。

校园歌手大赛评选结束后，两人便来到了学校附近最大的一家游戏厅，这里来的大多数都是中学的学生，不过装修要比几年前强上许多。唐向晚还记得当初自己来这里的时候都是拉上祝萌萌一起的，两个人就什么也不干，就趴在玻璃面前夹娃娃，一夹就是一个下午，那个时候她最喜欢的是角落那个机子里的小粉熊，和祝萌萌两个人来了好几次，花了不少钱，始终没有夹上来过。

鬼使神差地，唐向晚便走到了那一排娃娃机面前，前后扫了好几眼，都没有再看到那个小粉熊了。

陈曳站在她身后，也不出声，单手浅浅插在兜里。

没有看到小粉熊，唐向晚有些不开心，便将目光投向了一旁好像没玩过的机子，上面有个手套，上边有一块电子屏，上面写着"最高纪录1651"。

瞥了一眼陈曳的身材，唐向晚挑眉："你要不要试试？"

面对某人的挑衅，陈曳一句话不多说，上前戴上手套就将板子击倒在地，第一排的数字唰唰唰飙升，停在了"560"上。

"哇！"唐向晚顿时化身迷妹儿，上前疯狂喊道，"继续、继续，男神继续啊！

破他的纪录！"

面对唐向晚这样的赞美，陈曳有些得意地咧了咧嘴，又觉得自己表情不够谦逊，生生收了回去。

周围的人纷纷围了上来，不少正在玩其他设备的人也凑过来看热闹，似乎都想看看他能不能破这个纪录。

第二次"568"，第三次"552"。

最高纪录瞬间变了个数字：1680。

"可以啊你陈曳！"唐向晚乐得一蹦三尺高，"我也要试试，我也要试试！"

陈曳将手套摘了下来，有些犹豫地看了她一眼。他本来担心她伤到手，不过看她这么开心的样子，也不太好扫她的兴致，便站到一旁笑道："够到零头给你买糖吃。"

"你也太小看我了吧！"唐向晚气呼呼地戴上手套，嚣张道，"姐姐今天就给你开开眼！让你见识见识我的实力！"

陈曳饶有兴致："好啊。"

"哈——"唐向晚深呼一口气，大力使出一拳。

第一行的数字开始朝上蹦，然后，停在了"77"上。

唐向晚简直不敢相信自己的眼睛，大力又挥出一拳。

"89。"

这就没办法忍了，唐向晚一把拿掉手套，任性道："不玩了不玩了，再玩十把都够不着你的零头。"

陈曳轻轻一笑，将作势要走的唐向晚拉了回来，随口道："你怎么知道够不着？"

还没明白他是什么意思，右手骤然被他包住，转瞬之间便又被塞到了手套中，唐向晚呆呆地站在原地，感受着背后有些快的心跳声。陈曳将她的拳头牢牢包在手中，没等她回答，便朝着板子挥了一拳。

力度其实并没有很大，但上面第三行的数字直接蹦到了"520"。

而后陈曳低下头来,看了她一眼,声音清朗如月——

"我爱你。"

6. 一颦一笑一生长

@天眼电影:昨日,由一线小生林通、何眷主演,唐向晚编剧、周文治导演的电影《平生无憾》正在全国热映中,截止电影公映第一天,已经收获了千万票房。

转发12571,评论26555,赞35742。

@娱乐甜甜圈:有网友爆出一组照片,疑似电影《平生无憾》的主题曲《你的先天深情》演唱者陈曳,举手投足皆是男神风范,网友大呼颜值过瘾,声音太酥。更有网友爆料此人疑似电影《平生无憾》编剧唐向晚的地下男友,曾有见到两人同时现身,举止亲密。

[配图][配图]

转发5835,评论8499,赞15778。

《平生无憾》上映的时候,几乎得到了所有媒体的关注,由于男主女主的饰演者是现下最红的两位一线大咖,路演的时候,几乎要被粉丝挤破了大门,原来准备的媒体见面会都差点变成了粉丝见面会。

而陈曳的爆火却成了唐向晚完全意料之外的事情,她知道陈曳演唱了这部电影的主题曲之后有可能会迎来新的事业,却没有想到来得这么快。

一条关于"陈曳别唱歌了去拍戏吧"的话题一夜之间上了热搜。

而作为此次事件的男主角,陈曳似乎根本没有意识到自己就这么红了,就连接到唐向晚祝贺的电话时,也是极其平静的样子。

"我知道了。"

唐向晚深吸了一口气,道:"你知道什么呀,你知道现在你红了意味着什

么吗?接下来会有源源不断的通告过来找你,可能不只是找你唱歌写歌,甚至会有人过来找你去演戏。现在商业炒作太厉害了,只要你的关注度来了,很多东西都会找上你。"

"是吗?"电话那头的人似乎正在看剧,周围不时传来几句台词,陈曳的声音有些小,却很镇定,"等人家找上我的时候再说吧。"

唐向晚没想到他这么淡定,一时间竟然有些恍惚。虽然她早就料到会有这样一天,陈曳很有可能会红,甚至会成为深受少女追捧的明星,只是没想到这一天来得这么快。

而自己呢?

她放下手机,呆呆地看着面前唐毅的墓,脑海里回荡的全都是刚才钟谦给自己打的那一通电话。

新电影赚了不少钱吧?手里头还剩多少?

在那通电话里,唐向晚并没有多说一句话,挂了电话之后,她便来了这个地方。

她就那么静静站在唐毅的墓前,脑子里一片混乱。钟谦就像一个吸血鬼一样,只要看到她稍微有一点成绩,就会立刻过来榨干她的血,无休无止,让她永远看不到天日。

如今陈曳的事业刚刚起步,钟谦显然还没有盯上他,等到时候他知道了她和陈曳之间的关系,难保不会将魔爪伸到陈曳的身上。现实告诉她,不能再这么继续逃避下去了,有的问题终究需要被解决,一味地逃避只会让对方变本加厉。

可是,虽然不想承认,那个人也确实是她的亲生父亲。

如果真的报警的话,也就等于是大义灭亲了,母女关系也就走到尽头了。

可是,坏人不能一辈子逍遥法外不是吗?

唐毅就活该死得不明不白吗?

唐向晚站在原地,抬头看向了那片湛蓝的天空,过往种种一一在眼前浮现,清晰得就好像是昨天才发生的事情一样。

谁能告诉她，她的选择，究竟是对的，还是错的？

派出所。

上一次见到谢攸的时候，身边跟着个没皮没脸的祝萌萌，这一次单独跟他见面，才发现这个男人果然是个出色的人，他就那么安静而又内敛地坐在对面，连一句话都没有说，似乎就能看到他那一身的正气，不用去猜都能知道他究竟从事什么职业。

"这样约你见面确实是有些唐突了。"唐向晚深吸了一口气，"有件事情，我想麻烦你，谢警官。"

对方看了她一眼，问道："什么事情？是遇上什么麻烦了吗？"

唐向晚犹豫了片刻，打开随身携带的笔记本电脑，摊开在他面前，插上U盘后才将耳机递到了他手中："事情有点复杂，您听了就知道了。"

谢攸有些犹疑地戴上了耳机，屏气凝神听了起来，一开始面上还没有什么表情，越听到后面，眉头皱得越深。

听完了U盘里的内容，谢攸沉思了很长一段时间。

"录音里说话的两个人……"

"是我母亲和……我的继父。"唐向晚顿了一下，抿起下唇，有些艰难道，"实际是我的亲生父亲，只是我不愿意承认罢了。谢警官，这件事情还希望您能替我保密。"

谢攸显然愣了一下，面露讶色。

只是过了半晌，他便点了点头，他知道唐向晚多少也算个公众人物，她的父亲唐毅更是无人不知，这件事情一旦被媒体知道，估计也会引来不少的麻烦事，于是便应了下来，听她接下来说些什么。

"我继父钟谦，多年来以各种名义威胁、勒索我，每次数额从几千到上

百万不等,从前我顾念着母亲一直没有将他的恶行报告给警方,但是我最近发现,当年我父亲唐毅的死,很有可能跟他脱不开干系,甚至……我的母亲。"

唐向晚说到这里的时候,面色是有些灰白的,但她只是犹豫了片刻,便道:"甚至我的母亲很有可能是知情的。"

谢攸看着面前这个单薄的小姑娘,一时间也起了些怜悯之心。但是看到她此刻坚定而又决然的表情,谢攸觉得自己的想法其实是有些多余了。

"唐小姐,你能对这份录音文件的真实性负责吗?"

"我能。"唐向晚看着他的眼睛,一字一顿。

谢攸站了起来,淡声道:"那好,我们会尽力侦查,你一会儿跟我回去做个笔录,有后续结果我会通知你。"

"soundtrack!"

"sunshade!"

唐向晚认认真真在纸上重复着这几个单词,还念了出来,在嘴里过了好几遍。

陈曳坐在一旁看着她记单词的样子,觉得有些可爱,问道:"怎么突然想着记单词了?"

唐向晚挠了挠头,看着那几个单词道:"最近烦心事太多了,想跟你一起出国玩几天。"

其实是因为她决定要和钟谦干到底了,她现在报了警,如果查出了当年事情的真相,判他一个无期徒刑倒还好,如果没有办法查清真相,钟谦没有被抓起来,那自己的生命安全很有可能会受到威胁,万不得已的情况下,还能出国避一避。

"出国?你就这么单方面决定了?"陈曳扯了扯嘴角,"怎么不和我商量一下?"

唐向晚挑眉:"还需要商量吗,反正我们两个都没什么正经工作,又不用跟老板请假,我想出去玩,难道你不陪我吗?"

"看情况吧。"陈曳语气淡淡的。

这是一个正常男朋友会对女朋友说出来的话吗?

唐向晚差点就要给他一拳,知道他是在开玩笑,也不好计较些什么:"不过我英语一直都很差,现在更是忘得差不多了,出了国还不知道该怎么办才好。"

"我英语还可以。"陈曳原本在一边默不作声,忽然说了这么一句话,"出了国,至少丢不了你。"

"是吗是吗?说两句来听听,让我听听你的英语水平!"唐向晚一下子就起了劲,没想到陈曳直接把脸别了过去,开始把玩着自己手里的打火机,懒得再搭理她了。

"真小气,不就让你说两句话吗?"唐向晚瘪了瘪嘴,嘟囔道,"不过你英语好也没有用啊,难道你去帮我勾搭外国小哥哥?"

陈曳本来正有一搭没一搭听着,一听见这句话,顿时有些不高兴,斜睨了她一眼:"你要勾搭谁?"

唐向晚一下子搂过他的脖子,看着他的眼睛嘟囔着:"骗你的啦,我只要你就好了,外国小哥哥哪有你好看!"

"嘴这么甜?"陈曳不为所动,也不看她。

"甜吗?"唐向晚抬眸笑道,"那你是不是应该叫'陈蜜蜂'?"

"嗯?"陈曳皱了皱眉,"这什么名字,难听死了。"

唐向晚有些羞涩地笑了笑,忽然凑近他,啄了一下他的唇。

"采最甜的蜜啊。"

陈曳一下子僵在了原地,望向对方星河粼粼的眼睛,心里也泛起了无数的涟漪,大概是从未想过自己还会有拥有她的这一刻,一切都显得那么不真实。

唐向晚也回望着他,目光沉沉,周围忽然安静了下来。

半响,唐向晚忽然欺身上前,直接要去解他的扣子。

陈曳显然愣了一下,眼看着胸前的扣子即将被她解开,忽然伸手抓住了她的手腕,语气明显有些起伏。

"你干吗?"

7. 分清对错又能如何

陈曳刚说完这句话,唐向晚就呆愣在原地,有些讪讪地将手收了回去,甚至没好意思去看他的眼睛。她也不知道自己这是怎么了,只是下意识地想要这么去做……她写过那么多的爱情故事,但她本人其实并没有太多的恋爱经验。陈曳不曾出现过的那几年,自己始终没有走出过他的影子,也几乎没有遇见过更心动的人。

但她也并不是什么都不懂的。

一个男人如果真心喜欢一个女孩子,他绝对不会这样抗拒她的触碰,甚至,男人才应该是主动的一方才是,他的第一反应,让唐向晚有些无所适从。

"陈曳……"

唐向晚抬起眼眸,透过有些泛黄的日光看向了面前的他。陈曳便也低下头来与她对视,眼眸里似乎藏着沉沉的暮霭,无从去捕捉他内心的想法。

"嗯?"男人的鼻音有些重,也并没有太多累赘的陈述。

"你是不是没那么喜欢我?或者说是……没到那种程度。"

陈曳挑眉:"你的意思是,哪种程度?"

"就是那种程度……"

面对这样直白的问题,陈曳只是扯起嘴角,像是在笑,又带着些无奈:"到哪种程度,你自己感觉不到吗?"

唐向晚没有再去看他的眼睛,只是埋头在他的胸前,听着他均匀而有力的心跳,闷闷道:"我知道。"

她也只能这么回答。

陈曳对自己的感情,她之前从不怀疑,也不敢有怀疑。因为连她能够拥有陈曳这件事情，都是自己之前做过的一个奢侈的梦，所以哪怕陈曳并没有那么喜欢自己，她也要装作不知道。

也许爱情里最难熬的时段就是在互相试探的时候。我喜欢你，你也喜欢我，你却不知道我有多喜欢你，我也不知道你有多喜欢我。

陈曳低垂着眉眼，有一搭没一搭地揉着她的头发，目光温柔而又无奈，空气中似乎有道无声的喟叹，却没有人能够听见。

谢攸摘下耳机，靠在大而宽的办公椅上，有些疲倦地揉了揉太阳穴。尽管已经关闭了文件，那些嘈杂的声波却依旧在他脑海里徘徊着。

"怎么，人都给你抓来了，还这么愁眉苦脸的。"一旁的同事抬眼，轻松地道，"多次以各种理由要挟被害人勒索钱财，数额都摆在这里了，多明显的敲诈勒索罪。"

谢攸没说话，只是盯着自己面前那些资料，神情专注。

这桩案子根本没有想象中那么单纯，如果只是敲诈勒索罪就简单了，偏偏还牵扯上了十几年前的命案，事情已经过去了这么多年，仅仅凭着一个录音文件是没有办法定罪的，除非能找到确凿证据。

谢攸看着面前唐毅当年去世的新闻，眉头越皱越深。新闻里明确写明了唐毅的死因，当时第七号台风登陆平城，交通几近瘫痪，唐毅正是死于当日的车祸，而当时车中也并不是只有唐毅一个人，还有驾驶的司机和一个男孩儿。当时新闻几乎轰动全国，连年幼的他都隐约还有印象。

照唐向晚所说，唐毅去世最大的受益人，应该就是她的母亲向岚，而嫌疑人钟谦多年来和向岚同进同出，也是唐毅遗产的受益人之一，钟谦确实有谋杀唐毅的动机。况且，一个连自己亲生女儿都勒索的人，还有什么事情是他做不出来的。

只是没有证据，这一切都不过是他的推测。

谢攸紧紧盯着面前的资料，忽然将目光焦距在了司机和男孩儿几个字上。

当时车祸只有唐毅一人不幸去世,而车中另外两人都捡回了一条性命,如果能够找到当年的当事人,说不定还能有一丝线索。

谢攸正陷在沉思里的时候,身后突然传来同事调侃的声音:"大忙人,还不快出去,你的小情人又来找你了。"

话刚落音,谢攸便扫了他一眼,带着些不悦的冷意。

那说话的人愣在了原地,有些讪讪地将头扭了回去,喃喃道:"不就开个玩笑……至于这么生气嘛。"

谢攸戴手表的时候,那同事眼神有些怪异,又忍不住说了一句:"我说谢攸,你可悠着点啊……"

"这个不用你提醒。"谢攸整理了一下衣着,起身便走出了房间,一出门,果然看见祝萌萌带着摄像大哥站在外面,笑得一脸阳光灿烂。

"你出来啦!"

谢攸看着那张年轻的脸,一瞬间有些恍惚。但只是片刻,他便恢复了之前公事公办的态度:"嗯,走吧。"

如今,祝萌萌已经正式调进了新闻频道,她虽然是个老牌的娱记,但在这个领域却也还是个新人,总是被派出来外采。只不过她每次接到通知的时候都特别开心,像个刚刚入职的小姑娘一样兴奋。

这一次采访的正是谢攸经手的案子,属于一个三角诈骗案的典型案例,所以栏目组格外重视。

此次案件的过程其实不复杂,犯罪嫌疑人在事主上班之后前往事主的家中,佯称是事主新任的秘书,要取他落在家中的文件,由于事主确实经常更换秘书,所以事主的妻子信以为真,让犯罪嫌疑人上了楼,被盗走的财物价值总额超过五万。

拍摄这个新闻需要去受害人家里实景讲解,前一晚已经提前打好招呼了,所以电视台的车一来,谢攸就直接上了车。

一路上,谢攸都在思考唐向晚的案子,连祝萌萌跟他说了些什么都没有听清楚,直到一旁的祝萌萌加大了声音,谢攸才缓过神来。

"一会儿拍完了已经晚上了,咱们刚好去吃个夜宵吧?"

谢攸犹豫了一下,最终偏过头来:"嗯,好。"

"你爸爸被拘留了,你知道吗?"

向岚坐在唐向晚的对面,捧着手里的茶杯,指尖有些微微发抖,桌子上刚点的菜连一口都没有动过,声音也压得极低。

"哦。"唐向晚抬眸与她对视,语气平静,不带一丝波澜,"警方动作还是挺快的嘛。"

"晚晚,妈求你,不要伤害你爸爸。"向岚眼神里满是焦急和心虚,她没想到女儿会直接报警,也不知道女儿手里怎么会有那么多证据,确凿到警方直接能够将钟谦带走。现在钟谦已经被羁押了,她实在是没有办法,才想着来找女儿谈一谈。

可是唐向晚的脾气她是知道的,但凡是唐向晚做了决定的事情,一般都不会轻易更改,除非自己将真相告诉唐向晚,或许还能有一丝转机。

向岚深吸了一口气,慢慢道:"其实有一件事情,妈妈一直没有告诉你。"

听了这句话,唐向晚竟然觉得有些好笑,于是她便笑了起来:"什么事啊?你是不是要告诉我,钟谦是我亲爸?"

向岚吓得手一抖,杯子里的水直接洒了出来。

年过四十的中年女人神情惊愕,连一句话都说不完整:"你……你都知道了?你从什么时候知道的?"

"知道了又怎么样。"唐向晚拿起筷子,夹起了面前的西兰花,表情平静得好像在说别人的事情一样,"跟我有什么关系吗?"

向岚从一开始的错愕里渐渐平复了下来,来的路上她一直在准备措辞,不知道如何跟女儿坦白这件事情,现在女儿既然都知道了,倒也好办。

"晚晚……既然你都知道了,妈妈不妨跟你直说了。这么多年了,妈妈一

直不敢告诉你，其实你的继父才是你的亲生父亲……"

唐向晚放下筷子，淡声道："结账。"

眼看着对方根本不愿意听自己说话，向岚有些急了，也不敢啰唆，压低了声音慌慌张张道："他就算再怎么伤害你，你也看在他跟你的血缘关系上，宽恕他吧……妈妈保证他不会再有下一次。"

唐向晚起身走向收银台，向岚连忙起身追了上去，拉住了她的袖子："你都已经知道了，怎么还这么绝情，他毕竟是你的亲爸爸啊。"

周围不少吃饭的人都纷纷投来了疑惑的目光，向岚犹自说道："是不是因为唐毅有权有势，你的亲生爸爸没有本事，你看不起他，所以你不愿意认？"

被众人看热闹似的眼神包围着，唐向晚也懒得去辩解，只是冷笑："对，我就是看不起他，他甚至都不配给唐毅提鞋。"

唐向晚垂下了头，看向向岚的眼睛，第一次那么冷静而又坚定地告诉她："我的亲爸爸，只有一个，那就是唐毅。我活在这个世上一天，就一天是他的女儿。你尽管说我虚荣吧，反正我身上这个标签，从来没有被摘下过。"

听完这话之后，向岚几乎都要绝望了，她慢慢朝地下滑去，双膝碰到了冰凉的地板，却还是抱着最后一线希望道："你不承认他是你爸爸没有关系，但是当年的事情毕竟已经过去了，唐毅人已经走了，你还要让活着的人遭罪，还要让妈妈我再次承受失去丈夫的痛苦吗？晚晚，你体谅一下妈妈的难处好不好？你就当是帮帮妈妈好不好？"

唐向晚只是冷冷地、居高临下地望着她："那当年，有谁体谅过唐毅，有谁帮过他？"

这句话分量并不轻，向岚半跪在地上，身子抖得像破败的棉絮。

唐向晚目光冷然地望着她，望着自己的亲生母亲，继续道："他曾经带着最美好的希冀，为我取了'唐向晚'这个名字。因为他说，我是你们两个迟到的公主。然后他便把最好的东西都给了我们两个人，供我上最好的学校，穿最好的衣服，让你住最大最豪华的房子，开最好的车。最后，你给了他什么？

"你串通别人,亲手送他去死。"

周围安静到只剩下她的声音,就连窗外的飞鸟,也不愿在此停留。

"妈,他到底做错了什么,要遇到你?"

只这最后两句话,向岚整个人的心理防线骤然崩塌,像是在一瞬间被判了死刑,整个人瘫坐在地上,面如死灰,什么话也说不出来了。

8. 万钟于我何加焉

唐向晚从来没有这么疲惫过,即使是看着那些琳琅满目的漂亮衣服,也根本提不起一点兴趣来。以往只要是心情不好,去商场转个一两圈也就恢复过来了。但现在所有的事情都堆在了一起,让她心生烦闷,连逛街都提不起兴趣来了。

刚才和母亲分开之后,她甚至都没有送母亲回去,而是直接结完账离开了,在餐厅所在的商场里漫无目的地逛了起来。

逛着逛着,唐向晚忽然就有些恍惚了起来,很多年前这里还不是个商场,而是一条购物步行街,那个时候自己还小,很多事情记不清了,只记得爸爸和妈妈牵着她的手的画面。她从小家境殷实,大抵就是在那会儿被宠坏了,只要是她想要的东西,爸爸都会在第一时间买给她。

不过十几年的工夫,一切都变了样,她连一点心理准备都没有。

唐向晚漫无目的地朝前走着,忽然被玻璃柜里的一个八音盒吸引了目光。那个八音盒是一个城堡的形状,看上去十分精致。城堡中空着的部分立着两个小人,一个小人身穿礼服坐在钢琴面前,另一个穿着纱裙的小人站在他的身边,伴随着八音盒的音乐跳着动作简单的舞蹈,小人的嘴角微微扬起,似乎高兴得不得了。

她有些发呆地看着那个八音盒,只觉得那个弹钢琴的小人像极了陈曳。

逛了一大圈,最后却连一件东西都没有买,唐向晚空着手走出商场的大门时,外面的天色有些灰暗了,她都没有意识到自己漫无目的地走了这么长时间。

一路上浑浑噩噩的,刚准备打车的时候,一抬手居然打到了旁边的人。唐

向晚顿时吓了一跳,连声道歉:"对不起,对不起。"

站在她身侧的是一对看上去就是热恋期的年轻小情侣,穿着绣着大爱心的橙色情侣装,颜色热烈而又张扬,两人身高相仿,看上去却是那么相配。

被她打到的是和她年龄相仿的女孩儿,那女孩儿倒是没说什么,只温柔地说了句没关系,女孩儿身边的男孩儿却有点不高兴了,好像打在自己身上似的,有些不悦道:"下次看着点。"

说完后,他左手小心翼翼搂着女孩儿的肩膀,右手拎着一堆购物袋,上了前面那辆空出租车,隔着老远都能听见里面传来的一句:"师傅,麻烦去和际酒店。"

唐向晚站在原地,又是一瞬间的恍惚。

他们一定很相爱吧,一个小动作,一个小眼神,一句话的语气,任何一个细节都能看出来。

恋爱中的人,真是可爱。

鬼使神差地,唐向晚便拿起了手机,给陈曳发了一个消息:"在哪里?"

很快,便收到了回复。

"跟别人吃饭。"

唐向晚点开微信的加号,又点了一下位置,搜索了"和际酒店"几个字,视线游移,沉默了很长一段时间。

点击了发送。

周导上下打量着这个最近频繁出现在各种版面热搜上的年轻人,表情很是有些古怪,但只是一瞬,他便恢复了往常的神色:"我们之前其实是有过一面之缘的吧?"

陈曳笑了笑:"都说贵人多忘事,没想到这么长时间过去了,周导还记得我这个无名小卒。"

"怎么会不记得呢。"周导透过厚重的镜片看着他,"那个时候我就看出来,你是个演戏的好苗子,很有天赋。只是没想到,你在音乐方面也有这么高的天赋,这次电影的主题曲,足以看见你的才华。"

"是吗?"似乎是想起了当年的事情,陈曳勾起了嘴角,淡漠而又疏离地轻轻一笑,"我演戏哪有什么天赋?"

听出了他语气里的嘲讽,周导的面色忽然变得尴尬了起来,轻咳了一声,甚至有些不敢直视他的眼睛。虽然只是有过几面之缘,但不知道为什么,总觉得眼前这个年轻人,从来都没有变过,尤其是他的眼神。

永远也看不懂。

……

"你,过来一下。"演员导演助理看了一下手中的表格,又看了看站在自己面前的这个身材颀长的人,"今天下午,你来替一下男主这场跳楼戏吧。"

陈曳正坐在一旁的横杆上吃盒饭,看了他一眼,淡声问道:"我?"

"对,就是你。"演员导演助理上下打量了他一眼,很是满意。

今天下午有一场跳楼的戏,演员导演本来是找了个特约演员来做男主角的替身,结果那个特约演员也是不争气,半夜吃烧烤,把肚子给吃坏了,就来不了了。演员导演比热锅上的蚂蚁还要急,把火全撒在自己这个小助理身上了,好在天无绝人之路,想找个和男主角差不多高,差不多身材的人也不难,眼前这不就是一个吗?

演员导演助理摸了摸下巴,打量着眼前这个人,好像是见过几次,不过每次都戴着口罩,今天吃饭才看到他的庐山真面目,没想到平时看上去沉默寡言的,长相倒是让人眼前一亮,稍微培养一下也是个不错的料子。

"怎么,不愿意吗?你不是群众演员吗?"

陈曳看了他一眼,放下了手中的盒饭,淡淡道:"我是录音组的。"

"那也没事!"演员导演助理回过头冲着身后喊了一句,"老路,借你们家的人用一下。"

陈曳静静地看着他,似乎有什么难言之隐,目光隐藏在工作帽下,面露难色:

"找别人不行吗？"

"小伙子，你就当救救急，这现场哪里还能找到跟男主角差不多高的人啊。这样吧，组里平时给手替开的价格是八百块，给武替开的价格是一千二，今天就给你一千五，怎么样？"

陈曳没说话。

"哎……"那人叹了一口气，"要不是导演说要对得起唐编的作品，非要追求最真实的落地效果，我也不至于这么背了。"

听见"唐编"两个字，陈曳顿了一下，将目光移到了某个方向，许久之后，忽然轻声应道："好，我来吧。"

就这样，陈曳穿上了男主角的衣服，站在了搭好的景上。

那是一个两三米高的台子，底下是一片坍塌的废墟，还有不少砖头。这场戏在剧本中的主要内容，是地震后的男主角从三层高楼上跳了下来，虽然剧本是这么写的，但真实拍摄的时候肯定不是直接从三层高楼上跳下来，而是用后期合成，但是拍摄时太矮了也会显得比较假，所以现场置景组的工作人员搭建了这个两三米高的台子。

"唐编，你怎么还没吃完啊，餐车都该回去了。"场务小李看了一眼唐向晚面前写着"特餐"两个字的食盒，一边收拾凳子一边笑着和她搭话，"唐编难得来一次现场，每次都是最后一个吃完的，我们私底下都说啊，唐编你就和你的名字一样，做什么都是最晚的。"

唐向晚放下筷子，道："我本来就是来看看的，吃多晚都不影响拍摄嘛。"

"嘿嘿嘿，唐编，看在我每次都等着你吃完的分上，把我也写进剧本里吧！"

唐向晚侧身调侃道："你想演什么角色？"

"什么角色都可以，我戏路宽着呢。"小李哈哈笑着，边收拾边道，"现场现在正在拍替身的戏，你多吃一会儿也没事，不影响什么的。"

唐向晚偏过头看了一眼，却被密密麻麻的树影遮住了眼睛，只能隐约听见那边周导一直在喊"咔"，没有多想，接着吃饭。

……

"不行……不行。"

"刚才镜头没有跟好,再跳一次吧。"

"保一条吧,再跳一次,张力不够,明显没有一开始那种坚定的状态了。"

"不行不行,再跳。"

周导的声音在片场显得格外大声,而这边对讲机里的声音更是让人听起来胆战心惊,人们都纷纷为高台上那个小伙子捏了一把汗。演员导演走到周导面前小声说道:"导儿,这个不是专业的演员,是咱们临时拉过来的,没必要这么严格吧?"

"是啊,我觉得第一次跳得还不错,只是后面实在是跳的次数太多了,正常人都扛不住的。"

周导皱着眉,语气不容置喙:"你也知道他替的是谁,脾气倔着呢,要是替身跳不好,跑去跟程总那边一说,你负责还是我负责?"

"发生什么事情了,导演?"唐向晚吃完了饭,朝这边走了过来,有些疑惑地问。

周导看到她之后,明显客气了几分,指着监视器道:"这替身,不知道哪里找来的,根本不会跳,白长这么高的个子。"

唐向晚顺着他的目光看了过去,监视器里一个颀长的身影站在那里,似乎还有些眼熟,但单凭一个背影也看不出来是谁。

她从箱子里拿出剧本,翻到了通告里这一条,看了看,发现只是短短的一句话,便通过对讲机让掌机回放了一下之前的几条镜头,那里面的人越看越觉得眼熟,只是怎么看都看不见他的面容。

"周导,其实我觉得他第一条跳得已经很不错了,您也知道,这不过是个替身的戏,以后完全可以找时间补录,没有必要再耽误大家的时间去录这一条了。"

周导考虑了一下,终究是叹了一口气,对身后的场记道:"行了,就用第

一条吧。"

陈曳不知道那边究竟发生了什么,只是站在高台上,有些出神。

"好,可以了,去现场制片那里开票吧。"执行导演吆喝了一声。

陈曳垂眸,迅速戴上口罩,离开了拍摄场地。

转身的那一瞬间,唐向晚似乎从监视器里瞥见了他的眸,但也仅仅只是匆匆片刻,他便消失在了自己的视线之中,没有任何停留。

唐向晚有些出神地看着监视器,神情恍惚。

陈曳快速走到录音车后面,然后将口罩拉了下来,长出了一口气。透过缝隙,他朝那人遥遥看去,说不上距离有多么远,可他就是觉得,中间隔了一条难以跨越的江河。

一隔,就是许多年了。

……

"其实我早就看出来你能红了,从你跳了无数次那个高台开始,我就知道你是个特别坚韧的孩子。"周导看着他,不住地夸奖着,"真的,我没骗你,我早就知道你能红。"

陈曳没说话,只是礼貌一笑。

"你现在正处于艺人生涯最关键的时刻,只要你签了这份合同,出演我们这部戏的男二号,不出半年时间,你就能成为国内最红的一线小生!"周导信誓旦旦地保证,"你的形象是非常不错的,只要稍加包装,一切都不是问题。要知道,原本该是艺统来跟你谈的,只不过我跟你曾经有过交集,但我也是真的想亲自和你聊一聊,我能看上眼的人不多,你要把握住这个机会啊。"

"谢谢周导的好意了。"陈曳礼貌而又疏离地回复,"我不会演戏。"

"你怎么不会演戏,你之前不是演得挺好的吗?怎么,你是不喜欢这个剧本题材吗?没有关系,公司可以给你量身定制剧本,依旧是由我执导。或者,你不是和唐编挺熟的吗?"

周导的话还没说完,坐在他对面的那人便直接道:"我只喜欢音乐,其他的事情,没什么太大的兴趣。"

陈曳目光平静,说出口的话也是没有任何温度的。

周导听了这话,气不打一处来,他已经亲自劝说了他这么长时间了,居然丝毫也说不动他,冷笑了一声:"真是不识抬举!"

而即使是这样,陈曳面上依旧没有什么特别的表情,他低头看了看手表,想起唐向晚发的消息,直接道:"多谢周导抬举,我还有事,先走一步了。"

周导似乎没想到他这么不客气,一时间僵在了原地,半晌,冷哼了一声,没有再说话了。

陈曳起身结了账,转身出了餐厅的大门,一阵冷风灌进了他的领口。

他拿起手机,看着唐向晚发过来的那个清晰的定位,无声地叹了一口气。

第六章

春·树·与·暮·云

- 1. 别等以后,以后不会更好了 ● 2. 自始至终只是一个人的剧本
- 3. 从未开始,何谈结束 ● 4. 说了再见就真的再也见不到
- 5. 而你又是谁的一生意义 ● 6. 许一个愿,初见仍是初见
- 7. 第二次亡命人生 ● 8. 我生本无乡,心安是归处
- 9. 若是有幸陪伴你

※ ※ ※ ※ ※ ※   ※ ※ ※ ※ ※ ※

1. 别等以后，以后不会更好了

平城的夜景一向很美，区别于灯火通明的大都市，窗外的车水马龙，没有太多复杂的线条或是点缀，只是那样简简单单的排列，也足以让人沉醉其中。

唐向晚其实很少住酒店，除了以往做跟剧编剧的时候，会在酒店长住一段时间，平常在平城几乎都是住在自己家里的，但无论是在酒店还是在自己家中，其实感觉都是一样的，因为始终都是自己一个人。

唐向晚坐在窗边的椅子上，看着自己刚摆放在桌子上的八音盒。她伸手将盖子打开，音乐就渐渐流淌了出来，钢琴的声音如同叩击泉水的银器，空灵而又坚韧，那是一首 *Always With Me*《永远同在》。

八音盒里的小人就那么跳着舞，不知疲惫地旋转，像是找不到方向的自己，更像是这么多年来无所畏惧的时光。

他会来吗？

她真的太害怕了，怕陈曳会突然离开自己，怕他根本就不在乎自己。

他就像是风一样，抓不住，也看不见，即使他无处不在，即使他紧紧包裹着自己，却仍旧感受不到一点真实的存在。

房间的玄关处有个明亮而宽大的穿衣镜，唐向晚走到镜子面前，上下打量着自己。

她的脸有些红，带着些少女的娇羞，却也有唯恐他不会来的忐忑与不安。

一个小时之前,她给陈曳发了个定位,只是这一个小时过去了,他都没有回复自己。她想,他一定是看到了的吧,看到了,却没有回复。

但他应该会来的吧?

唐向晚有些忐忑不安地在房间里徘徊着,从左走到右,又从右走到左,如果他来了,自己是要下去接他上来吗?还是就在房间里等着他?第一句话该说什么才好呢?还是一句话也不要说?

正胡思乱想着,手机突然振了一下,她慌慌张张地拿起手机,果然看到了陈曳发的消息——

"晚晚,我突然有点事,得回老家一趟。"

短短一句话,唐向晚的心一下子沉到了海底,死寂无声。

周围的一切看上去都格外讽刺了起来,一个人抗拒另外一个人,究竟能抗拒到什么境界?

唐向晚深吸了一口气,将正在放着音乐的八音盒拿了起来,再也没有看这间房的任何布局,出了门,直接将那八音盒丢在了门口。

那八音盒在地上打了个滚,音乐戛然而止,像是被摔坏了一样,再也没有发出任何声音。

一直下了电梯,退了房,出了大门,她的心口还是凉凉的,甚至还有些喘不过气来。

她这算是,被拒绝了吗?

可是,他们明明已经是男女朋友的关系了,为什么他看上去还是离自己那么远?唐向晚不懂,她真的有些不明白。

这几天的情景依稀还在眼前,他的笑容,他说过的话,都深深印刻在她的记忆中,没有半分模糊。

唐向晚站在酒店的门口,看着来来往往的人,一时觉得自己像个被世界遗弃的人,找不到属于她的归途。

手机突然有人弹了个视频过来,唐向晚顿时燃起了一线希望,迅速点了接听之后,却看到了祝萌萌那张喜气洋洋的脸。

"晚晚!求助,紧急求助!"

唐向晚自己还需要找人求助呢,哪有闲心去管她,叹了一口气,问道:"什么事情啊?"

祝萌萌明显压低了声音,语气神神秘秘:"我现在和谢警官出来吃夜宵了,我偷偷跑到一旁来问你的。告诉我,怎么跟他表白比较不突然?你可是编剧啊,快帮我设置个浪漫点的情节。"

唐向晚心情不太好,两眼显得有些无神:"你随便用个什么'真心话大冒险'引过去就行了。"

"'真心话大冒险'两个人也能玩?"

"怎么不能玩。"唐向晚一边说话,一边抬头看着路面,脸色很是不好。

"你怎么了啊晚晚,平时问你,你不是都挺热情的吗?今天怎么这么个鬼样子,你知道你现在的样子有多丑吗,出殡一样黑着个脸,谁欠你钱了?"

"有吗?"唐向晚有一搭没一搭地说着。

"怎么没有,你看你这个脸,我截图给你看!"视频那边的祝萌萌迅速截了个图,然后好像发现了什么似的,问道,"你这是在哪儿啊,怎么背景看起来像个酒店?我告诉你啊,唐向晚你可给我矜持点,别玩什么投怀送抱的事情啊!"

这四个极其讽刺的字一出来,唐向晚便僵了僵,随即便好似什么都没有发生似的,讪讪一笑:"我怎么会呢,你不是要给你的谢警官表白吗,快去吧,别跟我说了。"

挂了电话之后,唐向晚有些出神地望着马路,也不知道自己在想些什么。

夜风吹起,将一缕发丝拨到她的鼻子上,她有些烦躁地抹了抹脸,失落不已。

石头剪刀布?

听起来倒是个不错的主意。

关了视频之后,祝萌萌组织了一下自己的语言,然后从不远处走了回来,坐在了谢攸面前。

周围的人并不是很多,两个俊男美女坐在棚子外面,也算是养眼。

祝萌萌跑现场的次数不多,也没什么经验,累了一晚上实在是有些饿了,识相的摄像大哥称家里有事先回去了,于是夜宵摊上就剩下了他们两个人。

"我们来玩'真心话大冒险'吧。"祝萌萌试探着问道。

"这个……两个人要怎么玩?"

"很简单啊,就直接石头剪刀布,谁赢了,就可以问对方一个问题。如果问的问题不想回答的话,就要答应对方一个要求。"

"好。"

"那我们开始了?"

谢攸点了点头:"好。"

祝萌萌清了清嗓子,害羞地问道:"你喜欢什么类型的女孩儿?"

谢攸愣了一下,旋即笑道:"其实你这个问题问得很奇怪,对我来说,不是喜欢什么类型的女孩儿才去喜欢这个人,而是喜欢一个人,才去喜欢这个类型。"

祝萌萌听了这话,有些窃喜,然而她并没有在面上表现出来,而是抿了抿嘴,小声嘟囔:"继续,石头剪刀布!"

谢攸一笑,出了拳头。

这一次祝萌萌出的剪刀。

"哎呀,你赢了!"祝萌萌有些不开心,"你问吧,你问吧。"

谢攸沉思了片刻,大概是想不出来有什么问题可以问的,就随口问了一句:"你困吗?"

祝萌萌这次是真的不开心了:"你确定要浪费这个问问题的机会?"

谢攸的清浅笑容依旧挂在脸上,随意道:"问什么不都是一样的吗?反正咱们工作上也会经常见面的,以后又不是没有机会问了。"

懒得跟他计较了,祝萌萌摆手道:"好吧好吧,答案是不困,继续。"

祝萌萌再次出了个剪刀。

这次谢攸出了布。

"嗯,该你问了。"谢攸的目光看向了不远处的路口,又看了看手机,似乎有些漫不经心。

这一次,祝萌萌却好像并不打算问一个普通的问题,她酝酿了一整个晚上,就是为了能够问出这句话来,从一开始,她的心就一直悬在半空中,除非她想要的答案尘埃落定,否则无法轻易回归原位。

顿了很久很久,祝萌萌才终于开了口:"那你……喜欢我这个类型的姑娘吗?"

谢攸一下子惊得抬起头来,眼中闪过一丝错愕,大概是真的完全没有料到她会说这么一句话,有些失语。

"怎么,这个问题很难回答吗?"祝萌萌皱起了眉,原本清丽的眉间满是不解和疑惑。

谢攸看着面前的小姑娘,有那么一个瞬间,他对自己的内心产生了怀疑,然而片刻之后,他的面色渐渐变得冷峻了起来,不再是先前春风和煦的笑容,反而多了一些意味不明的表情。

"有一个很重要的问题你没有问。"

"什么问题?"

"你自己想想是什么问题。"

祝萌萌顿时有种不祥的预感,心跳得飞快,紧张地问道:"你……你是不是有女朋友了?"

"不是。"

祝萌萌松了一口气,对面那人却好像并没有松气的意思,没有一点犹豫,直接出声道:"我已经结婚了。"

霎时,周围一片寂静,祝萌萌原本期待的表情一下子僵在了脸上。

挂了视频,一直走出了大门,在路边拦了一辆出租车,唐向晚都有些六神无主。上了车之后连安全带都忘了系,直到司机提醒她,她才神思恍惚地系上了安全带。

报了家里的地址,司机便准备出发了,唐向晚恍恍惚惚地将头偏了过去,却突然顿在了原地。

不远处那个颀长而又笔直的身影,她不会认错,绝不会认错。

然而这一晃神的工夫,车已经开出去了老远。

"师傅,回刚才的地方!"

唐向晚一下子急了,把正开车的司机都吓了一跳:"咋的了?要回去的话要从前面掉头的。"

"那你在这里把我放下来吧。"

下了车的唐向晚有些慌不择路了,拎着包就朝回跑。她今天难得穿了一次高跟鞋,鞋子还有些磨脚。

在这样的情况下,唐向晚跑得格外吃力,索性脱了鞋子朝前跑,一不小心就被石子硌了一下,疼得她差点掉了眼泪。

就这么一直跑了五分钟,才终于回到了刚才的地方,然而当她拎着鞋子和包站定之后,那一处却已经空无一人了,没有别人,也没有他。

看来是自己眼花了,唐向晚有些想笑,却又笑不出来。

想给陈曳打电话,大声告诉他自己现在患得患失的想法,可又担心他觉得自己矫情。

半响,唐向晚有些无力地坐在了地上,像是被抽空了所有的力气。她把头埋在了自己的臂弯里,无声沉默,眼泪就那么一点点淌了下来,她是真的觉得委屈,整颗心被碾得稀碎,却又不知道该怎么办才好。

路上来来往往的人很多,不少人都在对她指指点点。

刚才带了她一截的出租车司机绕了一个大圈又回来了,停在了路边。

原本想跟她说，姑娘你还没给钱呢。可当他摇下车窗，将头探出来，看见她这样狼狈的样子，顿时也就忘记了钱的事情。

虽然他根本不知道这女孩儿发生了什么事情，想了想，他还是忍不住劝道："小姑娘，人生长着呢，没什么大不了的啊。"

2. 自始至终只是一个人的剧本

谢攸那句话说完之后，祝萌萌就跟傻了似的站在原地，浑身力气都在一瞬间被抽空，好半晌才僵硬道："哦……是吗？"

谢攸有些担心地看了她一眼，想问一句"你没事吧"，最终却把这句话咽了回去，将眉目收敛了起来。

因为他知道，在这种时候无论说什么都是多余的。

他并不是个圣人，对于眼前这个特立独行的姑娘，他也并不是完全没有感觉的，她热烈得像是夏日里盛放的大丽花，从不畏惧一切未知，就和刚刚入警的自己一模一样。

如果他没有结婚的话，或许还有可能主动去追求她。

只是这个世界最难的就是如果，就连设想，也是一件奢侈的事情。

"你……"祝萌萌的声音有些哽咽，像是呛了水一样，断断续续，"你一定很爱你的妻子吧？"

谢攸有些迟疑，却还是回答道："我跟她是在高中就认识的，在一起很多年了。"顿了顿，又补充道，"她是我生命中最重要的人。"

是吗？

祝萌萌有些不敢去直视他的眼睛，那一瞬间，她只觉得自己可笑。

半晌，她强迫自己笑了起来，拍了拍自己的脑袋，一脸严肃道："看我，把你拉出来吃夜宵，都忘了时间了，你老婆该着急了吧？"

谢攸沉默片刻，看了看手表，回道："她今天晚上加班，正好可以顺路过来。"

"是吗？"祝萌萌干笑了两声，也不看他，就故意看着远处的路灯，"那……

那她什么时候能过来?"

谢攸刚准备说些什么,忽然将目光投向了不远处,那里缓缓驶过来一辆白色的别克车,打着近光灯,停在了大排档的旁边。

车窗被缓缓摇下,露出一张姣好的面容,驾驶座上的女人将头探了出来,也不看祝萌萌,只冲着谢攸温柔道:"吃好了吗?"

她黑色的长发被夜风轻轻撩起,带着成熟而又自在的独特气质。

祝萌萌呆呆地看着车里头的那个女人,如果换在平时,她一定会在心里头暗自和对方做比较,谁眼睛更大,谁更白,谁更有气质,但是此时此刻,她整颗心几乎都放空了,什么也不敢想。

因为在她和那人对视上的那一刻,她就明白,所有的比较都没有任何意义。

谢攸一看到妻子过来了,连表情都柔和了下来,只是语气还是照旧平淡,并没有多么亲切:"吃好了,咱们顺路把祝记者送回去吧。"

"不用了。"祝萌萌连忙站了起来,慌慌张张地摆手,"我……我男朋友一会儿过来接我。"

谢攸一愣,表情有些怪异,也不点破,只道:"那你一个人小心,注意安全,有什么事情就跟我打电话。"

"给你打电话有什么用……"

谢攸也没笑,只有些无奈道:"你忘了,我是个警察,保证人民的安全是我的职责。"

祝萌萌想起他之前对自己说过的那些话,无声一哂。

车内,谢攸的妻子将头探了出来,对着祝萌萌礼貌道:"你就是他经常提起的祝记者吧?我叫叶之楠,是他的妻子。"

祝萌萌连忙站了起来,有些不稳,却还是回道:"你好,我是祝萌萌。我也经常……听谢警官提起您。"

叶之楠有些埋怨道:"老公,咱们还是陪祝记者一起等她男朋友过来吧,这大晚上的,你把她一个姑娘家放在这里多不好,最近这里经常有年轻姑娘出事,你又不是不知道。"说着,直接打开车门,踩着高跟鞋走了下来,拎着包坐在了两人的旁边。

祝萌萌抬眼看了叶之楠一眼,果然发现对方也在悄悄打量着自己,神情是相当温柔礼貌的,但总觉得她也并没有多喜欢自己。

也许这就是女人的第六感吧,不知道为什么,总觉得她是故意的。

她哪有什么男朋友,还不是为了面子临时杜撰出来的。想到接下来不知道该怎么收场,祝萌萌的表情一瞬间变得相当怪异。

谢攸明显看出来了祝萌萌的窘迫,好几次提出分开走的建议,都被叶之楠以"年轻姑娘一个人不安全"为理挡了回去。

祝萌萌深吸了一口气。

男朋友是吧?

在平城待了这么多年,连这种场面都收不了,她还怎么混?

祝萌萌掏出手机,在列表里翻了一圈。其实追她的人两只手都数不过来,但她不知道为什么,就鬼使神差地点开了宋孝玄的对话框,然后打了一段字发了出去。

她简短说明了一下自己现在的尴尬情况,然后发了一个定位。

没过一会儿,对方便回复了一大屏幕的"哈哈哈哈"过来。

祝萌萌暗自咬了咬牙齿,这个宋孝玄,居然还敢取笑她,一生气就直接把手机盖在了桌子上。

"祝记者这是怎么了?"叶之楠笑着问,"是男朋友迟到了,惹你不高兴了?"

"是啊。"祝萌萌微笑,"他总是迟到。"

叶之楠也跟着笑了起来,将目光投向了自己的丈夫,眼底都是浓到化不开的眷恋:"我老公也就这点还好,从来都不迟到,每次都舍不得让我多等。"

谢攸回看了她一眼,没说话。

桌子底下,祝萌萌攥紧了自己的袖子,一丝酸涩在鼻腔中滚动着,难受到几乎要崩溃。短短的十几分钟内,她一直在佯装镇定,可她毕竟没有那么深的

功力,看着面前这对神仙眷侣,只觉得自己是个可笑的小丑。

她以为自己是找到了王子的人鱼公主,却没有想到自己竟然是海底那个恶毒的巫婆,是别人幸福的绊脚石。

十几分钟就这么过去了,久到祝萌萌以为不会有人来管她的时候,远处忽然驶来了一辆卡宴 Turbo S,直接绕过了之前那辆白色的别克车,一个稳刹直接停在了祝萌萌面前。

男人停好车下来,直接走上前去,脱下自己的外套披在了她的身上,动作一气呵成,毫不拖泥带水。

"怎么穿这么点,在外面冻着怎么办?"

祝萌萌有点蒙,然后她就看着宋孝玄一身笔挺西装,站在谢攸夫妇面前,态度礼貌而又疏离道:"让你们费心了,我和萌萌就先走了。"

就在他要揽着祝萌萌离开的时候,她突然顿住了脚步,出声道:"等一下。"

没等宋孝玄反应过来,她便大步走到谢攸面前。

穿着高跟鞋的脚步有些踉跄,却足够坚定,如同一个即将踏上战场的士兵,绝了自己的一切退路。

她抬头,看向了谢攸,仿佛周围没有旁人。

如果不是今天晚上,或许她还以为自己是这个世界上最幸运的人。

遇见谢攸的那一天,还以为会是普通的一天,直到此刻都觉得不可思议。恰恰好,刚刚好,两个人交汇在一点四九万平方公里中的某一个地方、一万年里的某一个时间节点。

她是那么喜欢发着光的谢攸啊,他的认真,或是让她小鹿乱撞的笑容,他讲过的话,他的扣子,他给她的梦,他的一切都是真实存在过的,也许有一天她把自己忘了,也不会忘记这个人。

这就是最好的爱情,她已经拥有了。

哪怕只是她一厢情愿的短暂拥有。

旋即,她伸出手来,将东西直接塞在了他的手心里。

祝萌萌抬起头来看着他的眼睛，四目相对之间，再没有火花，亦没有眷恋。这个人如同流星一般掠进了她的世界，又以这种方式毫不留情地将她驱逐，然后依旧温柔地看着她，一句话也不说。

有点难过，但不至于绝望。

也不等对方说话，祝萌萌直接转身回到了车上，半晌，那辆车便开离了他们的视线。

谢攸的目光投向了他们离去的方向，然后缓缓抬起手来。

略显粗糙的手掌上，安安静静地摆放着一粒金属纽扣，上面刻着六个字母。

POLICE。

暗淡无光。

流畅而熟悉的男声传进了她的耳朵，徐茵一下子僵在了原地，连账都忘了结。旁边的朋友自然也听见了歌声，一下子便懂得了，想劝些什么，却又无从说起，最后叹了一口气，把账给结了，直接把神游状态的徐茵拉出了这家店。

刚才店里放的歌曲正是前些日子上映的电影《平生无憾》的主题曲，这部电影虽然评分不高，但因为男女主角都是时下最红的一线大咖，所以获得了很高的关注度。而电影的主题曲也确实是好听，所以最近大街小巷总是在循环播放着那首歌。

其实倒也没什么，只是这首歌是陈曳创作的，就有点什么了。

一旁的朋友打开了手机，搜索了"陈曳"两个字，出来的便又是那几张让他名声大噪的惊艳侧脸图，边叹气边道："哎……现在这个网络时代，说不准身边的邻居第二天就上了头条，看来以后要对身边的每一个人好一点。"

徐茵偏过头来，看了一眼朋友的手机，有些发怔地看着屏幕上的照片。照片上的人是那样熟悉，无论是眉眼还是嘴角，都是她印象中最完美的样子，可是不知道为什么，他却离自己那么遥远。

一旁的朋友看了一眼徐茵，见她还是这样失魂落魄的状态，忍不住出声安

慰道："你这人，怎么就这么想不开呢？你想想啊，陈曳现在红了，多少小姑娘追着想见他一面都不容易呢。怎么说咱们也是真枪实弹追过明星的人了对不对，说不定以后还能攀个关系进娱乐圈溜达溜达呢。"

徐茵没说话，明显也没有在听。

朋友叹了一口气，也感到了一点淡淡的忧伤："茵茵啊，你喜欢陈曳，其实也有好几年了吧。"

是啊。

也有好几年了。

那个时候她还是大一的新生，因为长得漂亮，所以身边不乏追求者。虽然说不上是系花，但追她的人也不比系花少，可是那个时候她偏偏喜欢上了陈曳，很早的时候，她还以为陈曳也是他们学校的，后来才发现他不是。

"我还记得，咱们第一次见到他的时候，还是在厕所呢。"

听了这话，徐茵有些难过，往事就那么一点点被掀开了。

当时的陈曳还不像现在这么寡言少语，也不像现在这么独来独往，他和一大群朋友看演唱会，就坐在她前面的位置。

从入场开始，徐茵就被他吸引了目光，只觉得他的侧脸特别好看，就像是一块弧度优美的东陵石，让人移不开眼。全程一直在偷看他，连演唱会都没怎么仔细听，当时她就在想，离开的时候一定得要到他的联系方式。

演唱会结束之后，他就和朋友一起走了，走得太快，直接消失在了拥挤的人潮里，当时她以为自己可能一辈子都遇不到他了。

结果在上厕所的时候，还是碰见了他。

当时女厕所门口排成了长队，男厕所门口的人寥寥无几，他就站在门口说了一句："男士都稍微等一等吧，让一部分女士先进去。"

然后就那样守在了门口。

好在现场的男士也都比较配合，纷纷和他一起在门口守了起来，当时她就觉得，这个人真的很绅士。

然后,她就走了过去,排到她的时候,她很小声地说了一句:"谢谢。"

陈曳看了她一眼,语气淡淡的,却很温柔:"不客气。"

……

朋友的声音将徐茵拉回了现实。

"算了,茵茵,你就认了吧,咱们这种普普通通的人也没什么能力去帮他,只有唐向晚那种人才能捧红他。由此可见,陈曳就是个靠女人上位的小白脸,这种人你还有什么好留恋的。"

"滚。"

"什么?"朋友有些呆在了原地,她说了这么大一段话,对方回给自己的竟然是这么一个字。

"我叫你滚。"徐茵红着眼睛,神色凛然,"哪怕他不喜欢我,我也绝不允许别人对他说三道四。"

3. 从未开始,何谈结束

车内,祝萌萌泣不成声。

身上披着宋孝玄的西装外套,一把鼻涕一把泪哭道:"你哪儿来的这么好的车,平时也没……也没见你开啊?"

宋孝玄一晒:"怎么可能是我的车,我跟朋友借的……大半夜跟他借车,费了点劲呢。"

祝萌萌并不领情:"我又没让你借。"

"还不是为了给你长长脸?我们萌萌的男朋友,怎么能没有一个像样的坐骑啊?"

祝萌萌白了他一眼,想像往常一样骂他几句,却连一句话也骂不出来了,突然大声哭道:"我好气啊!我连孩子的名字都想好了,他怎么就有老婆了呢!"

这话,他有点不知道怎么接……

宋孝玄将头别了过去,看着前方的道路,叹了一口气。

"你叹什么气!"祝萌萌更生气了,"我差点就做了人家的小三了,就不能安慰我两句吗?"

"我喜欢的女人都要跟别人生孩子了,还要我怎么安慰?"宋孝玄叹了叹,终是道,"算了,你要听什么样的安慰?"

祝萌萌一噎,将头偏了过去,抽抽搭搭道:"算了,你别安慰了,安慰不出个什么屁来。"

街灯闪烁,车窗外的景色如同放映机里的画面一幕幕过着,宋孝玄不知道是在看着前方的路况,还是在看着什么别的东西,良久,淡声道:"傻妞,丢了一座城池,难道就亡国了吗?"

祝萌萌一愣,停止了抽噎,看向了他:"行啊宋孝玄,狗嘴里吐出了象牙来。"

宋孝玄一笑,笑容里带着点淡淡的涩:"看你还会骂人,我就放心了。"

话虽然这么说,可之于他自己来说,有个人就是他的整个国。

从进台第一天起,他的注意力就只在她一个人的身上,那个时候他还是大四在读的实习生,想象中的记者大概就是祝萌萌那样的,风风火火,无所畏惧。每次她从外面采访完回来,都会路过他的卡座,在道路尽头的饮水机旁接一杯水,而他每天最期盼的,也就是那片刻的交集。

她每天都会喷同一种香水,甜甜的,像是雨后的清香。

为了能够留下来,他的整个大四除了答辩都没有回学校,只希望能完成好自己的每一次工作。

入职的那天晚上,他辗转反侧,想鼓起勇气请她吃顿饭。

第二天,他在桌子上收到了她准备的入职小礼物——一支黑色的钢笔,小字条里写着她有些潦草的祝福:加油,新同事!

短短的几个字,没有什么特别的话。

可从那以后,他就再也无法从她的世界里走出来。

唐向晚最终还是在酒店里待了一整夜,但几乎是一直失眠到天明的,房间里的一切摆设都变成了讽刺，所以天亮了之后她便迫不及待地离开了这个地方。在路上的时候，她看了一眼微信运动，忽然让司机掉转了方向，去了陈曳的住所。

她有他家里的钥匙，自己之前将一辆车停在了他们那栋楼的车库里。她把车开出来之后，直接停在了路边一棵不起眼的树后面，然后摇下了车窗。

微信运动里，陈曳的步数又多了几十步。

她的直觉，陈曳并没有回老家，一定还在家里。

也许是"作"的原因作祟，她也不想直接打个电话过去问清楚，就那么一直坐在车里，放着音乐，观察着出口，不知道的还以为她是狗仔队出来的。

两个小时之后，久到唐向晚差点就要睡着了的时候，门口突然出现了一个熟悉的颀长身影。

陈曳穿着白色的衬衫，手里拎着一个不知道装着什么东西的袋子，走到路边开始打车。

唐向晚一下子精神了，迅速将车窗关上，然后深吸了一口气。

他果然没有回什么老家，他昨天那句话，就是借口。

想要弄清楚他究竟有什么事情瞒着自己，只有跟着他看到真相才能知道了。

陈曳打到车之后，唐向晚便悄悄开车跟了上去，一路跟在了那辆出租车的后面，中间特意隔开了几辆。

正值上班高峰期，这条路有些堵，车辆复杂，所以陈曳并没有发现她的存在，加上她的车也就是个再正常不过的黑色，即使陈曳之前见过车牌号，也很难去注意了。

时间一点点地流逝，前面的出租车最终停在了医院的门口，抬头看了一眼医院的大门，唐向晚一时间有些怔忪，甚至有一丝不祥的预感。

只是陈曳付钱下了车之后便直接进了医院大楼，唐向晚却还要找地方停车，一时焦躁了起来。等她好不容易找到了一个停车位，对方却已经消失在了她的视线中。

唐向晚懊恼地站在医院的大厅里,看着来来往往的人群,有些不知所措。

她知道自己现在的行为其实很奇怪,明显就是不信任陈曳,可她实在是太好奇了,她想知道他究竟有什么秘密瞒着自己,否则他为什么要骗自己?为什么要拒绝自己?

抛开长相和身材,她怎么说也是个正常的女孩子啊,他没道理这么抗拒自己,像是见了瘟疫一样吧。

作为一个言情小说的作者,唐向晚深知生活远比小说狗血的道理,此时此刻的她忍不住在脑子里猜想,陈曳是不是得了什么病,所以才一直瞒着自己,所以才会那么抗拒自己?

该不会是那方面的病吧……

想到这里,唐向晚更忍不住想要去问他,想弄清楚真相,然后告诉他,无论他有什么病,她都不介意!她会一直陪在他身边,绝对不离开他,绝对不嫌弃他。

这种念头一起,唐向晚便收不住了,一瞬间仿佛韩剧女主附体,在医院里狂奔了起来,从一楼的走廊一直往上,二楼……三楼……四楼……

可是哪里都没有陈曳的踪迹,连个影子都没有。

唐向晚有些无力地靠在医院的白墙上,她想要给他打电话,却又不知道说些什么。

难道一开口就问:"陈曳你是不是得病了?"

纠结的心情如同杂草一般生长,在她心中盘根错节地纠缠着。

唐向晚正要掏出手机的时候,突然被人撞了一下,那一撞,直接将她推进了一个病房,整个人踉踉跄跄,险险扶住一旁的门,然后便僵在了原地。

唐向晚瞠目结舌,有些不敢置信地看着躺在面前病床上的那个人。

"陈……陈叔叔。"

记忆中,他总是很谦卑地站在父亲的身边,很少说话,但开车的时候总是很沉稳,父亲去世之后她就再也没见过他。

他的眼睛是闭着的，容貌和以前相差的有些多，除了苍老之外，更憔悴了许多，但依稀还能看出来当年的影子。

还没等她从见到陈明亮叔叔的惊讶中缓过神来，便又看见了坐在病床旁边的中年女人，她又惊讶地唤了一声："阿姨？"

林茱没想到会在这里遇见唐向晚，一时间也愣住了，过了好半晌才反应过来，想要同她打声招呼的时候，似乎又想起了她刚进门的时候喊的那一声"陈叔叔"，便出声问道："你怎么认识我家老陈？"

她丈夫已经瘫痪多年了，病痛将他折磨得不成人形，就连当初不少老朋友都认不出他来，眼前这个上流社会的小姑娘，又怎么会认识他呢？

唐向晚恍惚了好一会儿，才有些不敢相信地问："阿姨……您是陈叔叔的夫人？"

林茱越发疑惑了："你……"

"这么多年，我一直都在打听陈叔叔的消息。"唐向晚的眼神变得有些难过，"自从陈叔叔和爸爸一起出事之后，我就一直在打听，没有想到……"

"你……"林茱的目光突然变得尖锐起来，联想到她的姓和儿子的态度，她一下子全都明白了！

"你是唐毅的女儿是不是？"

唐向晚没想到林茱突然翻了脸，顿时蒙在了原地，不知道该说些什么。

"你是不是唐毅的女儿？"林茱又追问了一句，眼神变得越发怨毒。

唐向晚有些畏惧地朝后躲了一躲，过了好半晌，才道："阿姨，我是……"

她的话还没有说完，林茱直接冲上前来掐住了她的脖子，目光变得极其怨毒。

"原来你就是唐毅和向岚的女儿！你毁了我的家庭，毁了我一辈子的幸福！你是我这辈子最恨的人！"

对方突如其来的敌意让唐向晚彻底蒙了，但她现在一句解释的话也说不出来，因为她的脖子已经被林茱死死掐住。

唐向晚的脸渐渐涨得通红,她想要伸手去推开对面的人,却一点力气也使不出来,只从喉咙里挤出几个字眼来:"阿……阿姨我……"

"妈!"身后突然传来一声厉喝,林茱的身子突然被拉开,然而她的双手依旧笔直地伸向前方,朝着唐向晚的方向张牙舞爪。

唐向晚剧烈地咳嗽起来,靠在墙上好半天才缓过神来,发现是陈曳冲进来拉开了他的母亲。

陈曳将林茱摁在了床上,语气有些着急,甚至带着些慌乱:"妈,你冷静一点!"

"你早就知道了是不是?"林茱的表情变得有些奇怪,甚至是在冷笑,"你早就知道她是谁的女儿,你瞒着我!"

陈曳偏过头来看了唐向晚一眼,气血朝头上涌了涌,然而他只是轻声说道:"你先出去一下。"

唐向晚还没有彻底弄清楚状况,但看见目前这个局面,她也知道自己站在这里不太方便,有些担心地看了陈曳一眼,便转身出了门,将门轻轻带上。

里面传来林茱已经渐渐有些平复的话语,不算太清晰,但大体内容还是能够听见的。

"你告诉妈,你是从什么时候开始知道的。"

陈曳没有回答,周遭的空气沉默不已。

"你之前说的女朋友,是不是就是她?"

唐向晚忐忑地靠在门上听着里面的动静,有些不安地攥了攥手。她实在不明白陈曳的母亲为什么会这么恨自己,当年父亲出事的时候,陈明亮叔叔确实是和父亲一起出事的,但是母亲告诉她,她已经处理好了陈叔叔那边的一切后续赔偿。后来她想要去探望的时候,才知道陈叔叔一家都已经搬走了。

她只是没想到,陈曳居然就是陈明亮叔叔的儿子……

"儿子,妈这辈子对你没有别的要求,但你绝对不能和她再有来往了。她们家害得我们还不够惨吗?你爸爸成了现在这个样子,你连大学都没有上!她生来就是克你的,你知不知道?"

陈曳没有说话,只是看着不远处的白墙,他甚至都不敢将视线转到门的方向,即使知道自己看不见她的脸。

林茱的声音并不是很大,传在他的耳边却是那么清晰,一如他经常梦到的、最惧怕的场景。每每想到,便又是如履薄冰。他最担心的就是这一天的出现,只是没想到来得那么快,那么突然,连一点准备都没有。

陈曳还是辩解了:"我们家的事,跟她没有关系。"

"妈当然知道不是她造成的,但是你就是不能再跟她有任何瓜葛了!"林茱的声音又变得尖锐了起来,"真是造孽啊……你如果还要跟这个女孩子有来往,妈就去死,现在就死。你现在就答应妈妈!"

4. 说了再见就真的再也见不到

面前的门终于开了,唐向晚有些怯懦地朝后退了一步,甚至不太敢去直视他的眼睛。

陈曳站在门口的阴影处,低头望了她一眼,眼神里有许多她看不懂的情绪,像是下了一整个冬天的雪,又凉又厚重。

而唐向晚只是呆呆地回望着他,一句话也说不出来,所有的话语都梗在了喉咙里头,怎么也咽不下去。

当年的事情,她完全不清楚,但林茱对自己的恨意也是那么露骨,没有丝毫挽救的余地,如果是两个人之间的感情出了什么问题,她怎么样都会想办法解决的。

可是这种事情,要怎么去解决?

阴影之中,男人面色苍白,站在那片没有光照射的地方,平静的眼神中没有一丝感情,当然,只是在外人看来如此,来来往往的医护人员和病人都忍不住侧目,似乎是想知道发生了什么。

他静静地在那里站了很久很久,久到似乎以为时间就此停滞了的时候,他

转过了身去。

"你走吧。"

那样的毅然决然,那之后,唐向晚便再也看不见他的脸了。

陈曳关上门后,没有去看自己母亲的表情,也没有看床上的父亲,他只是静静倚靠在那里,不动,不说话。

没有人知道他在想些什么,就如同没有人知道他曾经多么卑微地爱着一个女孩儿,他曾经藏了那么久,从来没有人知道他的想法。

平城的风永远都是那样匆匆忙忙,即使是这般空洞的走廊里,也从未停下过它的脚步。

谁还记得,女孩儿的房间里那段没有任何美感的琴音,响在耳边,就是许多年。少年冷漠的心里,也藏着一个不冷漠的人。

然而时光就如同平城的风一样,永远走得那么急促,不为谁放慢脚步,也不为谁停留。

我以为我能跑得过时间,我以为我能永远瞒住你,或者有一天我能够亲口告诉你。

但当你自己发现的时候,我才终于明白,原来命数就是如此。

唐向晚一个人在家冷静了好几天,看小说看剧,打游戏。

她以为陈曳就仅仅只是需要几天时间去缓和,让她没有想到的是,她再也没能联系上他。

电话不接,发出去的信息全部石沉大海。他没有删除她的号码,却也没有回复任何消息,朋友圈依旧是之前冷冷清清的几张简单的风景照片。

唐向晚就像是中了什么魔咒一般,铺天盖地打听他的消息,曾经驻唱的酒吧,甚至是自己开的朝阳客栈,还有很多其他的地方,可是他们都说联系不上他。

她也曾去他住的地下室找他,可门是锁上的。

她恨自己那天为什么要跟过去，为什么要知道这件事情，也实在不明白为什么他的母亲对自己有那么深的恨意。

他就好像从来没在平城出现过一样，连一点痕迹都没有留下来。

然而并不只是她一个人在找陈曳，还有一家业内有名的经纪公司，因为找不到人，电话都打到她这里来了。

而唐向晚也只能哽咽着说，她也不知道他在哪里。

那家公司的总监有些惋惜地说，你要是能联系上他，还是多劝劝他吧，正是最好的时机，只欠一把火就能红了，稳扎在一线不是问题。

而陈曳，这个不打一声招呼就消失的人，早就离开了这座城市。

因为创作了电影的主题曲，他拿到了一笔可观的费用，足够给父亲换一家更好的医院了。

办理转院手续之前，他去地下室收拾了自己全部的行李。并没有什么太多的家当，除了他的吉他和衣服，也都是些杂物了。他叫了快递将大件的物件先寄了过去，剩下的东西随身带走。

当时的陈曳站在自己的书桌面前，将那已经有些年头的盒子打开，拿出里面的东西，手指一一抚过。

一副破旧的眼镜，几张相片、书签、海报。

大概每一张纸他都能说出故事来，但此时此刻，他并不是很愿意多做停留，仿佛再多看几眼，就会舍不得。

陈曳合上了盒子，装进了自己的行李箱里。

在二月春风还没来得及吹起的时候，一张照片落在了地上，悄无声息，将他的故事留在了这个还没有结束的地方。

凌晨一点半。

夜已经很深了，玻璃窗外星星点点都是城市的灯火，寂静而又空旷的办公室里只剩下了键盘的敲击声，也只有她这一处亮着灯。

祝萌萌坐在电脑面前，写着今天外采的稿件，一句一句斟酌用词。在她这个行业，加班加点都是常态，记者不仅要承担出镜记者的责任，还要负责报选题、撰稿、审稿的工作，有的时候还需要草剪视频素材。

肚子饿得不行了，但是这个时间点能点的外卖也就只有烧烤夜宵了。想到那天晚上发生的事情，祝萌萌就对烧烤恨之入骨，看了一眼桌子上一堆泡面，也实在不想吃。

左思右想，她决定还是赶紧把新闻稿先写完了，回家再煮面吃吧。

也不知道谢攸那天是怎么想的，会不会觉得她这个人很可笑。祝萌萌有些烦躁地敲了敲太阳穴，不能让他觉得自己很失落很伤心，要让他知道自己现在正在努力加班工作，丝毫不在乎这件事情。

想到这里，祝萌萌掏出手机，打开微信发了一条朋友圈，定位在电视台。

想了半天也不知道配什么字，最后索性就打了一个字"饿"，然后继续写稿子。

又是半个小时过去了，正拗词的时候，寂静的办公室里突然响起了手机铃声，吓得祝萌萌一个手抖差点按了删除键。

看着不停闪烁的屏幕，祝萌萌一脸呆滞地接了电话，这个点了……谁还给她打电话啊？

一接电话就听见唐向晚的鬼哭狼嚎声，祝萌萌吓得立刻将手机拉开了八丈远，但对方的哭声依旧清晰地传进了她的耳朵里。

祝萌萌白眼都快要翻到天上去了，直接道："我的天，大半夜的你哭什么啊？又看什么悲情电影了？我跟你说我现在可一个人在台里加班呢，你这哭声太吓人了……"

"他不要我了……"唐向晚一边哭一边擤鼻涕。

"谁不要你了？"祝萌萌本来想说，你啥时候有人要了，看她这个状态不太对劲，也就没敢说，"你是说陈曳吗？"

唐向晚躺在床上，窝在被子里哭得被单都湿了一片，把自己那天的事情一一跟祝萌萌讲了一遍，然后说："我以为他就是冷静几天，然后就告诉我当初发生了什么事情……可是他现在就这么失踪了，萌萌你说他是不是个渣男啊？我是不是被他给耍了？"

祝萌萌按了按太阳穴："以我这个同班同学对他的认识呢，多半不是个渣男，肯定是事出有因。"

"可是他能去哪儿呢？"唐向晚抽抽搭搭，"我回医院去找他，可是医院说他爸爸已经转院了，但也不肯告诉我转到了哪里。"

"也许他是回老家了呢。"祝萌萌用肩膀夹着手机，一边继续写稿子，一边说，"我记得他老家是南城的，以前高中交表的时候我无意中看见过，因为刚巧和我舅妈住一栋楼里，我当时还可惊讶了呢。"

"真的吗？"唐向晚就像是一个溺水的人终于抓到了一块浮木，立刻问道，"南城哪里？"

"你不是吧，真要去找他啊？说不准人家不在呢，再说不准他早就搬家了呢。"祝萌萌有些不可思议地拿起了手机，"而且你都多久没出过远门了，要不你缓缓，过几天周末我陪你去？"

"我明天就要去。"唐向晚从床上坐了起来，"你快发给我。"

祝萌萌有些无奈地挂了电话，将她舅妈的地址发了过去。

看着屏幕，祝萌萌发了好久的呆。这个傻姑娘，到底是着了什么魔，也不知道多年以后她想起自己的举动，会不会觉得很幼稚。

但自己又何尝不是这样幼稚呢，甚至有过之而无不及。

祝萌萌叹了一口气，打开微信，将刚才那条朋友圈给删除了。

正要继续写新闻稿的时候，远处的门口突然进来一个人影，祝萌萌又吓了一跳，定睛一看，居然是宋孝玄。

他看上去有些匆忙，像是刚从被窝里爬起来，随便套了件衣服就出来了。他手里拎着一个蓝色的保温桶，开了灯后，直接穿过走廊走到了她的工位面前，

将保温桶放在了她的桌子上。

祝萌萌目瞪口呆:"你……"

宋孝玄有些气喘,缓了一会儿才说:"你今天怎么要加班啊,我走的时候看你的位置上没人啊。"

祝萌萌愣着:"我好像是下楼拿了个快递。"

"行吧,趁热吃。"宋孝玄好像也没打算听她的回答,转开保温桶,将里面的夹层一个个取了出来,摆在她面前,叨叨着,"不就是个男人嘛,至于这么用工作麻痹自己吗?"

"你瞎说什么!"

祝萌萌刚呸了一句,宋孝玄立刻说道:"我知道我知道,我就开个玩笑,快吃吧。"

祝萌萌看着摆在自己面前的锅贴和瘦肉粥,拿起勺子喝了一口粥,温热而又软糯。

空旷寂静的办公室里传来她低声的一句:"宋孝玄。"

"干吗?"被点了全名的宋孝玄有些紧张。

"挺好喝的。"

5. 而你又是谁的一生意义

秋日的阳光并不算刺眼,透过破旧的车窗随意地照下来,打在唐向晚苍白而又修长的手指上,也打在手机里没有任何回复的屏幕上。

唐向晚垂下无神的眼眸,将手机倒扣在桌子上,随即慢慢缩回了手。

祝萌萌告诉她陈曳有可能在南城的时候,她几乎都快要落泪。

就是这么一个简简单单的消息,她就已经失去了所有的方寸。

没有坐飞机,因为她觉得,陈曳一定是坐火车回去的。

她爱他,她觉得他也爱她。

本以为会有一个完美的结果,至少时间也不应该这么短暂,却没有想到会这样仓促地收场。

唐向晚真的很想问他这是为什么，为什么这么突然就不要自己了，当年究竟发生了什么事情。

她哭红了眼睛给他打了几十个电话，却无一回应。

她做事却向来有始有终，如果不当面说清楚，恐怕一生都过不去这个坎，哪怕他当面告诉自己，他不爱她了，也比这样消失要来得干脆。

所以她来了，什么行李也没有带，什么人也没有告诉，一身狼狈地踏上了前往南城的火车。

一个人，一辈子，总会有那么一次不计后果的冲动，而她这一生的所有青涩的冲动，全都给了这个叫作陈曳的男人，从高中放孔明灯的那一刻开始，一直到现在。

火车渐渐开始减速，窗外的风景如同一幅慢慢打开的山水卷轴，往事一点一点涌入心头，又酸，又涩，她就那么失神地望着窗外，直到走道里路过的大娘拍了拍她消瘦的肩膀，带着一口浓重的方言提醒说："姑娘，终点站到啦。"

唐向晚从记忆中回过神来时，车厢里只剩下零零星星的几个人了，她连忙站起身来，拎着略重的双肩包，跟跟跄跄地下了车。

一只脚刚踏出车门，冷风就迎面扑来，呼呼朝她脖子里灌，唐向晚连忙捏住了单薄的领口，一手狼狈地提着包，整个人看起来落魄不已。最近天气有些变了，她出门的时候竟然忘记多穿点衣服。

陈曳现在一定也很冷吧，他总是那么粗心，早上起来也不知道多穿几件衣服。

出了站，唐向晚背着包双眼无神地朝前走着，出租车司机殷勤地上前来问她要去哪里。

唐向晚拿出手机，给司机看了一眼祝萌萌给的地址，司机摇了摇头："你搞错了吧，没有这个小区。"

"怎么会呢，这里明明就是我要去的地方啊。"

司机皱着眉头，似乎是有点不敢确定，但还是告诉她："你说的这个地方

现在不是住人的,那一片的危楼早就拆了,改成了一个学校,你还要去吗?"

那句话就像是给她的最后一击,唐向晚突然就停下了脚步,神情绝望。

"小姑娘,还要去吗?我看你也是从外地过来的吧,要不先找个住的地方,我给你推荐一个吧!"

唐向晚若无其事地将手机收了回去,抬起下巴便换回了那张傲气十足的脸:"不用了。"

然后,她转身走到一个角落,靠在墙上开始发呆。

熙熙攘攘的人群中,唐向晚抖着手,再一次按上了那个熟悉的名字,心跳得很快很快。

这一次,他会接吗?

说不定他就接了呢?

打过去之后,却还是和先前一样的结果。

明明知道会是这样,心里却还是疼得一抽,她想哭,却怎么也哭不出来。明明知道死缠烂打没有结果,却还是不甘心这样的结局,既然已经犯贱了,那就犯到底吧。

她真的不明白为什么陈曳会这么对她,会这样一走了之,所以她一定要等到他给自己一个答案。

也许是她穿得太过单薄,就一件短袖,与现在降温了的天气格格不入,也可能是她在这里站了实在太久太久,来来往往的人都会对她注目几眼。

就在她以为不会再有回应的时候,手机却突然响了。

唐向晚吓得手一抖,连看都没来得及看,满怀期待地接通,语气惊喜:"陈曳?"

耳边却传来了余烬震怒的声音,隔着屏幕都能想到对方暴怒的样子。

"唐向晚,你跑哪儿去了?老子找了你一天!要不是问了祝萌萌,你就死在那儿吧你!"

这家夜宵摊的客人一如既往地多，不少都是学校周围的小情侣，也有吵吵闹闹的兄弟，但这些原本都忙着自己吃喝的人，如今都把目光投向了同一个方向。

倒也没有别的稀奇，只是那里有一个歇斯底里的女人。

"余烬，你说他为什么不喜欢我啊？我那么喜欢他，他为什么不喜欢我？你说他，到底喜欢什么样的人啊。"末了，她又摇着头自我否定，"不，他明明是喜欢我的，他那么喜欢过我啊。可是他为什么不要我呢？"

余烬就那么静静看着她，只觉得自己的太阳穴突突地跳，望着她醉了酒的容颜，满心都是苦涩。

"你是不是疯了，一个人跑到陌生的城市喝闷酒，出事了怎么办？"

"你说为什么他就这么消失了？连一句道别都没有，我只是想见见他，我就只是想见他一面啊。"

余烬就那么看着她，平静道："这么多人看着，你是想上明天的新闻吗？"

"上啊，来拍我啊，都来拍我啊！"唐向晚忽然笑了起来，冲着他，大笑着，"这样他就能在新闻上看到我了，那也是很好的……你说他会看到吗？他会担心我吗？"

"想喝酒，回平城喝去，我陪你喝，想喝多少就喝多少。"

"我才不要跟你喝酒，你走，我要跟我陈曳喝酒。"唐向晚嘻嘻笑着，又开了一瓶酒，"我要跟我爱的人喝酒，跟他喝我才高兴，我才幸福。"

余烬闭上了眼睛，终于脱口而出："你这是喜欢上一块塑料，就忘了自己是颗钻石吗？"

"你才是塑料，你全家都是塑料，你滚！"唐向晚也一下子站了起来，她最不能容忍的，就是别人说陈曳的不好。

"是，我是塑料，你说我是什么我都认了，但你再怎么喜欢他那也都是你自己的事，与他无关，你懂吗？"

"余烬，从你口中说出这句话不是很搞笑吗？"醉了酒的唐向晚笑了起来，"你的存在，不就是对这句话的最大讽刺吗？"

余烬的神色一瞬间变得暗淡了下来,但只是一瞬,他便又恢复了往常云淡风轻的样子:"我知道,所以那也是我自己的事情。可是唐向晚,你开心吗?变成现在这个样子,你开心吗?后悔吗?"

"我很开心,我不后悔。"

空气中沉默了片刻,良久,余烬似乎已经接近崩溃,一下子从凳子上站了起来。

其实,他想说——

我也很喜欢你啊,这么多年,我也一直在等你啊。哪怕是知道你和那个人在一起了,我也没有放弃过等待,知道你一个人跑到了南城,我放下了手上最重要的事,直接坐飞机赶到你身边,我为了什么?

为了好玩吗?

可是,他知道,就算他说了这些话,也没有任何意义。

其实等待算得了什么,永远也等不到的才是最大悲哀。

于是,他便平复了心情,淡声道:"我不相信过了几年、几十年,你还能坚定地喊出一句'我爱他我永远爱他'。"

"我能。"她不假思索。

那一瞬间,静到天地都安静,唐向晚抬头看向了他,带着醉意的眼底满是星光璀璨。

"我能我能我能!"

余烬全身僵直,转身便走。

走到三米之外,他突然深吸了一口气,又折返了回来,将那个瘦弱的身影一把拥在了怀里,带着些微不可闻的鼻音:"晚晚,你这样我真的很心疼你。"

唐向晚最终还是买了最近的机票回了平城,那个醉酒的晚上,她明明什么也没有想,却又似乎想通了很多事情。

歇斯底里是换不回人心的。

她现在需要做的事情，就是先做好自己的事情，不要再去想那个人。

她要做的事情还有很多，要处理继父钟谦的事情，要查清楚当年唐毅死亡的真相，要弄清楚陈曳的母亲为什么这么憎恨自己，只有理智才能解决一切问题。

她也曾给陈曳的母亲林茱打过电话，被对方骂了一顿之后，发现自己被加入了黑名单，再也打不过去了。

唐向晚坐在电脑面前，给谢攸拨通了一个电话。

"谢警官，明天有空见一面吗？"

6. 许一个愿，初见仍是初见

"不就是个男人吗？至于这么用工作麻痹自己吗？"学以致用的祝萌萌有些嫌弃地看着唐向晚。

上次余烬打电话过来给她一顿喷，说她不该把唐向晚骗到那么远的地方去。后来祝萌萌也觉得自己确实不该在唐向晚最脆弱的时候说这种话，于是请了一天假专门过来陪唐向晚，没想到唐向晚也不怎么搭理自己，一上午了都黑着个脸坐在电脑面前码字。

瞥了几眼，还觉得剧情有点眼熟。

一个人在旁边坐了半天，祝萌萌终于忍不住了："你写小说就写小说吧，能不能别老是哭丧着个脸……"

"什么叫老是？"唐向晚瞥了她一眼，继续敲字。

"上次跟你视频的时候你也是这个表情，真的难看死了。以后还是要多笑，这样才有机会遇到更好的人知不知道。"

"上次什么视频？"唐向晚明显没注意到她后面这句话，只愣了一下。

"才过去多久啊，你就不记得了？就那天我跟谢攸吃夜宵的时候，我给你拨了个视频问你该怎么撩他的时候啊。"

唐向晚听了这句话，一时间叹了一口气，想到祝萌萌跟自己讲的那天的后续，就觉得格外心疼她。

祝萌萌根本没注意到唐向晚的心思,仍旧在认真地寻找着上次的截图,从相册朝上翻了翻照片,终于找到了。

"你自己看!自己看丑不丑,你现在就这个德行。"

祝萌萌将那张视频截图递到了唐向晚面前:

照片里的唐向晚黑着一张脸,看着镜头,却又不知道是在看什么别的东西。

"好吧,确实挺丑的……"唐向晚看着辣眼睛,正要将手机推回去,突然一僵。

那张照片里,自己的背后站着一个人,简简单单的黑色上衣,干净利落的短发,上挑却并不冷漠的眉眼,清冷却并不薄情的唇。

那么熟悉,熟悉到好像是昨天还见过一样。

一时间,唐向晚的心跳好似停了半拍。

原来那天她没有眼花,陈曳真的去了,只是躲在远处没有见自己罢了。

……

祝萌萌大概也看见了那个影子,愣了半响。

空气开始凝滞了起来,就在她以为唐向晚又要开始哭的时候,对方却突然抛开了这个话题,问了一句很奇怪的话:"萌萌,你还记得高中的时候,你跟我说过的那句话吗?"

"什么话?"祝萌萌看了她一眼,"我们之间说的话少说也有上百万句了吧,我怎么知道你说的是那一句?"

"当时是校园歌手大赛决赛的时候,你当时端着一杯开水,豪言壮语地说:'有喜欢的人怎么了,就算我喜欢的人结婚了,老娘也照样把他给抢过来!'"

祝萌萌突然大笑了起来:"是吗?我真说过这种话?"

"你说过。"

但你最后并没有这么做。

唐向晚在心里这么补了一句。

只是她偏过头看了一眼祝萌萌的脸,那里面除了释然之外,大概还有很多别的东西是她这个局外人看不出来的。

这么长的日子以来,她从祝萌萌嘴里听到最多的两个字就是"谢攸":

谢攸今天又破了新的案子!

谢攸参加了他们局里举办的游泳比赛拿了第一名!

谢攸出差了!

谢攸谢攸谢攸。

那些话语依稀还在耳畔,只是说这些话的人,眉眼的神色却是极其平淡,就好像是从来没有发生过一样。

祝萌萌这个人她再清楚不过了,从高中开始就是个要强的姑娘,什么都要争在最前面,所以她从来都没有看上过任何人,即使是在毕业之后,也是每天都在忙工作,可以为了一次报道不吃不睡通宵加班。

可是她在那个人面前不是这个样子的,她收敛了一切锋芒,变成了一个可爱的小女人,只是当她卸下了自己全部的防备,准备全身心投入这场突如其来的爱情时,命运却告诉她不可以。

是她错了吗?

不,她没错,她只是动心了而已。

那是他错了吗?

他也没有错,他并没有给祝萌萌幻想的空间,从一开始,就没有这个打算。

错的是一见钟情。

……

唐向晚静静看着自己最要好的朋友,目光里满是心疼。

只是从她的眼里却怎么也看不出来伤心的意思,有些理解,却也有些不解。

"其实我很想知道,为什么我和陈曳分手的时候觉得自己快要死了一样,而你在得知谢攸已经结婚之后,这么快就释然了?"唐向晚最终还是忍不住问了出口。

没想到她会问出这个问题,祝萌萌讶异地看了她一眼,便笑了起来。

风从窗外吹了进来,将她耳边一缕发丝轻轻扬起,在光影下卷出了最美好的弧度,即便是眼底隐藏了很久的光,也变得明亮了起来。

"晚晚啊,你还不懂。对我来说,那种喜欢得不得了的人,能遇见一次,也就够了。"

唐向晚看了看站在自己面前的谢攸,面色有些尴尬,即使现在是在谈公事,脑子里浮现出来的也都是祝萌萌的脸,和她跟自己说过的那些话。

时间过得太快了,和萌萌第一次进派出所的场景依稀还在眼前,只是很多事情都变得不同了。

谢攸其实也不太自然,却并没有多么尴尬,想起了她和祝萌萌之间的关系,只是自然地问了一句:"小祝她还好吧?"

小祝……

这个称呼实在是让人有些不知道说什么,唐向晚沉吟了一下,答道:"她挺好的。"

"那就好。"

谢攸并没有再多说些什么,只是专心地看着面前的文件,大概是在措辞一会儿怎么跟她说明钟谦目前的情况。

唐向晚看了一眼他的眉眼,心里一阵难受,想到祝萌萌每天在自己耳边念叨的那些话,每天因为这个人而雀跃的神情,到头来在他心里也不过"那就好"三个字,实在有些心酸。不过这也正说明了谢攸这个人确实是个难得的好丈夫,只对一人专情,对旁人无情。

而且抛开这些事情来说,谢攸也是个相当负责的警察。

"关于钟谦的案子,我有必要跟你说明一下。"谢攸关上了文件,严肃道,"每件案子都会经历公检法三个部门不同的诉讼阶段,目前这个案子,公安机关的侦查阶段快要接近尾声了,接下来是检察院起诉阶段。关于钟谦敲诈勒索一事,我们取证的过程很顺利,证据确凿。但……关于你之前说的谋杀……"

唐向晚一听这话，就知道他接下来要说些什么，一时间着急道："谢警官，你相信我，我父亲唐毅的死肯定跟他脱不了关系。"

"这件事情过去得太久了，没有留下任何线索，目前仅仅靠着你的口供和指向不明的录音文件是不能证明唐毅就是他杀，更无法直接定罪。我现在只能保证我会尽力去取证侦查，如果他就是杀人凶手，我绝不会放过。"

"谢谢您。"唐向晚叹了一口气，也知道自己有些强人所难，顿了顿，她忽然抬头问，"现在这个阶段，我能去探视他吗，说不定能问出点什么来？"

"当然可以。"谢攸双手交叉道。

面前的人还是老样子，即使是进了看守所，好像也没有多少憔悴，只是下巴的胡楂暴露了他目前的窘迫。

唐向晚冷眼看着他，入骨的恨意从心里升起。如果可以，她真的希望这个人一辈子都待在监狱里不要出来。

"原来人真的是不能过多施恩给一个陌生人的，因为你永远也不知道这个人会不会变成一头狼。"

"我以前一直在想，作为一个人，你究竟能狠毒到什么地步呢，总不至于，连一点真心也没有吧。后来我发现我这个想法实在是太可笑了，因为你根本不配被称为人。"

钟谦笑了起来，看着面前的亲生女儿，说道："文人相轻，你看不起爸爸，也是有一定原因的。"

唐向晚嗤笑了一声："你也配自称文人？"

"你以为你优秀的写作才能是谁遗传给你的？"钟谦的语气隐约还能听出几分骄傲，"如果不是我，你现在能有这番成就吗？"末了，又叹了一口气，"毕竟不是自己养大的女儿，跟儿子总归不一样。"

唐向晚简直不知道该怎么骂他才好了，只觉得从心底涌起难以消散的厌恶："仔细想想，你这一生对身边的人还真是物尽其用啊，娶了我妈，用父亲留给

她的遗产养何小媛。生了我，想用我的钱送你的私生子出国留学。"

"女儿，你不知道这世界上有第四种感情，叫翁瑞午与陆小曼吗？有很多事情你还不懂，你所敬重的唐毅，你以为他就是个好人吗？我才是你的亲爸爸，你应该向着我，这样才是正确的。"

唐向晚简直要被他的无耻气到窒息，她咬着牙，一字一顿："即使他不是我的亲生父亲，我也一样爱他、敬他。"

钟谦忽然笑了起来："这话何其耳熟，很久很久以前，也有一个人说了同样一句话，可惜后来，他死了。"

唐向晚从一开始本来是很冷静的，她想要用唐毅从小到大教会她的那样沉稳的处事方法去面对他，可是她终于发现，在这么一个禽兽面前，所有的话术都没有被使用的必要。

"你是不是自我感觉特别良好，觉得全世界的人都欠你什么，是不是以为永远都没有人知道你的罪行？姓钟的，别太把自己当回事了，没有那么多人在乎你，更多人在等着看笑话。不要再拿我妈妈来威胁我了，当我知道她默认了当年的那场事故之后，你的威胁就再也不管用了。所以，我希望你永远不要再出现在我的生命里，我觉得恶心，极其恶心。"

钟谦忽然阴笑了起来，苍白的脸上盖满了笑意："你以为，不认我这个父亲，你就能过得很好吗？你是我生的女儿，我会不知道你在想什么吗？"

7. 第二次亡命人生

唐向晚坐在公园的长椅上，捧着保温杯，也不说话。

向岚坐在她旁边，想说些什么，却欲言又止。

母女二人，一起过了二十多年的日子，此时此刻却如同两个素未谋面的陌生人一样，没有人主动开口。

微风吹过，唐向晚垂下眼眸，瞥了向岚一眼，出声道："已经到了检察院起诉阶段，你现在跟我说再多也没有用了。不管怎么样，我都会弄清楚当年的真相，找到我父亲去世的真相。"

"晚晚……"向岚有些哽咽地望着她，"妈知道你都是大姑娘了，有自己的主见和主张，可是……他毕竟是你的亲爸爸啊，你是他身上掉下来的一块肉，你怎么能因为外人，怀疑自己的亲生父亲呢。"

还是那一套说辞，唐向晚有些无力地垂下眼眸，连看都不想再看向岚一眼，她知道今天出来见向岚本身就是个错误，可她还是来了。

身边的向岚还在苦苦哀求着唐向晚，唐向晚却已经从长椅上站了起来，直直看向了她的眼睛。

"本来我不想问的，我现在很想问你一个问题，当年陈明亮叔叔和我爸一起出事成了植物人，你赔偿给他们多少钱？"

向岚万万没想到她会突然问出这个问题，吓得心口一惊，呆呆地望着她："你突然提这个干什么？"

看着对方诧异的表情，唐向晚一下子便了然于心了，不知道为什么，一股凉意从背后升了起来，她甚至都不想去追问当年事情的细节，也不想知道她是怎么想的。

唐向晚冷笑了一声："这么多年来，陈叔叔都是靠着家里拆迁的赔偿付医药费的，你当年的作为，我一点也不想了解，也不会再问你了。"

"晚晚，你这是什么意思？"向岚皱起眉来，正要训斥一下女儿，却发现对方根本没有要继续跟自己聊下去的意思，而是直接背对着她，声音冷漠如冰。

"妈，你自己可以没有心，但你至少让我做一个完整的人，包括此刻。"

"这马上就要过年了，听说今天晚上就会加餐，上次过节有三鲜水饺，不知道今天是什么。"一旁穿着囚服的中年大叔在钟谦的身边蹲了下来，有一搭没一搭地聊着天。

而钟谦只是坐在原地静静地看着书，根本没有要搭理他的意思。

那中年人觉得没意思，忍不住酸了他一句："都进来的人了，还看什么书，

看得懂吗?"

钟谦连眼皮都没抬一下,只是轻轻翻过一页,静静地阅读着手中的书。

那大叔冷哼了一声站了起来,没再搭理他了。

一直到晚上加餐的时候,民警将发的东西送了进来,监室里的气氛才逐渐活跃了起来。每日都吃着差不多的饭菜,难得有一次加餐,大家都有些激动。

"今天有水果和饺子,你们分一下,好好过个节,别让外头的家人为你们担心。"民警讲了几句话,便出了门,将门再次锁上。

一直没有什么波动的钟谦在看见面前的桃子时,眼神忽然变了。他久久凝视着桃子,伸手摸了摸上面细碎的绒毛,沉寂了许久的记忆便立刻涌现了出来。那一瞬间,他忽然想起了年轻时候的向岚,她那个时候还很漂亮,也死心塌地,就像那么多年后的她一样,傻得很。

他这一生太多情了,娶的那个不够爱,爱的那个却不能娶。

钟谦静静坐在那里,神色凝重。他只是觉得太不甘心了,如果是当年的事情被查证清楚,他被捕入狱倒也罢了,毕竟他已经苟活了这么多年。但如今只是因为勒索罪就让他坐牢,实在让他觉得不甘心,那是他亲生的女儿啊,被自己亲生的女儿亲手送进监狱,是何等的心酸?

也不知道儿子和何小媛在外面过得怎么样,身边也没有人可以照顾,不像唐向晚和向岚,都有自己赖以生存的经济来源。他这次被判入狱,也不知道是多少年,等他出来的那一天,儿子恐怕都认不出来自己是谁了吧。

如果有机会能够出去,他带着小媛和儿子去国外避一避,应该能够隐姓埋名过一辈子吧。

"这饺子不错,还是牛肉馅的。"刚才过来跟他搭话的人一边吃饺子一边感慨,"都好久没吃过牛肉了。"

钟谦忽然将自己面前的那一碗饺子推了过去,伴随着瓷碗在地上摩擦的声响。那人疑惑地偏过头来:"怎么……你不喜欢吃水饺吗?"

钟谦忽然微笑了起来:"刚才看书看得入了迷,没注意到你说话,这碗饺子就当作我的赔罪礼了。"

那人喜不自胜，连忙将饺子接了过来："不愧是文化人，还有赔罪礼。"想了想，将自己面前的桃子递给了他，"我看你捧着个桃子，应该很喜欢吃吧，我把我的都给你。"

"是的，我很喜欢吃。"钟谦说完，接过桃子，连擦都没有擦一下就送进了嘴里，不到片刻的工夫，两个桃子就只剩下了桃核。

"怎么吃得这么着急，又没人跟你抢……"那人的话还在嘴边上，忽然觉得有些不对劲，刚才还和自己谈笑风生的人，脸色却渐渐发白，好像有些喘不过气来的样子，捂着自己的胸口，表情痛苦万分。

周围的人也被这番情景吓到了，连忙喊人。

"怎么回事？"警察进来后，皱着眉问房间里的人。

大家都沉默着不说话，刚才那个给钟谦桃子的人从喉咙里抖着声音挤出一句话："刚才还好好的，吃了两个桃子突然好像呼吸困难的样子，没过一会儿就晕过去了。"

年轻的医生将钟谦的领子翻了上去，看见他嘴唇、耳朵和脖子周围的大片红斑，轻轻蹙起了眉。

"他现在全身都起满了荨麻疹，这是严重过敏的情况，我这里医疗条件不够，应该立刻送去大医院就诊，一定要快！"

警察连忙对身后的人道："秦东，你带着小陆马上把他送去中心医院！"

身后的警察立刻行动。

片刻的工夫，钟谦已经被抬上了车，急急忙忙被送往中心医院。

刚才和钟谦交换饺子的人站在原地，有些不知所措。

"怎么回事啊……他自己会吃桃子过敏，自己不清楚吗？"

电视台。

"所以呢？你就过去把他骂了一顿，然后什么也没问出来？"祝萌萌一边

喝着咖啡，一边叹气，"解气倒是解气，但是也没什么意义。"

"你不知道，他真的是不要脸到了一种境界，我当时真的忍不住。"唐向晚放下手中的杯子，"你知道吗？钟谦被拘留之后，那个女人还过来求过我，说希望我能够放过他们，我才要求求他们放过我好吗？"

"你是说何小媛吗？"祝萌萌一听见这个名字眉头就蹙了起来，大概也不是第一次从她这里听见这个名字了。

"是啊，就是我之前跟你说过的那个何小媛。其实以她的相貌，找个还不错的人嫁了，组建一个正常的家庭过日子也不难，也不知道是在图什么。"

"图你的钱呗。"祝萌萌翻了一个白眼。

"她都已经开了咖啡厅，还要怎样？"唐向晚似乎又想起什么，"她瞒着钟谦开了一家小咖啡厅的事情，我还没有跟他说，我那天本来是要说的，但是我又怕他放了心，觉得原来他们母子是有生计的，我可不想让他在牢里太轻松。"

祝萌萌开始分析："这女人也是不简单啊，这么多年还偷偷攒下了一笔开咖啡厅的钱……就冲这一点，你妈就斗不过她。"

"我现在不想提我妈。"

祝萌萌有些无奈地看了她一眼："你现在这个状态真是让人担心，要不是我春节要加班，就陪你出去散散心了。"

"没事啦，我在你这里坐坐也就好了。"唐向晚朝后一靠，叹了一口气。

中心医院。

"病人已经抢救过来了，目前情况暂时稳定，但还需要住进ICU进一步治疗。"医生拿着表对站在一旁的警察说道。

那位叫秦东的警察皱着眉，表情有些犹疑："一定要住吗？我们这个病人有点特殊，医生您是知道的。"

"我当然知道，但是他这个情况还是得先观察一下。病人告诉我们，他之前已经有过 次严重过敏的先例了。一旦出现过敏反应，是会一次比一次严重的。"

秦东表情纠结了一下，最终还是妥协了，正要说些什么的时候，突然听见身后的病房里传来了推搡的声音和一声厉喝。

感觉到有情况发生，秦东立刻转身冲进病房，却见辅警小陆坐在角落，头部鲜血直流，脸色立刻变了："怎么回事，人呢？"

小陆全身都没有力气，虚弱地伸手指了指窗户："他，跳了……"

钟谦刚才被推进来的时候还是一副昏迷不醒的样子，秦东出去签字了，小陆在里面暂时负责看管，只是背对着钟谦倒水的片刻工夫，就被他给偷袭了。小陆也是万万没想到这个人居然胆大包天到敢袭击警察的地步，一时间放松了警惕。

身后的医生看到这个情况也是蒙了一下，立刻叫人进来将鲜血直流的小陆抬了出去，进行抢救。

秦东冲过去趴在二楼的窗户朝下一看，钟谦已经了无踪迹，气得一拳头砸在了窗子上，迅速打开对讲机，边呼叫边朝楼下狂奔而去。

"你今年到底是个什么情况，怎么什么事情都不顺利……家庭、爱情、事业，整个垮掉。"祝萌萌忽然神神秘秘凑了过来，"要不我给你算一下？"

唐向晚呸了一声："有什么好算的，你能把我的陈曳给我算回来吗？"

"我这可是为你考虑。别忘了我祖上是做什么的，说不定真能把你的陈曳给算回来呢？"祝萌萌突然掐指，"一三得三，一四得四……你陈曳应该四天后就回来了！"

"你可真是，得了吧！"唐向晚翻了一个巨大的白眼，看了一眼表，"差不多我就得回去了，本来就是过来谈事情，顺道看看你。"

"嗯，你先回去吧。"祝萌萌站了起来，正要说什么的时候，路过的同事刚巧看见了她，火急火燎道："祝萌萌你怎么还在这儿杵着！赶紧过去开会，刚刚的突发新闻！"

"什么新闻?"祝萌萌呆了一下,她刚才聊得太投入都没有顾得上看手机消息。

同事直接把手里的资料递给了她:"赶紧,直接去 26 楼,我先上去了。"

祝萌萌接过资料,原本只是打算扫一眼,却一下子定在了原地,失了言语。

唐向晚疑惑地问了一声:"出什么事了?"

"你……"祝萌萌瞪大了眼睛,看着唐向晚,"你还不知道吗?"

"我知道什么?"唐向晚不知道祝萌萌怎么了,突然变成这个样子,正要追问的时候,手机铃声突然响了起来,她急急忙忙拿出电话,上面却显示着"谢攸"两个字。

祝萌萌不小心扫到了一眼,面上却没有什么特别的表情,只是将头扭回来继续看着资料。

唐向晚有点尴尬,但还是直接接通了电话:"喂,谢警官?"

"钟谦逃跑了!"

"什么?"唐向晚吓得声音都没有压住,"他跑了?这怎么可能……"

"情况有点复杂,一开始他吃桃子全身过敏,事发突然没来得及通知你,没想到他是在赌命。具体情况见面再跟你详谈,现在我们怀疑他会对你进行打击报复。不管怎么样,你一定要先搬家,换一个他不知道的地方暂住,公安机关全力追捕期间,一定要确保自己的安全。"

听着电话那头嘈杂的声音,唐向晚全程蒙着脸,连话都说不完整了:"如果之后抓到了他,会加重判刑吗?"

"拘留期间逃离,加上重伤一名辅警,情节是非常严重的。你现在尽量不要外出,有什么情况直接打我的电话,我会全力保护你的安全。"电话那头的谢攸明显也是焦头烂额,顿了一下,又补充道,"钟谦这个人我接触过,心眼比较多,找不到你很可能会找你身边的人下手,你这段时间提醒一下你的母亲,还有……你身边的朋友,一定要多留几个心眼,注意不要被人尾随。"

唐向晚看了身边的祝萌萌一眼,应道:"我知道了,辛苦您了,谢警官。"

8. 我生本无乡，心安是归处

余烬将车开进了地下车库，停好车之后，为唐向晚打开了车门。

顿了半晌，他终是问道："你确定要住在这样的地方吗？"

唐向晚戴着口罩从副驾驶走了出来，整理了一下裙摆，随口回道："怎么了，这地儿不好吗，又隐蔽又便宜。你可千万别告诉任何人啊，这可关系到我的生命安全。"

一开始她要搬家的时候是打算给搬家公司打电话的，只是想到有可能会泄露消息，才找了裴晓，约好了在小区停车场见面，没想到最后来的人却是余烬。

余烬简直懒得跟她争辩什么，看着她搬行李的身影，只觉得一个头两个大。

"行行行，你说好就是好，天底下最最最好。我配两个保镖过来保护你怎么样，你一个女孩子……"

"你这样是生怕我继父不知道我住哪儿啊？"唐向晚翻了个白眼，"放心吧，等过段时间警察抓到人了，我再换个地方住就好了，短时间也找不到那么快就能入住的地方，而且我现在就想待在这里，哪儿都不想去。"

余烬叹了一口气，也没再劝她些什么，直接拎着三个大行李箱就朝地下室的方向走去。

来回搬了三趟才算是把唐向晚的所有东西都搬过来了，余烬一路上什么话都没有说，只是默默地干活，而每当唐向晚想拿个什么小件过去的时候，都会被他半路拦截。

余烬将所有的行李都搬过去之后，站在那间地下室的门口，看了一眼里面的环境，忽然自嘲地笑了笑。

可能这就是满血 boss（游戏中的怪物）被没穿装备的小兵给秒了的痛苦吧。

他上下打量了一眼四周的环境，将目光停留在了楼道附近，皱了皱眉："你说你搬家搬的这破地方，也太危险了，灯一灭什么都看不见，哪天让人给摸进来你都不知道。"

"余渣渣,谢谢你。"唐向晚忽然开口。

余烬愣了一下,随即便有些自嘲地笑了起来:"余渣渣余渣渣的,这种煽情的时刻能不能叫我的大名?"

"好。"唐向晚抬起头来,认真重复了一遍,"余烬,谢谢你。"

余烬想说些什么,最终却都咽了回去,看着那破旧的地下室,终究是叹了一口气道:"这里真不是人住的地方,还不如搬去我家里住几天。什么时候想好了,我会随时来接你的。"

"接我干吗?"

"接你过门啊。"

唐向晚"扑哧"一笑,眼睛都笑眯了:"你能不能正经一点?"

"我很正经。"余烬说。

"我也是认真的,不要等我了,真的。"唐向晚深吸了一口气,"第一眼没有喜欢上的人,以后也不会喜欢。更何况,两个人在一起最重要的是磁场相合,如果我对你没有感觉,哪怕你为我做了再多,我也仅仅只是会感动而已,不会变成爱你。所以余烬,我是不可能和你在一起的,哪怕我以后随便找个相亲对象结婚,或者一辈子都不嫁人。我也不会和你在一起的。"

唐向晚的语气听起来很认真,不像是在跟他开玩笑:"反正你这么优秀,喜欢你的人那么多,好好处一个,不要再这么随性了。"

"我真的有这么差劲吗?"余烬皱了皱眉,有些受伤地看着她。

"不是差劲,我只是不想让你成为一个退而求其次的选择。"

余烬很理所当然道:"可是我愿意啊。"

唐向晚忽然有点难过,眼神渐渐变得暗淡了起来。然后,她便第一次朝他走去,将头靠在了他的肩上,在一瞬间卸去了所有的疏离。

但只是一瞬,她便扬起头来:"我不愿意。"

她的眼神里满是星星点点的光,但并不是为他而亮的。

余烬没有说话,眼底也没有失望,似乎早就料到是这个答案。

就像他第一次跟她表白时一样。

于是，他便笑了起来，揉了揉她的脑袋："知道了。"

当你发现一件事情永没有结果的时候，你唯一能做的就是不要再执着于结果。

余烬已经离开有一会儿了，唐向晚看了看自己那一大堆行李，有些无从下手。每次搬家的时候，她都不喜欢请人来收拾，因为自己的东西太多太复杂了，每一个东西一定都要放在最顺手的地方才行。

房东把钥匙交给她的时候，并没有和她说太多题外话，只是说之前住在这里的人比较好静，家具也不多，很多东西也没有带走，让她不要介意。

她又怎么会介意呢，她巴不得，多看到一些他在这里住过的痕迹。

唐向晚抬起眼眸，将目光落在了书架上那本《舞！舞！舞！》上，无声一哂，没想到陈曳的书架上也会有村上春树的书。

地下室一如既往的阴暗潮湿，并没有什么别的改变，也并没有因为她的出现而变得明亮几分。就如同那个人的心一样，无论她是在心房内，还是在心房外，都是一样冷冰冰拒人以千里之外。

只是一个连阳光都无法照进去的地方，她又是哪里来的自信能走进去呢。

翻开那本书的时候，唐向晚愣了一下。

原本只是想随便翻翻，却没想到一打开便是一张薄薄的书签。书签是一个不规则的菱形，上面一片空白，既没有图案，也没有文字，就像他这个人一样，明明很简单，却怎么也看不透。

放下书签，唐向晚不经意瞥了眼这一页的内容，却看到了一段话。

……

从今天起，你要做一个不动声色的大人了。不准情绪化，不准偷偷想念，不准回头看。去过自己另外的生活。你要听话，不是所有的鱼都会生活在同一片海里。

就像是在说自己一样,唐向晚有些怔忪地看着那段话,指腹在纸上细细摩挲着,鼻子忽然有些莫名的酸楚。

可是陈曳将书签夹在这一页又是什么意思呢。

唐向晚慢慢将书放了回去,正要挪开箱子准备铺床的时候,忽然瞥见了地上的一张照片。那张照片看起来有些眼熟,唐向晚弯腰将它捡了起来,却一下子怔住了。

那张照片是女孩儿奔跑的背影,像素并不清晰,背影的颜色却绚烂而明亮。

记忆一下子涌了过来……

那个时候学校举办运动会,她就是穿着这身荧光色的运动服参加的。当时运动会和歌手大赛的彩排是同时进行的,她原本想去看陈曳彩排,没想到时间刚好重合在了一起,没办法只能硬着头皮去参加 800 米赛跑了。

因为是唐毅女儿的原因,她当时在学校就已经有很多人认识了,所以为她加油的人特别多,以至于祝萌萌当时想给她递杯水都递不进去。她当时回头找祝萌萌的时候,似乎好像是看见过陈曳,只是当时想到他在彩排,才觉得可能是自己太想见他的幻觉。

唐向晚呆呆看着手中的照片,耳边都是嘈杂的加油呐喊声。

上一次看到这个照片的时候,是在微博一个叫李小飞的头像上。

唐向晚心底很快升起强烈的预感,她迅速打开微博,找到之前那条他回过留言的评论,然后从头像点了进去。

还是之前的资料。

天蝎座,平城。

最近更新的一条微博,还是转发的自己新书预售的那一条。

那张泛旧的照片静静躺在桌子上,被光影照成了浅浅的金黄色,而此刻寂静的全世界,都跟着变成了温暖的色调。

原来,她一直所以为的单相思,并非是她独自一人的狂欢。

……

原来，这漫长的岁月里，一直有你的存在。

9. 若是有幸陪伴你

　　唐向晚几乎从来都没有经历过这样枯燥而又乏味的生活，每天待在地下室里，不是写稿子就是改稿子，现在警方那边还没有将钟谦缉拿归案，所以她暂时还不敢找朋友出去玩，不过这样也好，至少还能静下心来做一些自己早就想要做的事情。

　　她将陈曳和自己的故事写进了这本新开的小说里。因为讲的是自己的故事，所以写起来格外难，每一个甜蜜的情节都像是在凌迟自己的心脏，而那些让她心疼的回忆，她又更是写不下去。

　　可她又是第一次庆幸自己是个作者，因为她可以在书里去完成很多没能跟陈曳去做的事情，在书里跟他在游乐园疯玩一整天，在书里和他到处旅行，在书里吻他拥抱他，在书里……被他爱着。

　　她曾经多么希望自己能够成为那个人生命里永远的女主角，但真实人生毕竟不是小说，一切都是不可预知的。

　　地下室的空气阴暗而又潮湿，带着一种几乎可以说是毫无生机的颓败气息，唐向晚有些焦躁地删掉了刚写完的一千字，站了起来，走到垃圾桶的面前，将新的塑料袋套好。

　　然后，她拎起那袋装满了外卖盒子的垃圾就开了门，朝楼道里走去。

　　枯燥而又乏味的生活，每一天都是这样，没有什么新鲜气息的注入。

　　楼道的声控灯坏了，坏得很突然，唐向晚皱了皱眉，蹬了好几次脚都没有反应，只能硬着头皮朝前走去，好在钟谦并不知道自己搬到了什么地方，暂时也不用去担心。

　　这小区虽然破了点，基本的安保还是有的，也不用担心会发生什么事情，更何况，钟谦是绝对想不到自己会搬到这么破旧的地方来的。

　　想到这里，唐向晚便壮起了胆子，朝幽深的楼道里走去。

穿过一条半长的甬道,一路走到了最深处,越接近垃圾桶,越散发着一种阴凉而又发闷的气味,有点类似被风吹干的腊肉味。

伴随着这股难闻的气味,她似乎听见了空气中有衣袖摩擦的声音,似乎是有人在黑暗中动了动。

唐向晚皱了皱眉,心口都紧了几分。

她刚才出来得太着急,以为只是丢个垃圾就好了,所以没有带手机,所以现在就连用手机当手电筒都不行了。

这个时候再回去拿几乎是不可能的事情,还是速战速决吧,丢完垃圾就赶紧回去,说不定只是个抽烟的邻居呢。

唐向晚上前一步准备将垃圾丢进去,突然撞上了一个人的胸口。

"啊——"

原本安静的楼道里突然爆发出一道惊慌失措的尖叫声。

而尖叫声过后,旁边似乎有脚步匆匆离去的声音,衣袖摩擦的声音和刚才一般无二。

唐向晚吓得一个踉跄,恍惚之中,似乎是被自己撞上的"那个人"稳稳扶住了她。

眼睛已经有点适应了黑暗,她勉勉强强能看清楚对方一个大致的轮廓,应该是个年轻的男人。

至少不是钟谦……

虽然看不清对方的面容,直觉却在告诉她,对方正在注视着她。

黑暗中什么也看不见,只能听见两个人不同频率的呼吸声。

这种感觉让她更加慌乱了,唐向晚刚松下来的一口气又提了上来,匆忙地道了一声谢,然后急急朝后退去。

不过几秒钟的工夫,她已经冲回了地下室的房间,"砰"的一声关上门,把自己锁在了屋子里,然后拼命地喘着粗气。

半响,她低下头,看了看还拎在自己手里的垃圾袋。

门被猛地带上的声音，从甬道的另一头穿了过来，那样清晰入耳。

男人将目光投向了刚才的地方，注视着钟谦仓皇离去的方向，重新靠了回去，倚在黑暗之中。

半晌，潮湿而幽深的楼道里，传来一声低低的喟叹。

陈曳的目光，凝视着她离去的方向，在黑暗里渐渐变得清晰起来。

从病房里看到报道钟谦逃走的新闻那一刻起，他的心就再也没有安宁过片刻，安顿好家里的事情，直接买了最快的机票回到了平城，在她家门口待了很长时间，却没有想到她居然搬来了自己曾经住过的地方。

还好自己来得及时，刚才看见钟谦鬼鬼祟祟站在她的门口徘徊的时候，他的心就像是悬着一根针，害怕自己晚到一步，她就会有危险。

……

或许离开并不是代表着离别，也并不是代表着从此消失。

我不在你的身边了，可我依然关注着你，你开心时的笑容，你沮丧时的皱眉，你左右的朋友，你身边的危险。

你的一切，都在我的视线中。

直到有一天，我忘了所有的人，也不会忘记保护你。

"嗯，我现在不方便跟你说太久，路面监控太多了，留给我的时间没有多少了，你和楠楠现在立刻买机票去美国。"钟谦站在公共电话亭压低了声音，"我现在要回去找她，刚才本来有个好时机，可惜遇到个不长眼的人。"

电话那头的女人声音似乎有些慌张："老钟，你考虑清楚，千万不要因为冲动去做什么事情……唐向晚她还只是个孩子，她毕竟身上还流着你的血，她没有做错什么，是你不该逼她逼得太紧了。要不你还是去自首吧，现在一切都还来得及，我和楠楠会等着你出来！"

钟谦的表情似乎有些不悦："她做出那些事情之前，有没有想过自己身上

流着我的血,你不用再替她说话了。"

"我不是在替她说话,我是担心你啊!"电话那头的女人声音哽咽。

钟谦笑了起来,带着一点难得的温柔:"你不用担心,只要她这次乖乖地拿钱出来,让我们有个好退路,我是不会杀她的。但如果她还是执迷不悟的话,那我的刀子可就不会再长眼了。"

"老钟,你去自首吧!就算多判几年也好过现在一错再错,你现在在哪里,我现在过去找你!"

钟谦的脸色变得有些奇怪了:"多判几年?小媛,你不想跟我去国外过好日子吗?我去坐牢你就这么开心?你是不是在外面有别人了?"

电话那头的女人抽泣着:"你这个时候能不能不要胡乱猜测了,我只是希望你好好的,不要再做让自己后悔的事情了,我已经过怕了没有着落的日子……"

"我现在就是想让你过上安定的日子!"钟谦的声音陡然拔高,"只要她肯听话,乖乖拿钱出来,我们一家人就能去国外过上安稳的日子,到时候我们好好培养楠楠,他一定会有出息的,我们一家都能过上好日子。"

"钟谦……"

"你不要再劝我了。"钟谦似乎打算直接挂掉电话,却在最后一刻顿了一下,对着电话道,"如果我万一有什么事,你和楠楠一定要摘清关系。"

没等何小媛回复,他就直接挂掉了电话。

电话那头的何小媛失魂落魄地听着电话里的嘟嘟声,看了一眼面前正在写功课的儿子,脸上的表情几乎可以用"血色全无"来形容。

"楠楠……"她轻声唤了一声儿子的名字。

钟楠放下手中的笔,抬起头来:"怎么啦?"

"没什么……"何小媛的声音听起来有些颤抖,半晌,又道,"楠楠爱爸爸吗?"

钟楠有些疑惑地皱起了眉,随后面无表情地摇了摇头:"我们家的户口本里没有他,他不是个好爸爸。"

何小媛哽咽地捂住脸,没有再说什么,只是出门的时候把门轻轻带上,然后抖着手给向岚拨通了电话。

这是这么多年以来,她第一次给那个女人打电话,电话号码还是很早之前在钟谦手机里找到的。

"喂?"向岚很快接通了电话。

何小媛深吸了一口气:"喂,岚姐吗,我是何小媛。"

电话那头一下子寂静了。

"我现在有非常重要的事情要跟你说,你女儿唐向晚现在很可能有危险,钟谦他现在正要去……"

"你觉得我会相信你吗?"对面的女声冷漠而又尖锐,"你居然还敢给我打电话,那是我的丈夫,我不需要你来告诉我他的行踪。"

何小媛着急道:"现在不是说这个的时候,你听着,钟谦刚才给我通了电话,他现在就要去找唐向晚要钱了,我听他的语气好像有点不太对劲,你知不知道你女儿现在住在哪里?"

向岚冷笑了一声:"你在帮他套话吧?你觉得我会告诉你我女儿现在住哪儿吗?她现在安全得很,你们不用白费心机了。"

电话那头的向岚听起来很坚定,却是没什么底气的,因为她现在也不知道女儿搬到了哪里。

"你不告诉我没关系,你把她的电话号码给我。"

向岚实在懒得跟她废话,直接挂掉了电话,将手机扔在了沙发上。想来想去,她还是给女儿发了条信息,问女儿现在是个什么情况。

第七章

世·界·在·身·后

- 1. 浮浮沉沉皆是大梦 ● 2. 以无尽作为最后句号
- 3. 最后总是隔了山川与眉头 ● 4. 你看我这一眼，我陪你这一生
- 5. 人和人之间总是各有路旅 ● 6. 未来某一天身边没有你

1. 浮浮沉沉皆是大梦

楼道。

看见自己旁边的影子，钟谦缓缓转过身来，目光变得有些意味深长。

陈曳见他停了下来，将手插进了牛仔裤的口袋里，摸了摸里面冰凉的录音笔。

"我见过你。"钟谦靠在墙上悠闲地点了一根烟，眯起眼睛，看向了站在自己身侧穿着白色衬衫的年轻人，"刚才，我看到的那个人是你吧？"顿了顿，又好似想起了什么一般，忽然道，"哦，我想起来了，上次在晚晚的公寓里，我看到的那个人也是你吧？你好像对她很上心。"

陈曳没有说话，同样倚靠在有些阴凉的墙上，不知道在想些什么。

是吗，可那也不是第一次见面。

"你是我女儿的朋友吧？"钟谦见他不说话，也并没有要放过他的意思，继续道，"虽然我这个女儿跟我一向不亲，但是作为父亲，我还是要管管她的终身大事的。我看你也并不像是事业有成的样子吧，我可不希望我女儿嫁给一个穷光蛋。"

"说完了吗？"陈曳慢慢转过头来，目光移到了他嘴角那根烟上，"楼道禁止吸烟。"

钟谦嗤笑了一声，将烟头扔在了地上，用脚狠狠踩灭："你这个人真是无趣，希望下一次见面，不要这么无趣才好。"说罢，拍了拍身上的灰，朝着楼道的

尽头走去。

"何必等到下一次呢。"陈曳勾起嘴角，忽然伸手按住了他的肩膀，将他向前而去的步伐生生顿住。

刹那之间，天地似乎都安静了。

……

时间的车轮悠悠荡荡，许多岁月就这样过去了。

那张他其实从来都没有见过的脸，却一辈子也不会忘记的声音……

"先生……"

陈明亮的声音有些小，在这狭窄的车里听得不是很清楚，加上外面的雨声又实在是有些大，坐在一旁的唐毅从报纸里抬起了头，看了他一眼："什么事？"

大概是觉得有点难以启齿，陈明亮的表情看上去有些窘迫，连眉毛都拧在了一起。

窗外电闪雷鸣，狂风无情呼啸着，巨大的雨点砸在车窗上，密密麻麻让人心头发慌。

"先生，我知道我的请求很唐突，但我也实在是没有办法了。"陈明亮小心翼翼看了一眼唐毅的脸色，见对方并没有什么太大的反应，才继续道，"我儿子快放学了，平时他都是自己骑车回家，只是今天这雨下得实在是有点大，听说台风就要登陆了，我担心他……"

"老陈啊，你也真是的，既然是孩子的事，怎么不早说呢。"唐毅放下手中的报纸，随和道，"刚好也顺路，赶紧先去学校吧。"

"嗳！"陈明亮连忙应了一声，脸都憋红了，连忙踩了一脚油门，朝学校的方向驶去。

建宁小学门口，几棵大树的枝丫几乎要被吹弯，不少孩子都站在屋檐下躲雨，等待着父母来接自己。那些十一二岁的孩子朝外探着头，带着期待或是失落的眼神，好在他们每个人都有自己的小团体，互相依靠在一起，不至于太过孤单。

只是有一个小小的身影，似乎和这一方天地格格不入。

陈曳独自一人站在屋檐下，抬头看了一眼这鬼天气，朝前伸出了一只脚，却又收了回来。

水几乎已经没过他的半截小腿了。

身后的同学们看了看他，议论纷纷：

"陈曳不会又要骑车回去吧，这么深的水，雨又这么大，他怎么回去啊？"

"是啊，我可从来没见过陈曳的爸爸妈妈来接过他。"

"谁说的，我就见过，上次好像是他妈妈吧，穿得可寒酸了。"

陈曳背对着他们，在狂风中静默不语，像一个被抛弃的小兽。

忽然，不远处驶来了一辆宝马728il，锃亮车身在雨中显得格外耀眼，那车渐渐减慢了车速，然后刹车，停在了他们面前。

"哇，好漂亮的车啊！"

"这车我见过！"一个穿着花裙子的小姑娘昂了昂头，骄傲道，"我叔叔就有一辆，我还坐过好几次呢！"

众人纷纷向她投去羡慕的目光，叽叽喳喳地讨论个没完。

瓢泼大雨不曾停过，轻轻松松盖住了所有人的声音。

不远处那辆车直接摇下了车窗，陈明亮的脸探了出来，冲着站在屋檐下的陈曳喊道："儿子，快上车！"

陈曳愣了一下，原本有些发白的脸突然多了几分血色，踌躇了一下，才准备抬脚走过去。

外面那一排同学全部都蒙了：

"陈……陈曳家里原来这么有钱？"

"那上次我们看到的那个很寒酸的女人，难道是他家里的保姆？"

陈曳顿住了脚步。

他想要回应，想要说不是这样的，却又觉得，连搭理他们都是一件没有必要的事情，于是径自走了过去，拉开车门，坐在了后面，隔绝了外面的一切喧嚣。

陈明亮见自己儿子一脸的不悦,愣了一下,连忙道:"你这是怎么了?你刚跟同学们说什么了?还不快点给唐伯伯道谢!"

陈曳偏过头来,对着唐毅礼貌道:"谢谢伯伯。"

唐毅突然大笑了起来,放下手中的报纸,摸了摸他的头:"小曳是个懂事的孩子,比我们家晚晚要乖多了。"

听到"晚晚"两个字,陈曳明显有些局促,没有接话,只是安安静静地坐在旁边,看向了车窗之外。

平城的台风总是来得那么突然,巨大的狂风突然掠了过来,瞬息万里,将教学楼上百个窗子吹得几乎要掀起来,车子已经驶出了校园,朝别墅的方向驶去。

一路上,唐毅都没有再说话了,只是坐在后座上看报纸。

风雨交加,路面上几乎没有什么车辆,似乎是早就看过天气预报了,大多数人都躲在家里,不愿意出来承受这样的狂风暴雨。

陈明亮本想和儿子说说话,问问他今天在学校又学到了什么新知识,老师有没有表扬他,可是从后视镜里看到唐毅正在看报纸,也就把这些话都咽了回去。

作为一个司机,顺路去接自己的孩子已经很冒昧了,虽然唐毅的脾气很好,他却不能得寸进尺。

只是从后视镜里看到儿子略有些不安的眼神,陈明亮还是提醒了一句:"小曳,把安全带系上。"

陈曳愣了一下,然后便有些局促地答道:"我不会。"

一旁看着报纸的唐毅笑了起来,侧过身温和道:"没事,唐伯伯教你系。"

他刚侧过身来,前方突然冲过来一辆白色的大箱车——

没有任何征兆,也没有一丝要停下来的意思,陈明亮的瞳孔骤然放大,连忙朝右猛打方向盘,躲避了货车,却一下子撞上了大桥护栏,撞击太过于激烈,车身在狂风中一下子翻转了过来,这一切几乎就发生在一瞬之间。

陈明亮坐在最前方,受到的伤害也是最重的,头上鲜血直流,一下子便失去了意识。

车祸发生的时候，唐毅正在给陈曳系安全带，所以在急转时，唐毅便顺手护住了他的头部，将他牢牢固定在原地。也正是因为如此，即使后来车身翻转了过来，陈曳也几乎没有受到多么严重的伤害，而唐毅就不一样了，在强烈的撞击下，鲜血从他的手臂上缓缓流了下来，整条胳膊看上去十分恐怖。

遭受了这种巨大的变故，陈曳整个人都吓傻了，即使他比同龄人要成熟许多，但是遇到这种事情还是没有任何反应能力，此时此刻的他呆呆地看着面前的唐毅，全身上下剧烈地发起抖来，半响，突然将目光投向了前方，嘴里喃喃喊道："爸爸……爸爸……"

车外狂风暴雨，将他的声音吞没。

但还是依稀能听见外面有人在说话，声音断断续续的，甚至还有些耳熟。

"你去打扫一下。"

"不好吧……万一开车门留下指纹就不好了。"

唐毅尽管受了重伤，却并没有昏迷过去，听到这声音后便是脸色一变。

"出门之前我已经跟夫人确认过了，车里就只有司机和唐毅两个人。"

"那也不行，必须要确认一下才行。"说这话的人语气很低沉，却很有力，即使是在暴雨里，也能够感受到他心底那股阴狠之气。

"好吧……"那人叹了一口气，就要朝这边走过来。

陈曳还在喊着爸爸，突然被唐毅捂住了口。陈曳瞪大了眼睛看着他，却听他低声说道："无论是谁喊你，都不要出来，也千万不要出声。"

陈曳瞳孔放大，呆呆地看着他。

唐毅耳朵里还回响着那句"跟夫人确认过了"，表情却依旧是波澜不惊。他慢慢将陈曳推到下面的空处，然后伸手将身侧的报纸拿了过来，盖在了陈曳身上。血一直朝下淌，明明快要坚持不住了，他却撑着最后一口气冷静地嘱托："孩子，你的人生还长。"

你得好好活着。

雨越来越大，渐渐淹进了车里，雨水和血水混杂在一起，渐渐染红了这一

方天地。

外面说话的人走近了，正要打开门的时候。

那扇倒着的门突然自己打开了。

大概是没见过这么惊悚的事情，那人吓得连连后退，躲在了钟谦的身后。

浑身是血的唐毅从后面走了出来，伤势实在是过于严重，他已经有些支撑不住了，却还是用尽自己全身的力气用身体关上了那扇门。

钟谦有些意外，黑色连衣帽下的面容明显是震惊了，然而只是一瞬，他便恢复了往常的神色，看着面前的人，淡声道："不愧是唐毅，怎么都死不了。"

"果然是你。"唐毅轻笑了一声。

2. 以无尽作为最后句号

瓢泼大雨打在唐毅身上，将他身上的血迹冲刷了个干净，也正是如此，唐毅只觉得疼痛又加剧了几分，几乎就要支撑不住了，可他仍旧站在原地，没有一丝示弱的样子。

"原来你还记得钟某，真是荣幸啊。"钟谦拉了拉身上的雨衣，接过身后人递来的扳手朝唐毅走了过去。

车内，陈曳瑟缩在报纸下面，呼吸急促。他想要看看爸爸到底怎么样了，想知道外面究竟发生了什么事情，可是刚才唐毅伯伯说的话依稀响在耳边，他虽然还不太明白，却只能照做。

在剧烈的撞击下，陈曳的小腿被卡在了逼仄的车座下，他想要往外拔，却怎么也拔不出来，脸上的表情痛苦万分，却在此时，听见了外面的对话声。

"可是就算你记得我，也没有用了，因为，今天就是你的死期。"钟谦冷笑了一声，走到了唐毅面前，儒雅的面容下却是那样令人恐怖的眼神，"人总是要为自己做过的事情付出代价的，当年你将我的作品拒之门外的时候，就应该想到过会有今天。"

唐毅的表情忽然变得很奇怪，看着钟谦的目光也带了些难以名状的怜悯。

在暴雨之下，唐毅叹了一口长气："你的文字太过于激进，只是不适合我们而已，你完全可以另求道路发展。"

"你觉得你现在说这些还有用吗，我的文字现在已经一钱不值了？"钟谦的表情越来越狰狞，脚步也越走越近，半晌，忽然大笑了起来，"在你死之前，有件事情我必须要告诉你。"

唐毅抬起头来，凝视着他的眼睛，却没有问，似乎早已经心知肚明了。

钟谦却似乎没有要放过唐毅的意思，站定后，向他抛出了一个重磅炸弹。

"你现在的小妻子，向岚，是我的女人。"钟谦的声音其实并不大，但是听在有些人的耳朵里却如同惊雷一般。

即使早就知道一点点关于他们之间的事情，唐毅却还是有些不能接受这个事实，踉跄了一下，靠在了大桥的护栏上。

狂风呼啸着，地上到处躺着树枝，天上的云块如同被烧焦的棉絮，唐毅的双手死死抓住护栏，似乎只要他一泄力，就会被这猛烈的狂风吹走一般。

看着他的反应，钟谦似乎还不够满足，又加了一句："还有，被你当成心肝宝贝宠着的晚晚，也是我的亲生女儿。仔细想想吧，你都快入土的人了，怎么可能还会有孩子？"

唐毅却并没有对方想象中那么惊讶，闭上了眼睛，面色一片平静。

车内，躲在报纸里的陈曳愣了一下，他想抬头去看，却只能看到漆黑一片。

"是不是很吃惊？"钟谦笑着，"自己花了那么多心血去培养的孩子，是老婆和别人生的，是不是很痛心？可是那又怎么样呢，我也是这么过来的，我花了十年呕心沥血写出来的东西，被你批判得一文不值，我当年的痛苦，比你一分不少。"

唐毅忽然轻笑了起来，眼底一片清明，笑容里也并没有对方想象中的那种悲惨。

"那又如何呢。"

钟谦的眼神忽然变得极其阴毒了起来，上前一步拎住了他的领子，目眦欲裂。

可无论他如何用力,对方依然是笑着,没有任何惧怕的意思:"这世上不是只有血缘关系的感情才需要被珍惜的,即使晚晚不是我的孩子,我也一样爱她。"

这个回答,让钟谦一下子怔住了。

不,这不是自己想看到的反应。

他应该痛哭流涕,应该悔恨万分,应该哭着求着让自己放过他,而不是如今这个坦然接受的样子。

钟谦越来越用力,眼中的寒意也越来越深,就连站在他身后的帮手也吓了一跳,紧张到不敢靠近。

镜片反射着对方眼底的寒光,唐毅却依旧笑着,似乎有所保留,也好像无所畏惧。

一切好像都没有什么悬念了。

钟谦抬起手,将扳手高高扬起,然后,冷笑了一声。

一切尘埃落定。

时间就这么悄无声息地过去了。

大名鼎鼎的第七号台风狠狠地重创了这片土地,在那个风雨交加的夜晚夺走了无数人的生命,那段时间的平城几乎成了人间地狱,以至于直到许多年后,人们想起那个可怕的夜晚,依然久久回不过神来。那场台风中,受伤者有两百多人,五十人失踪,死去的人数高达三十人,其中不乏商界、政界、文化界精英,当时最受人关注的,就是大文豪唐毅老先生。

晦暗的灯光下,陈曳不动声色地将手伸进了口袋里,按下了录音笔的开关键。

钟谦转过身来,看了一眼自己肩膀上的那双手,然后死死盯住了面前这个年轻人,只觉得有一种莫名的感觉朝他袭击过来,那种感觉就好像在注视死神,没有任何喘息的机会。

即便是如此,他也似乎并没有要示弱的意思,平静地道:"年轻人,你爸妈有没有教过你,不要多管闲事?"

这话实在太讽刺，陈曳轻笑了一声，往前踏了一步："我爸来不及教我什么，就已经死在了你的手里。"

"你什么意思？"钟谦皱了皱眉，看向了他。

"我没什么意思，我只是想告诉你，以后做事记得不要留下痕迹。"

"你……"钟谦朝后倒退了两步，有些踉跄，"你到底在说什么？"

时光总是飞快地流逝着，岁月也总是无情翻腾，曾经毫无交集却被绑在一起的两个人，再一次站在了一起，站在了命运的交叉点上。

陈曳垂眸，从口袋里拿出了一个东西，缓缓举了起来。

钟谦浑身一震，整个人都难以置信。

是一副眼镜。

带着些斑斑血迹，已经有些年头了，甚至可以说是有些破旧，但是依稀能看出这副眼镜做工之精美，远超出当年的制作水平，绝非平常人能使用。

"这副眼镜，你应该不陌生吧？"陈曳缓缓朝前迈步，几乎要走到钟谦跟前。那是他搬走之前从盒子里拿出来的东西，没有想到还有重见天日的一刻。

钟谦不知道为什么，竟然生了几分怯意，连和面前这个年轻人对视的勇气都没有。

"凌威当年限量发行的绝版镜框，拥有它的人不超过五个，其中两位是外国的国家领导人，一位是卓恒集团的董事长，一位是东郡城的前任市长，最后一个……"

"你不要说了，你到底是谁！当时在场明明就没有别人！"钟谦突然近乎发狂地抓住了陈曳的领子，歇斯底里地大喊着。

明明被人粗暴地抓住了领子，陈曳却笑了起来，他感到无比开心。

"我是谁，你这话问得真有水平，我也不知道我自己是谁，可能我只是个证人吧，这个回答怎么样，你满不满意？"

钟谦几乎要疯掉了，他不怕别人当面威胁他，他最受不了现在这种感觉。

"你不要跟我卖关子！你告诉我，这副眼镜到底是从哪里来的！"

双方僵持,剑拔弩张。

"从哪儿来的,这句话应该是你来回答我才对。"陈曳冷冷一笑,语气一改往日淡漠,"明明就是一副不属于你的眼镜罢了,你为什么会这么激动?难道是做了什么亏心事?"

"我做了什么亏心事!"钟谦目眦欲裂,手上青筋暴起,似乎不甘心局面被人掌控在手中,"你到底是什么人?"

"我说了,我是个证人。"无论钟谦怎么用力地拽着他的领子,陈曳都依然是那副没什么表情的样子,好像一切已经志在必得,当然,这件事情也确实没有什么悬念了。

"不过,我好像不是一个合格的证人。这么多年来,我明明知道真相,我明明在场,却没有揭发你。"陈曳的声音听起来有些懊悔,"因为你是她的亲生父亲,我怕她接受不了残酷的事实,比起永无休止的仇恨和真相,我更希望她活在美好的假象里。但事实好像不是我想象中的那样。现在看来,只有你远离,她才能真正的自由。"

钟谦当然知道他口中的"她"是指的谁,忽然笑了起来,张狂而又放肆:"没想到你跟我一样,也是个情种。她突然开始要查当年我杀唐毅的事情,也都是你教唆的吧?否则事情都过去了这么久,她为什么会突然跟警察说起当年的事情?"

陈曳没有否认,只是跟着笑了起来:"你这是承认自己杀了唐毅?"

"是,我承认。"钟谦依旧冷笑着,"但那又怎么样,跟你有什么关系?"

"跟我确实没有关系,但和它有。"陈曳笑着举起手中的录音笔,在钟谦面前晃了晃,散发着金属独有的光泽。

"上一次见面的时候,你说我不是个有趣的人。这一次,够不够有趣?"

"你!"钟谦万万没想到陈曳会录音,伸手便要去夺他手中的东西。

但毕竟体力比不过年轻人,陈曳伸手轻轻一挡,他便够不着了。

钟谦发了狠,强行支着身子,仰首狠狠看着陈曳,忽然取出袖子里的刀,直接朝他身上捅了过去。

　　陈曳知道钟谦身上可能带了刀,却没有想到他一直藏在袖子里,连忙朝旁边躲避,避开了他的追刺。

　　不过,他动作幅度却很小,因为他怕唐向晚听到外面的动静会出来看,这样她也会身处于危险之中,而他也没有百分之百护她周全的把握。

　　想到这里,陈曳单手将钟谦的手腕钳制在了一起,迅速从口袋掏出手机,摁下了"110"几个字。

　　觉得他是认尿才想着要报警,紧紧攥着匕首的钟谦冷笑了一声,用手肘将他正在按拨通的手机击落在地。

　　陈曳见自己落了下风,便起身朝楼道方向躲去。

　　钟谦不依不饶,他知道这个证据只要到了警察的手里,加上之前的敲诈勒索罪、越狱罪和袭警罪,自己怎么样都是没有办法逃脱的,只有杀了他,自己才有活路。

　　想到这里,他便再次出手,猛力朝前刺了过去。

　　"咔嚓"一声,像是手关节错位的声音。

　　又"啪"的一声,不知是什么东西重重跌落在地。

　　明晃晃的刀子从钟谦身上穿透后直接被拔了出来,陈曳松了手,踉跄着朝后退了一步,脸上血色全无。

　　他没有想到会是这样,当刀尖朝他刺过来的时候,他下意识便是直接反折钟谦握着刀柄的手,但对方攻势太猛,直接朝他扑了过来,在来不及反应的时间里,那把刀便直接刺进了对方的胸口。

　　此刻,掉落的尖刀就躺在两人的脚下,没有半分温度。

　　陈曳于黑暗中静默伫立,看见那狠毒无情的人,一点一点消失生气。

　　楼道微弱的光里,陈曳的脸上没有一点血色,他微微上挑的眼角带着特有的醉意,像是在不知身是客的梦里。

　　良久,他将目光投向了光源的最深处。

……

原来这就是他们之间的宿命,就像一开始所预知的那样,他永远给不了她真相,给不了她未来,也给不了最圆满的结局。

从一开始,他就只能在她看不见的角落里,为她披荆斩棘,为她阻隔一切风浪的出现。

甚至,阻隔自己的到来。

3. 最后总是隔了山川与眉头

"姓名。"

"陈曳。"

"年龄。"

"二十三岁。"

"你对你的犯罪事实供认不讳吗?"

"我杀了该杀人的人。"

那名叫秦东的警察抬起头看了陈曳一眼。这样的人他见多了,从警三年以来,他见过的社会阴暗面比普通人一辈子见过的还要多,只是对面这个人似乎和其他的杀人犯不太一样,他看起来很年轻,甚至有些文质彬彬,眉眼里也并非全是淡漠。

正要写材料的时候,对方忽然将一个东西推到了他面前,那是一支小巧的棕色录音笔,看上去却沉甸甸的。

陈曳将那录音笔推到他面前,然后垂了垂眼睑,淡声道:"这是当时现场的录音。这一次的证据很充分,死者亲口承认了当年的犯罪事实,如果你们还是觉得他无罪的话,我也无话可说。"

"疯子。"秦东看了他一眼,在心里低声道。

钟谦这个人,他是再清楚不过了,当时钟谦从自己手中逃跑的时候,自己还被领导狠狠批评了一顿。同时他也很清楚这个死者之前的案件,因为当时正好是他协助谢攸一起侦查的。谢攸一直认定钟谦除了勒索罪之外,还和很多年前的一桩车祸有关联,说很有可能是他人为制造的一场事故。

作为警察,查明真相是他的义务,只是……对于眼前这个人来说,性质就不太一样了。

"就算钟谦坐实了谋杀的罪行,但和你涉事的案件是两码事,这是两个独立案件。还有一件事情我必须要告诉你,刑事诉讼法第十五条,如果被告人死亡,案件就会撤销。"

陈曳目光平静,声音却有些喑哑:"我不过想求个心安理得罢了。"

人都已经死了,还要去证明他有罪,只是为了这么一个判决,搭上了自己的大好前程,也不知道面前这个年轻人究竟是为了什么,或者说是……为了谁?

秦东看了看头顶的监控,又看了看陈曳,问了个题外话:"你这么拼命,连自己的前程都不要了,难道唐毅……是你的恩人吗?"

听了这话,陈曳也不知道想些什么,嘴角竟然起了些淡淡的笑意。半晌,他回望向对方,轻声答:"按道理,原该是我的丈人。"

秦东狐疑地看了他一眼:"吹牛的吧?"

陈曳依旧笑着,看不出来是在开玩笑还是在自嘲:"都要进去了,还不能吹个牛吗?"

秦东摇了摇头,一边记录一边好心多了句嘴:"我们会根据录音内容进行调查,如果能证明你是过失致人死亡,后面应该不会被判得太重,更何况死者本来就在通缉名单里,这些情况我们都会综合考虑。"

"多谢警官。"

"不用谢我,你自己好好理理吧。"秦东说完后,又上下打量了他一眼,再次叹了一口气。

看守所。

陈曳有些恍惚地看着外面的人。

那个叫作徐茵的姑娘，他其实很少注意过她，只是知道她从前总是喜欢跟在自己身边，他到哪儿，她就跟到哪儿。后来父亲换了家医院，她还来探望过几次。

然而此时此刻，看着熟悉的人，陈曳还是生出了几分亲切之感，看着玻璃那边的人，轻声道："这种地方就不要来了。"

徐茵呆呆地看着他，想说话却又不敢说。她想要问他为什么要这样，难道唐向晚的安全比他的命还重要吗？可是这种话一旦问出去，只会给自己带来更大的伤害，于是她只能沉默，沉默地看着他，沉默地流着泪。

"好了，别哭了，我这不是好好地坐在这里吗。"陈曳看了看身后的看守人员，将脸别了过来，正要站起来的时候，徐茵先他一步站了起来。

"我不知道我现在还能为你做些什么……你有什么没完成的心愿吗？我可以帮你，什么事情都可以。"

陈曳摇了摇头："没有。"

想了想，他又说："麻烦你告诉我妈，帮我带些书过来。"

"我知道一定还有。"徐茵的声音越发哽咽了，"你一定最放心不下她了。"

陈曳的脸色忽然僵住了，似乎是被看穿，有一丝莫名的尴尬。

"如果可以的话。"陈曳看了一眼窗外的徐茵，虽然有些说不出口，却还是那么说了，"让她不用再等我了。"

徐茵已经料到他的请求一定跟她有关，哽咽道："你真的放心让我去做这件事情吗？我会怎么处理，你应该知道的吧。就怕你会恨我做这个恶人。"

"怎么会呢。"陈曳隔着玻璃望着她，耐心而又温柔，"你这是在帮我们啊。"

徐茵还没有来得及说话，陈曳好像又想起了什么似的，忽然补充了一句："我看你最近在做游戏主播，上次点进去看了一次，以后还是尽量不要说脏话了，毕竟有那么多的观众，如果以后有媒体邀请你参加节目，这些都是会综合考虑的，你得为长远打算。"

"你知道吗陈曳，这是我认识你这么多年以来，第一次从你口中听到关于我的事情。"徐茵站在那里，哭红了眼睛，一点形象也没有了，"只是被你关心了这么一次，我都觉得我能立刻为你去死，她被你关心了一辈子，是什么样的感觉呢？我突然好羡慕她，我真的好羡慕她……"

"她有什么好羡慕的。"陈曳神情淡淡，"她过得也很累。"

"不！"徐茵朝前靠了靠，透过那扇玻璃，声音无力而疲倦，"我羡慕她，被你这样爱着。"

她终于肯承认了，承认他爱的人是那个人。

承认自己只是对方生命里的一个NPC（非玩家角色），和他没有一点其他的关系，就算她能帮他做一点点事情，也都全部是关于那个人的。

徐茵垂着头出来的时候，和唐向晚正正好好打了个照面。

两人目光对视的那一刻，周围的一切仿佛都安静了，唐向晚有些怔忪地站在原地，甚至带了些不好的预感。

谢攸给她打电话讲这件事情的时候，她几乎是没有一点心理准备的。一直威胁着她的钟谦就这么从这个世界上消失了，她一直系在心尖上的陈曳就是杀人凶手。接受了这个事实之后，却是无数种猜测，为什么？

钟谦出现在她家楼道口，所有人都知道是为什么。

可陈曳杀人的动机，又是什么呢？

她想要去问问陈曳，问问是不是自己想的那样。

徐茵站在通道的尽头望着唐向晚，没有开口说话，这是她第几次见她，已经记不清了。

那个姑娘啊，没有特别漂亮的脸蛋，也没有什么让人移不开眼的完美身材，和自己比起来，其实根本不是同一个风格，自己现在好歹是靠性格和脸蛋吃饭的游戏主播，也不知道她身上有什么样的魔力，能让陈曳做到这个份上。

也只有在这个时候，徐茵好像才真的仔细看了看她，才发现她的长相是属于那种很舒服的，不尖锐的类型。她看上去很着急，很迷茫，却又好像不知道

怎么同自己开口。

于是,徐茵便走过去了,第一次,头一回。

以一个胜利者的姿态。

"你来看陈曳?"

没想到她会主动过来问自己,唐向晚愣了一下,有点不想回答,但还是点了点头。

徐茵居高临下地看着她,一双眸子格外明亮:"那你可以先回去了。"

"为什么?"唐向晚忽然有些不知所措了起来,看着她的目光里生了几分怯意,"你们……"

"不然你以为陈曳突然离开你是因为什么?你也可以去我们学校问问,这段时间我也一直不在学校里,因为我和他回老家准备订婚了。"徐茵努力让自己的语气平静又平静,镇定再镇定,"你也知道他家里的情况。"

说完,徐茵拿出手机,翻出自己和陈曳母亲林茱的合影,直接伸到唐向晚的面前:"我不想跟你解释太多,总之,婆婆很喜欢我,我也会好好等他出来的。"

唐向晚呆住了,看着她手机里和陈曳的母亲一起笑得那么灿烂的照片,所有的话都梗在了喉咙里,一句话也说不出来。

"怎么会呢……怎么可能?"

"他现在成了这个样子,我也不会丢下他不管的,我会一直等着他出来。不过我倒是有一句话想问问你。"徐茵看着她,目不斜视,"我现在是他亲口承认的未婚妻。你也知道的,只有近亲属才可以探望,那么现在的你,是以什么资格来的呢?"

唐向晚双手无措地垂在一旁,对方说的每一个字她都认识,可是拼凑在一起,却怎么也听不懂。

什么叫……已经订婚了?

"我不信,他如果跟你订婚了,为什么会出现在我的门口,为什么会在钟谦威胁我的时候,宁愿放弃自己的大好前程,也要做出这样的事情?"唐向晚眼眶都有些红了，声音却是极其坚定的，"我要见他，听他亲口告诉我，从你口中说的话，我一个字都不信！"

徐茵嗤笑了一声，语气冷冷："还真是跟我第一次见你的时候一样自以为是啊，人的性格果然不是那么容易改变的。你以为跟你有什么关系？他父亲变成现在这个样子全都是拜那个人所赐，你以为是因为你的缘故吗，真是高看得起自己啊。"

唐向晚没有说话，只是强撑着望着她。

"当年钟谦一手制造的车祸，害死了唐毅，也让他的爸爸变成了现在这个样子，他对钟谦的恨意，不比你少。"徐茵昂起头来，声音依旧清冷，"无论他在里面待多少年，我都不会离开他，看在相识一场的分上，我劝你……"

唐向晚突然打断了她的话："他不会坐牢的，他是无罪的！我这一生，哪怕散尽家财，哪怕名誉扫地，也要为他讨回公义。"说罢，直接转身，没有一丝停留。

面对她这样坚定的一句话，徐茵一下子怔住了。

这一刻，她似乎有些明白自己和唐向晚之间的区别了，那样的决绝，她没有，也永不会有。

在陈曳的事情上，她第一次以一个胜利者的姿态出现在唐向晚的面前，却也是第一次输得一塌糊涂。

"唐向晚！"

徐茵突然歇斯底里地喊住了她。

唐向晚脚步一停，回头看着她，面色平静。

只见这个刚才姿态还高高在上的姑娘忽然垂了眉眼。

徐茵有些想哭，面上却又挤出了一丝笑容。

"没什么。"徐茵道，"希望你能忘了他，不要再为他奔波了。这是他对你想说的最后一句话。"

4. 你看我这一眼，我陪你这一生

祝萌萌坐在派出所的长椅上，戴着耳机假装在玩游戏，这是上次分开后，她第一次见到谢攸。她原本也不愿意来的，只是放心不下唐向晚，一个女孩子骤然遇到这么大的变故，一定承受不了。

所以她还是来了，哪怕是这样尴尬的处境。

祝萌萌戴着耳机，耳机里却没有任何声音，她抬起眼眸，看了谢攸一眼，便很快将自己不合时宜的目光收了回去。

"谢警官，这位何小媛女士，是这次案件的重要证人。"唐向晚和何小媛坐在谢攸的对面，气氛看上去有些微妙。自从知道有对方的存在，这大概是她们第一次这么心平气和地坐在一起了。

"谢警官，我叫何小媛，是钟谦的……"何小媛原本习惯性地想说"爱人"二字，可看了唐向晚一眼，却将这两个字吞了进去，可思来想去，想不出用什么称呼来概括自己才好，一时间面色有些微涨。

唐向晚倒没有想什么，她现在满脑子都是陈曳的案子，直接帮她答了："钟谦虽然跟我妈结了婚，但是平时都是貌合神离，他和何小媛才有事实婚姻，生有一个儿子。"

谢攸明显皱了皱眉，声音不大却也足够让人听清："这钟谦也真是厉害了，什么法都要犯一遍，有了配偶还跟他人形成事实婚姻，这不是重婚罪是什么。"

何小媛的脸色明显越来越窘迫了。唐向晚见何小媛这样，便直接将何小媛手中的U盘递到了谢攸面前，替她说道："案件发生当天，钟谦曾用公共电话给她打了个电话，说要来杀我。"

何小媛这才慌慌张张地开口："我当时听说他越了狱，也是怕极了。怕后面调查会牵扯上我和儿子，所以就录了音。后来他在电话里说要去找晚晚，我当时就慌了，给岚姐打电话，她却不信。所以我就去找了陈曳，费了好些周章才找到他的，那孩子一直对晚晚很上心，之后才会做出这样的事情。"

唐向晚垂眸，一言不语。

"钟谦说要杀唐向晚,你为什么要去找陈曳?"谢攸有些狐疑地看了何小媛一眼。

何小媛立刻道:"陈曳曾经单独来我店里找过我,还给过我一个地址,说如果钟谦以后为难晚晚,我就可以去找他。谢警官,您要是不相信,可以去我店里查监控,是21号下午的事情,还能查到的,您还能看见他写地址的场景,我没骗你。"

唐向晚偏过头去,有些恍惚地看了她一眼。何小媛说得这么信誓旦旦,也不知道是真的还是假的。

谢攸没有再追问,只是道:"以后遇到这种情况,你要做的事情就是报警,要相信警察。"

"好的,谢警官,我知道了。"

谢攸点了点头,正将U盘插上电脑,祝萌萌突然就出现在了面前,双手撑在桌子面前,目光直直地盯着他,讥诮道:"报警真的有用吗?"

谢攸愣了一下,手中的动作停了下来,静静睇着她。

"什么?"

"如果报警有用的话,为什么唐毅老先生去世这么多年都没有查出真相?为什么陈伯伯在床上躺了半辈子也不能为自己申冤?为什么晚晚被钟谦敲诈了那么多年都没能摆脱?为什么保护晚晚帮晚晚逃离魔爪的陈曳会被抓起来,而那个真正十恶不赦的人却没有受到一点该受的惩戒?"

谢攸淡声解释:"现在采取取保候审有现实危险性,所以陈曳暂时还不能出去。"

"他是我的高中同学,我深知他的为人,如果不是被对方逼到绝境了,他怎么可能做出这样的事情?那天要不是陈曳赶去了,晚晚早就被那个丧心病狂的人给杀了。"祝萌萌义正词严。

"姑娘,有话好好说。"何小媛小心翼翼拉了下她的袖子。

"你给我让开!"祝萌萌直接甩开了何小媛的手,眼眶红肿,"你有什么

资格在这里说话，你除了会破坏别人的家庭还会做什么？要不是为了你，钟谦会一直逼着找晚晚要钱吗？"

唐向晚想到了祝萌萌之前和谢攸的那些事，一下子明白了，连忙上前给谢攸道歉："谢警官，你别往心里去，她就是太为我着急了。"

她连忙将祝萌萌拉到长椅上坐下："你今天这是怎么了，突然这么冲动。"

谢攸轻轻地敲击了一下键盘，面无表情道："法律规定了，对于行凶、杀人、抢劫，危及人身安全的暴力犯罪，导致不法侵害人重伤、死亡，不认为过当，是正当防卫，不负刑事责任。我会尽力找出证据，如果陈曳是正当防卫，我一定会还他一个公义。"

说罢，他站了起来，看着祝萌萌。

"还有，警察不是万能的。"

祝萌萌被唐向晚摁在长椅上，望着站在不远处的谢攸，目光有一瞬的恍惚。

她也不知道自己这是怎么了，明明知道自己是在无理取闹，可就是忍不住说出那些话来。谢攸的反应却永远是那么平静，似乎每一刻都是刚刚相识的陌生人。

可她，也确实是陌生人啊。

唐向晚挽着祝萌萌走出大门的时候，忽然被人扯了一下袖子。

何小媛眼中含着泪，叫住了她："晚晚，你昨天说的，会送你弟弟出国留学，是真的吗？"

唐向晚没有回头，语气也冷得听不出情绪："只要你好好做证，不要再昧着良心为钟谦辩解，我自然会做到。"

"我自然是不会为他辩解的，人都已经去了，何必让活着的人不舒心呢。"何小媛感激道："真是谢谢你了，晚晚，原来你心里还是有这个弟弟的。"

唐向晚有些烦躁地将头别了过去，她不想和这个弟弟扯上关系，却也不能否认何小媛的话，只得沉默。

"对了,晚晚,我方才说陈曳给我地址的事情其实是真的,前些日子他来找过我,那个时候我还没有当一回事,谁知竟然差点害了你。"何小媛诚恳道。

听了这话,祝萌萌神情有些复杂,顿了好半晌才吞吞吐吐地开口:"晚晚,其实他也来找过我。在你搬家之后,他曾经打电话给我,说如果有什么解决不了的事情就去找他。我本来想告诉你,可是他再三叮嘱我不要在你面前提他,我又怕平白惹你伤心,所以……"

唐向晚攥着手中的文件,手足无措地立在原地,望着两人,有些不知道怎么言语。

"是吗……"

法庭。

唐向晚坐在旁听区的席位上,面色苍白,看着四周那些或熟悉或是陌生的面孔,只觉得一切都好像是场梦。

裴晓坐在远处有些担忧地看着她,余烬倒是没有来。唐向晚和裴晓对视了一眼,忽然觉得,自从和陈曳再次相遇后,自己似乎很久没有跟那些旧友来往了,就像是向一个世界跨向另一个世界,再也没有重合。

她的亲生母亲向岚坐在和自己相隔很远的位置上,脸色苍白,还带着些哭过的痕迹,每次朝自己看过来的时候,都是小心翼翼的。

陈曳的母亲林荥坐在她前方的席位上,从头到尾都没有回头看过她一眼,徐茵也是安安静静地陪伴在林荥的旁边,拿着一瓶矿泉水,时不时看两下手机。

所有人都不约而同地保持着沉默。

直到陈曳进来的时候,所有人都站了起来,唐向晚有些不稳,却成了最后一个站起来的人。

"请被告人陈曳及其诉讼代理人入庭。"

那一刻,唐向晚好像四肢都有些迟钝,从上一次离别之后,她从未想过自己会以这种方式和陈曳相见,隔着栏杆。

她期盼着陈曳回过头来看自己一眼，可是陈曳似乎规划好了路线，径自坐在了被告人的席位上，然后，便再也没有看任何人。

唐向晚第一次觉得看不透他的眼，看不清他的内心，这种想法让她感到惶恐不已，但法庭不会给她胡思乱想的时间，宣布完法庭纪律之后，就直接开庭了。

"请公诉方宣读起诉书。"

短发检察官开始念道："被告人陈曳因涉嫌故意杀人罪，移送平城人民检察院审查起诉，经依法审查查明：被告人陈曳与钟谦存在纠葛冲突，两人斗殴过程中，钟谦多次持刀刺向陈曳，陈曳刺中钟谦胸口一刀后自首。经平城公安局物证鉴定室鉴定：钟谦因锐器伤导致失血休克性死亡，被告人部分皮肤轻度损伤。本院认为，被告人陈曳故意非法剥夺他人生命，其突发性报复杀人的行为触犯了《刑法》第二百三十二条，但其具有可宽恕的杀人动机，且当时选择其他合法行为的可能性较小，属于故意杀人罪中的较轻情节。根据《刑事诉讼法》第一百七十二条，提起公诉，请依法判处。"

旁听席的人听完便小声议论了起来："故意杀人罪较轻情节也要判个三到五年呀，但是我听说不是正当防卫吗？"

唐向晚听到"故意杀人罪"这几个字的时候便浑身乏力，一句话也说不出来了。

祝萌萌安慰道："你别担心，你找到了那么多有利的证据，还给他找来了平城最好的律师，一定不会有事的。如果法院判决不公，我就想办法曝光出去，让所有人都来关注这个案子，还陈曳一个公道。"

"谢谢你，萌萌……"唐向晚紧紧握着她的手，目光坚定，"一定不会有事的。"

5. 人和人之间总是各有路旅

"从录音文件来看，陈曳的行为属于防卫挑拨，故意激怒对方，引诱对方对自己进行侵害。属于有预谋的犯罪，应按故意犯罪论处。"

检察官在法庭上说的那些话，唐向晚几乎一个字也没有听进去，她攥着被汗浸透的衣角，不断地安慰着自己，一定不会有事的。

"公诉方已经举证完毕，辩护人有证据要向法庭提交吗？"

陈曳身侧的辩护人纪亮看了唐向晚一眼，道："审判长，需要证人何小媛出庭做证。"

"传证人何小媛到庭。"

何小媛走到证人席上，宣了誓，纪亮便提问道："案发当日，钟谦曾给你打过电话是吗？"

何小媛看了一眼坐在不远处的儿子和唐向晚，答道："我和钟谦虽然没有领证，却有事实婚姻。他知道自己可能会一去不回，所以给我和儿子打了一个电话，我怕受到牵扯，当时就直接录了音。他在电话里说要去杀了唐向晚，我便将这件事情告诉了陈曳，希望可以阻止这件事情的发生。"

陈曳忽然抬起头来看了她一眼，但最终还是将目光收了回去，没有说话。

向岚低着头一言不发，她想起前一天何小媛给自己打电话，却被自己给怼了回去，现在想起来，真是差点害死了唐向晚。所以这个时候，她特别心虚，更是悔恨交加。

检察官问道："你为什么要将此事告诉被告人，而不是报警？或者是告诉唐向晚的母亲？"

何小媛依旧目光冷静："我当时确实和唐向晚的母亲通过电话，但是她并不相信我。至于报警……钟谦他虽然罪大恶极，但他毕竟是我儿子的父亲，他犯了这么大的罪，我也不希望他在牢里关一辈子。"

检察官皱了皱眉："你这是知情不报，要负法律责任的。"

"我知道，你们依法处置我就是了。"何小媛没有再说话。

辩护人纪亮道："证人何小媛的证词可以证明，陈曳的捅刺行为是基于保护本人和其友唐向晚的合法权益，属于正当的防卫意图。"

审判长捏了捏笔盖，重复着流程："辩护人还有证据要向法庭提交吗？"

辩护人纪亮出示了图片文件，陈述道："钟谦使用的刀具为案发前日在'天涯海角户外专营店'网店购买的双刃匕首，为国家禁止的管制刀具，属于刑法规定中的凶器，我这里是由钟谦的妻子向岚所提供的购买记录，以及和客服的聊天记录，账号确实是钟谦的账号。刺向钟谦胸口的也正是这把匕首，可见陈曳一开始并没有行凶的意图，又何来预谋犯罪一说？"

检察官将手中的笔放了下来，冷静地道："你所提供的证据，不足以证明陈曳是正当防卫。"

听了这句话，唐向晚整颗心都揪了起来。她以为自己所找到的这些证据，再不济也能让陈曳判一个防卫过当。她第一次感受到自己力量的单薄，第一次感受到什么叫无力回天，祝萌萌握着她的手，同样满心焦急。

"如果我有证据证明，陈曳是正当防卫呢？"

突如其来的一句话，引起了轩然大波，在场所有人都纷纷扭头看向了说话的人。

唐向晚也有些怔忪地看着突然出现的余烬，她知道余烬的性格就是喜欢出其不意地凑热闹，却不知道他还喜欢在这种时候开玩笑，正要去制止他的时候，辩护人纪亮道："审判长，我申请调取新的证人出庭！"

……

当那个清清楚楚记录了全部事件经过的监控视频出现在大家面前的时候，每个人的反应都是非常复杂的，但无疑，绝大多数人都松了一口气。

审判长一边看视频，一边摸着下巴，神色不明。

唐向晚望着余烬，忽然想起了很久之前，那次在书店发生的事情，那条广为大众熟知的监控视频，当时他是怎么拿到那个监控视频的，她不知道，她只知道那次他帮了自己很大的忙。

而这一次，余烬依旧在帮她，即使他是那么讨厌陈曳。

"我是案发小区一楼的租户余烬，之前跟房东签订了半年的租约合同。前段时间我感觉总有人在我家楼道徘徊，因为我家比较有钱，开的车也挺好，估计是有人盯上了我家,所以在一楼和地下室的楼道都装了监控,没想到一不小心拍下了这样的视频。"

唐向晚看着他的背影,也不知道自己此时是什么样的表情,只觉得五味杂陈。余烬之前嫌她这里太黑不安全,没想到他直接在她楼上租了一间房,还装了监控,也不让她知道。而现在,这个监控却成了陈曳唯一的救命稻草。

可她之前才对余烬说了那么重的话,他还愿意这样对她。

检察官狐疑地看着余烬,问道:"那你为什么不第一时间把监控拿出来?当时警察去现场勘验的时候,也没有发现你说的这个摄像头。"

"我害怕呀!"余烬夸张地后退了一步,"你家门口突然死了个人,你不害怕吗?再说了,这私自在楼道安装摄像头,也不知道违不违法,那当然要先拆了,等弄清楚了再拿出来了。后来我咨询了公安局的信息通信处,人家说了在楼道里装摄像头还没有相关规定,不需要备案审批,那我当然就拿出来了。"

检察官没有再说什么。

余烬说完后,回头对唐向晚眨了眨眼,像是在求表扬似的。

唐向晚有些哭笑不得,却还是悄悄伸了个大拇指。

辩护人纪亮像是被注入了百倍的动力,直接开始滔滔不绝:"我方主张被告人陈曳具有防卫性质且不造成防卫过当。从防卫时间来看,视频及录音证据显示,陈曳采取防卫措施时,不法侵害行为正在进行,陈曳的行为是针对正在进行的不法行为实施的,如果他不抢夺刀具制止钟谦的不法侵害,他遭受的侵害将会更加严重。"

徐茵紧紧攥着林茱的手,眼睛里几乎快要落下泪来。唐向晚望着辩护人,希冀也是一点点地扩大。

"根据视频资料来看,钟谦多次手持凶器捅向陈曳要害部位,严重威胁陈曳的生命安全,陈曳曾试图报警,然而钟谦仍在继续实施加害行为,被告人陈曳在无法报警求救的情况下抢刀反击,行为属于情急下的正常反应,符合特殊防卫的要求,请法庭依法裁判!"

审判长按了按太阳穴,道:"先休庭,合议庭对本案进行评议,十五分钟后继续开庭。刚才当庭出示的证据,在休庭后交给法庭。"

休庭期间,所有人也没有松气,只有一些窃窃私语的交谈声。

很快,十五分钟就过去了,审判长回到了座位,环顾一周,冷静宣布道:"经过刚才的审理,本院认为,辩护人提出的被告人陈曳'有防卫性质且不造成防卫过当'的辩论意见,本院予以采纳,根据刑法二十条第二款,正当防卫明显超过必要限度造成重大损害的,应当负刑事责任,但应当减轻或免除处罚的规定,其防卫行为未曾超过必要限度,认定无罪。"

审判长敲击了法槌,所有人都在一瞬间保持了沉默。

"本院宣布,被告人陈曳无罪,现在闭庭!"

唐向晚原本痴怔地出了神,却在听到那句话的一瞬间,如大梦初醒。那些压在心口的阴霾瞬间消散开来,而她的视线中,只剩下了那个坐在被告席上同样惊诧的人。

陈曳几乎是下意识就看向了唐向晚,却又似乎突然想起了什么,又将目光收了回去。

唐向晚直接从座位上站了起来,有些着急地喊道:"陈曳!"

"谢谢。"陈曳说。

他的目光那么平静,平静到像是春日里刚刚消融的冰雪,没有一点点温度。

不知道为什么,听到这句话的唐向晚怎么也收不住眼泪了,那些隐忍已久的委屈一点点在她眼眶涌出,最终泣不成声。

那一天,一切都如往常。

那一刻,她忽然间明白了什么叫离别。

6. 未来某一天身边没有你

"晚晚啊,这次给你介绍的相亲对象你一定要认真对待啊。别又把人家给吓跑了,知道吗?"

"这次这个绝对是你喜欢的类型,我采访时候认识的外科医生,人优秀着呢。"祝萌萌语重心长地劝说着,"我毕生的人脉资源都用来给你相亲了,你可一定要争气啊!"

"这么好的对象你干吗不自己留着?"唐向晚一边刷牙一边问。

"我那不是把好的先让给你挑吗?"祝萌萌嫌弃道,"你赶紧收拾吧,一会儿别迟到了!"

"知道啦。"唐向晚"嗯"了一声,挂了电话,看着镜子里头的自己,一时恍惚。

五年了。

镜子里的那个人好像是她,却又好像不是她,多了很多东西,也少了很多东西。

不再年轻,也没有了往日的傲气,只是从前的眉眼形状还在罢了。

而且前一天晚上熬夜到四点,妆都没有卸就直接躺在沙发上睡着了,所以上面的眼线都晕到下面来了,眼角上还挂着睫毛膏的碎屑,整个人看上去疲惫万分,根本不像是她这个年纪的人。

窗台上的小花有些枯萎了,唐向晚并没有打算给它浇浇水,而是缓缓低下头去,穿上了一双长到脚踝的袜子,她的动作像是放慢了节奏的电影画面,一双袜子整整穿了五分钟。

最后她也没有洗脸,直接踩着拖鞋就出了门。

短信里说的地址,可以算是市里最繁华的地方了,一路踩在林荫大道上,日光从层层密密的树叶投下斑驳的光影。唐向晚戴着口罩,一身怪异的打扮引来了行人的无数次回头。

突然,唐向晚顿下了脚步,转过了身去,直接对上了一个正在对她指指点点的女孩儿,她也不说话,只是毫无征兆地拉下自己的肩带。

那女孩儿跟见了鬼似的,吓得连忙转身快步走了。

唐向晚倒是很满意女孩儿的反应,把肩带又朝下拉了拉。

进了餐厅,摘下口罩坐下来之后,唐向晚有一瞬间的神思恍惚,也不知道

是巧合,还是什么其他原因,她才发现这个地方就是她第一次相亲的时候坐的位置,只是这一次,不会再有人在外面唱歌了。

"你好。"

直到对面响起男人略带些腼腆的声音,唐向晚才发现自己直接忽视了对方的存在,不过她也并没有打算正视他,从她直接穿着拖鞋出门的那一刻开始,这就注定是个失败的相亲。

"我不好。"唐向晚看了一眼面前的白开水,随意地拿起筷子在里面搅来搅去,回想了一下当年那个相亲者的台词,直接吊儿郎当地道,"既然是相亲,开门见山吧,你叫什么、多大了、在哪个厂里上班啊?"

对面的人似乎有些讶异地看了她一眼,却并非是那种探究和审视性的眼神,而是温和的、若有所思的目光。

此时此刻的唐向晚,带着没有任何特色的黑框眼镜,披头散发,不施粉黛。这也就罢了,偏偏穿着一身像睡衣又不像睡衣的宽松裙子,上面还印着一个米老鼠,脚上穿着长袜子踩着拖鞋,连肩带都是一副要掉不掉的样子。这样不修边幅的形象,在这个装潢大气的餐厅里显得格外刺眼。

正常男人应该都不会愿意和这种人坐在一起吃饭吧,聊不了多久就会自己离开的,唐向晚如是想。

她只是没有想到,对面的男人也不生气,就那么笑着看着她,然后特别礼貌地问了一句:"你一定在等什么人吧。"

唐向晚突然就呆住了。

那一瞬间,似乎有什么东西堵住了她的耳朵,安静到听不见任何声音,就像是骤然暂停的卡带一样,没有任何征兆。

"我……"

被看穿的唐向晚就那么毫无征兆地僵在了原地,想哭又哭不出来,只从喉咙里蹦出几个辩解的字眼:"我没有在等谁。"

从那日陈曳被宣布无罪释放开始,她就再也没有得到他的任何消息,无论是从朋友那里，还是她想尽办法联系，都没有任何结果，就像他第一次离开她一样，没有任何征兆。

这个时候她才相信了徐茵对她说的那些话，也许他们两个才是合适的人吧，而自己，从始至终不过是个过客罢了。

那人似乎已经看懂了一切，微不可闻地叹了一口气，细心地为她切好牛排，淋好酱汁，然后温声说："如果还没有走出来，就不要急着走出来。不要把我当成相亲的对象，就当成刚认识的新朋友来对待吧。"

和自己想象中不太一样，唐向晚看着面前的人细心地切着牛肉，忍不住问道："你是怎么发现的？"

没想到她会问这个问题，那人轻笑了起来："我不用发现，你都写在脸上了。"

唐向晚开始认真地和对方交谈，认真地习惯他带着一点点口音的讲话方式，听他讲医院里发生过的有趣的事情，听他讲从小长大的家乡有一片很美的桃林，听他讲他去过了哪些地方，然后认真评论哪里的环境最好，哪里的人最热情。

然后她便发觉这个世界其实很奇妙，从一个人的口音里，就能听出来这个人的前半生。

餐厅其实很安静，只是一直循环着一首温柔低哑的粤语歌，似乎听过，却又记不起名字。

  为何未能让我衰老便要放开你
  陪你跳通宵都够力气
  请鉴别姿态美不美
  学跳舞有福气
  手差点扑地
  犹如自卑水银泻地
  ……

唐向晚看着窗外,神思恍惚,过往种种历历在目。

从一开始执着地想要去找他,想要去问一个答案,到后来听到太多"你别再找了"就渐渐放弃,已经是一千多个日子了,也不知道这段日子她是怎么一点点熬过来的。

很多时候,大多数人都会经历这么一段过程,不愿意再去追求那些不可能得到的东西,慢慢开始妥协,我们渐渐知道了该去怎么经历人生,怎么去面对生活。

然后忘了,如何去爱一个人。

"你妈带的饭还真是好吃,我就爱来你这蹭饭。你说你嫂子虽然长得漂亮,但是中看不中用啊,你要是去尝尝她做的饭,就知道我每天过得有多惨了……"长着两撇胡子的男人看着坐在对面的陈曳,有一搭没一搭地说着,"小陈啊,你说你这么优秀,娶个老婆还不是轻而易举的事情?"

大概是这种场景已经不知道经历多少次了,他甚至都不太期待新鲜的回答。

陈曳关上了手中的书:"吃了就去把碗洗了,然后把门带上。"

"你又赶我走啊。"同事瞥了他一眼,又看了一眼他手中的书名,嗤笑了一声,"你这人,嘴上说着不想娶媳妇,却窝在宿舍看言情小说,你可是个男人啊!"

"从学生那里没收来的。"陈曳的表情淡淡的,似乎自己说的都是事实,"我看看现在学生都在看些什么,好因材施教。"

"你得了吧!"同事将碗和筷子收了起来,不屑道,"你一个音乐老师,又不是教语文的,施什么教?"

"行行行,你秦博是语文老师,你施教。"

"没听说过一句话吗,前生犯了错,今生教语文。过段时间我就要转去县城了,没人来蹭你的饭了,高兴了吧?"秦博将筷子和碗一并带走,边走还絮絮叨叨地说着。

"什么时候走,我去送送你。"陈曳说。

秦博似乎没有听到，也没有传来回答的声音。

陈曳看了他的背影一眼，也不知道在想些什么。

半晌，他的指尖抚上"唐向晚"那三个字，眉眼中带了些难得的温柔。

……

从那日余烬站出来为自己说话的那一刻起，他就明白了自己和他之间的差距，有些东西不是努力就能弥补的。

他们光鲜地拥有世上的一切。

而自己呢？

杀了人，一无所有。

她和相匹配的人在一起，应该不会像之前那么辛苦了吧。

……

晚晚，你的一切都得到得太容易了，别人努力千倍百倍，也很难达到你现在的地位。从小你就是成长在这样一个环境里，唾手可得的权势和名誉，只要想走就能一帆风顺的康庄大道，没有人告诉你什么叫挫折，没有人教你成长，没有代价，不必付出，只要你愿意，很轻易就能得到你想要的一切。

唐毅过世之前，你就一直住在这样的象牙塔里，所有人都像对待公主一样宠着你，直到有一天你失去了这个庇佑你的靠山，你发现外面的世界远远没有你想象中那么简单，外面有猛兽，有毒虫，还有随时张开血盆大口吞掉你的亲人，你不能接受这样的现实。

让你更不能接受的是，有人生来就是生活在这种环境里的，他没有经历过被庇佑的人生，也没有为他遮风挡雨的港湾，他从出生起，就不再是个孩子了。所以当这样的一个人注视你的时候，他没有办法用最平常的心去对待你。

可是晚晚啊，哪怕你骄纵自傲、虚荣轻狂，至少那都是你自己选择的人生，我很害怕有一天，你被命运逼成了一个强大的人，拥有最严谨的头脑和最自律的生活，最完美的逻辑和最冷静的心态，那时你完美到可怕，却不再快乐了。

所以，让我来。

那些你难以承受的东西,让我来承受。

那些你不愿意去面对的事情,让我去面对。

我只是希望,你一帆风顺的时候,有人为你摇旗呐喊,助你开疆拓土。

你逆行的时候,就算身处泥泞一身尘土,也还有人像我一样敞开双臂去拥抱你。

结束了相亲之后,唐向晚没有让对方送她回家,而是自己一个人鬼使神差地打车来到了江滩旁边。来的时间并不是很恰当,远处的山峰影影绰绰,水天相接的淡蓝色长线延伸而来,带着难以忽视的沉默气势。

这一次,没有令人沉醉的夜景,没有盛放在夜空中的烟花。

也没有他。

好在这个点来江滩的人大多数都是附近的居民,所以她穿着睡衣拖鞋的样子并没有多么引人注目。

唐向晚缓缓朝前走着,忽然听到一段熟悉的琴声,声音不大,却足够在这辽阔的江边清晰入耳。

那段旋律熟到就算是倒着放她也能够听出来,因为那是陈曳写的第一首歌。

《今天只唱一首歌》。

唐向晚忽然就顿住了脚步,甚至连站都有些站不稳了,而当她瞪大了眼睛转过身去的时候,却并没有看到自己想象中的画面。

只是一个年轻的妈妈带着自己的儿子坐在江滩旁边,拿着iPad弹奏罢了。

唐向晚的目光渐渐变得晦涩了起来,但失望只是一瞬间,并不会有太多的停留,陈曳的歌如今能被这么多人熟悉,她应该感到高兴才对。

"妈妈,妈妈,我也想弹!"稚嫩的童声突兀地响了起来,打破了这一方宁静的天地。

年轻的妈妈拗不过儿子,便将iPad递给了他:"阿宝想弹什么曲子啊?《一闪一闪亮晶晶》,还是《致爱丽丝》?"

"我就要弹妈妈刚才弹的那一首。"

"好啊,不过这首曲子有点难,妈妈教你弹,阿宝要认真学哦。"

看到这样的画面,唐向晚忍不住扬起了嘴角,然后便转过身去。

如果当初没有被命运捉弄的话,她和陈曳的孩子也应该有这么大了吧。再看下去,会很难过的。

但当她走出去没几步的时候,身后忽然响起了一段乱七八糟的琴声。

粗糙、稚嫩、毫无章法。

唐向晚的脚步戛然而止,整个人如受雷击,血液骤停,大脑在一瞬间失去了指挥能力,如坚石一般无法动弹。

岁月翻腾,当年还未长大的孩子,模样依旧清晰。

……

"你是谁,怎么会出现在我的房间里?"

"我……"

"随随便便进别人的房间,你怕不怕我报警啊。"

"怕,但你肯定不会。"

"还有,你弹的曲子可真难听。"

……

"这是我钢琴培训班的同学,是我让他过来教我练琴的,我之前都跟裴婶打好招呼了才放他进来的,你不信,你让他弹一首给你听。"

"过来啊,李小飞。"

……

"谢谢你。"

……

"你一直担心我记不住你,却不知道,是你没有记住我。"

"晚晚,我喜欢你的时间,比你认识我还要长。"

  等到唐向晚回到现实的时候,才发现原本坐在江滩边的那对母子已经离开了,漫漫天际之下,只剩自己一个人还站在原地。

  那一刻,她终于在岁月中惊醒,为什么之前无数次觉得陈曳写的这首歌耳熟了,因为那段旋律,就出自不满十岁的自己。

  那一瞬间,她忽然想明白了很多事情,直到后来的很多岁月里,想不起他的脸,想不起他说过的话,却还是记得当时心里的全部感动。

  江风之下,女孩儿忽然泪流满面。

  原来……

  原来。

第八章

前·路·皆·热·土

- 1. 那些盛开后便凋零的心事
- 2. 但凭此身奔赴万千路途

1. 那些盛开后便凋零的心事

唐向晚看了一眼手机,那里躺着十几条信息都是向岚发过来的,这个人是她的母亲,也是将她的父亲送入坟墓的人。

向岚对自己的爱是真的,但她这个人也是真的自私。陈明亮叔叔跟父亲一起出事之后,她拒绝给他家付赔偿金,闹了那么多年也不肯给,以至于陈曳的母亲对自己恨之入骨,有时候唐向晚真的不知道她是怎么想的。

脑子里闪过当时法庭对钟谦案件的处理,就觉得心有余悸。

……

"不法侵害人涉及重婚罪、两次故意杀人罪、敲诈勒索罪,数罪并罚,应判处死刑。鉴于不法侵害人已经死亡,没有遗产,其妻子、子女同作为案件受害人,无法作为共同被告,不法侵害人无应当承担义务的人,依法终止诉讼。"

……

其实她自己都不愿意相信,那样十恶不赦的人居然会是自己的亲生父亲,过去那些错综复杂的事情,现在也几乎无人提起。

可这么多年过去了,她始终不肯开口叫向岚一声妈,当年的真相她心里都清楚,她做不到视而不见,也做不到去接受那样的事实,于是她只能选择逃避。每个月按时给向岚打一笔够用的生活费,却从来没有去看过她一次,就连搬家后的地址,也没有告诉过她。

发来的信息和往常没有什么差别。

"女儿，降温了，我看你朋友圈发的照片穿得很少，你那件经常穿的蓝色毛衣可以拿出来穿了，不要冻着自己。"

"昨天我看新闻里又有年轻的女孩儿失踪了，你出门要注意一点，不要去人少的地方。"

唐向晚将手机盖在了桌子上，有些疲惫地捂住了自己的脸，就如同每一次看到向岚的信息那样。

有的人，她想见却不愿意去见；有的人，她想见，却再也见不到。

离交稿约定的时间只剩下三天了，结局却还没有写完，没有剩下多少情节，唐向晚却怎么也写不下去，每次打开电脑的时候，脑子里都是一片空白。

她的灵感似乎都被那个人带走了，在这个没有边界的世界里不知所终。已经过了很长一段时间浑浑噩噩的日子了，没有目标，没有方向，也看不到未来。

她将脸别了过去，看向了窗外。那边又新建了一座大楼，还在施工，还差一点点就能完工了。她忽然伸手将窗帘拉了起来，将外面的一切挡在了窗帘之外。

思绪放空的时候，手机铃声忽然响了起来，是那天她在酒吧录下来的那首歌，陈曳唱的《今天只唱一首歌》。

已经听了无数遍，每一次都和第一次一样想念他，只是这一次响起的时候，她忽然有些恍惚，也不知怎的，她忽然就听懂了这首歌。

……

她想她可能真的是太爱那个人，爱得都没有灵魂了。

没有他的大学四年，自己其实过得很好，有自己的事业和梦想，只是唯独没有暗恋的欢喜。

但遇见陈曳真的是一件很幸运的事情。

遇见一个人，喜欢一个人，不因为他的收入有多高，不因为他有几套房，只是喜欢这个人，仅此而已。

……

不怕你走,就怕你来了,却又走了。

这世上总有很多事情没有终点尽头,没有目的和方向,也是时候该放弃你了。想到有一天我会结婚生子,你也从我的世界里彻底消失,我就觉得特别难过,可是难过之后,我也仍旧没有能力改变这一切,我唯一能做的,就是接受现实。

也许很多年后,你会不经意间想起我这个人,仅仅是这样,我也已经足够了。

因为我终于发现,所谓的改变,不是变成你喜欢的温柔恬淡,或是文静寡言,也不是拼命地让自己去变成另外一个人,而是变得足够成熟,不会因为一个人离开你而否定自己。

此生爱你,恨你,等过你。梦你,怨你,怀念你。都不过是岁月送给我的一场大梦,又美好,又残忍。梦醒后,就像你说的那样,好好生活吧。人一辈子总会遇到几个过不去的坎,但只要你一直往前走,总会走过去的。

……

唐向晚脸上带着一丝释然的意味,轻轻敲着键盘,将那些自己哽在喉头的话语一一打出。

……

"陈曳先生,你愿意娶唐向晚小姐为你的妻子吗?不管是贫穷还是富有,不管是疾病还是健康,不管是年轻还是衰老,你都愿意永远爱护她,安慰她,陪伴她,一生一世,不离不弃?"

"我愿意。"

"唐向晚小姐,你是否愿意嫁给陈曳先生为妻,不管是贫穷还是富有,不管是疾病还是健康,不管是顺境还是逆境,你都愿意永远尊重他,支持他,陪伴他,一生一世,不离不弃?"

……

"我愿意。"

(全文完)

窗帘没有彻底关好，漏了些细碎的光，像是旧照片边角的色调。唐向晚看着电脑屏幕，带了些释然的笑意。

从今以后，要用爱你的心去爱日月星辰，爱江河湖海大地山川。

就让那些卑微的少女心事，那些爱而不得的痛苦回忆，就此完结吧。

"萌姐，上车的时候孝玄哥可千叮咛万嘱咐让我把您给看好了，咱们这次就是去办公事，您可千万别对那警察旧情复燃啊！"实习生小石忧心忡忡。

祝萌萌白了他一眼，内心：用得着旧情复燃吗，这火就从没熄过。

当然这种话可不能让宋孝玄听见，他那个玻璃心，指不定就要在台里扮怨妇了。虽然她这么多年来都没有接受过宋孝玄，但因为宋孝玄总是死皮赖脸跟着她，所以同事们也就默认他们这对 CP（情侣）了，时不时就拿出来开个玩笑。

"行了，第一次出来外拍，还是先看好你自己吧。回去记得告诉他，老娘跟他没什么关系，用不着他管。"祝萌萌将话筒和线一并放进了他怀里，然后开门下了车，高跟鞋轻轻着地，带着不真实的虚无感。

五年了。

从一个年轻气盛的娱记，到如今的首席出镜记者，祝萌萌的容貌其实没有太大的改变，只是举手投足之间，比往日要多了几分成熟的气质，一头及肩利落短发，让她看上去又多上几分干练。

这五年里，但凡是谢攸辖区案子的报道，她一概不接，久而久之，大家也就知道了她这个禁区，默认不给她派那边的活儿。

如果不是因为这个专题，她以为自己永远也不会见到他了。

台里要在父亲节出一个专题报道，每一个行业都有各自的代表人物，而平城警界的代表，就是她曾经喜欢过的谢攸谢警官。他在上个星期带领专案组破了一桩特大跨省拐卖儿童案，抓获犯罪嫌疑人十七名，解救被拐儿童六名，一时间被各大媒体争相报道。节目组得知他有一个和被拐儿童差不多大的可爱儿

子,觉得很有采访的新闻价值,于是就报了选题。

她原本是不愿意见到他的,只是这个专题的所有代表人物的采访镜头,都必须由她统一出镜,她也是没有办法,只能硬着头皮上了。

下车之后,祝萌萌和同事在约定的地点等待着谢攸。

祝萌萌倚在墙上,不知道为什么,莫名地有些心慌,想照镜子看看自己的妆有没有花,又觉得旁边有实习生看着会不太好。

可当她看见那人朝自己走过来的时候,心却一下子定了下来,因为现实不会再给她胡思乱想的机会。

祝萌萌有些恍惚地看着谢攸,他牵着儿子朝她走来,一身笔挺的警服,湛蓝色的短衬,和初见时一样干净利落。只是他的扣子完完整整,没有多一粒,也没有少一粒。就如同她这个人一样,在他的世界里,从未留下任何痕迹。

还是谢攸先跟她打的招呼。

"好多年没见了。"谢攸的声音还算是平静,只是看她的时候,目光还是和起初一般纯粹,"怎么还是这么辛苦,大热天还要出来外采。"

祝萌萌便也礼貌回道:"谢警官还不是一样辛苦,日夜兼程破案子,都忘了给儿子过生日。"

谢攸一笑,没说话。

祝萌萌俯身蹲了下去,看着面前那个和谢攸长相如出一辙的小男孩,有些恍惚。只是片刻,她便收住了自己的眼神,柔声问道:"小朋友,阿姨一会儿要问你几个问题,你只要看着镜头回答就好。"

小男孩眨着大眼睛,有些不高兴地耸起了鼻子:"我为什么要回答你的问题?"

祝萌萌蒙了一下,有点不知道该怎么回答。就在她还在愣神的时候,软软糯糯的童音响了起来,在她耳边掷地有声——

"我们石头剪刀布,赢的人才可以问问题。"

那一瞬间,祝萌萌几乎是下意识地抬头看向了站在一旁的谢攸,对方却没有看她，只是严肃地看着自己的儿子："路路，不许胡闹。"

路路瞪大了眼睛，有些委屈道："爸爸不是经常这么跟我玩吗？"

祝萌萌几乎是在神游的状态下和路路玩的石头剪刀布，第一局她就输了。

"我要问问题了！"

路路走上前来，扒在她的耳朵边上小声问："阿姨，你是不是喜欢我爸爸？"

祝萌萌眼神呆滞，扭过头来，小声问："为什么这么问？"

"因为，只有妈妈才会用这种眼神看爸爸。"

属于小孩子的软糯童音响在她的耳边，祝萌萌带着一瞬间的恍惚，将头缓缓抬了起来，看向了那人。

还是她喜欢的样子，一身正气，无所畏惧。没有什么特别的表情，眉头却是舒展着的。

是啊，是喜欢，可是也仅仅只能到喜欢为止了。

这一点，她很早很早之前就已经知道了，在那个夜风还没来得及吹起的晚上。

他就像警服上的那粒扣子一样，哪怕好好收着，细心珍藏，也注定不会属于她。

祝萌萌忽然就有些释然了。

良久，她站了起来，对着谢攸笑了笑，那个笑容里包含了太多复杂的情绪，复杂到擅长处理复杂案件的谢攸也无法解读。

只有祝萌萌知道，那个笑容的名字，叫庆幸。

庆幸遇见你，庆幸错过你。

2. 但凭此身奔赴万千路途

百里长街，方寸人潮。

前面的书城像是在举办什么活动，门口围满了人，还有几个工作人员在维持秩序。

"不要挤，不要挤。"

穿着一件普通黑色外套的男人从门口路过,却又将脚步移了回来,停留在方才目光微微掠过的地方,久久伫立在原地,不动,也不说话。他的手里攥着一张车票,看上去已经被揉皱了,上面写着"临桥镇—平城"的字样。

其实他身材颀长,整个人看上去颇有气场,只是大白天还戴着黑色口罩和鸭舌帽看上去有些奇怪罢了。

男人的驻足在这喧闹的长街上并没有引起太多人的注意,大多数人行色匆匆,从他身边擦肩而过,还有些人绕过他,走到前面一个队伍里排队,带着些雀跃或见怪不怪的表情。

他似乎在原地站了很久,久到连他自己也记不清,是从什么时候开始的了。

那张巨幅的海报摆在门口最显眼的地方,显眼到所有路过的人都会注意到它。书的封面是一个少年的背影,勾勒着干干净净的线条,没有太多其他的修饰,就连书名的排版也是极简主义的。

这样一本朴素的书出现在这样热闹的签售会上,本身就是一件很奇怪的事情。

但是,最奇怪的应该是书名——《今天只唱一首歌》。

男人的嘴角弧度有些奇怪,连他自己也不知道,究竟是开心,还是无奈。

驻足半晌,他忽然抬脚,走向了排队的队列。

排在他前面的是一个十七岁出头的小姑娘,抱着手里要签名的书跟朋友聊得正起劲:"不骗你,我真的可喜欢这本书的男主角了,简直太酥了!"

看着自己闺蜜花痴的样子,短头发女生表情有些嫌弃:"你可算了吧,小心人家男主角从书里跳出来打死你。"

"要是真有这样的人,打死我我也愿意啊!"

短头发女生简直都对她无语了,扭过头来反驳:"小说都是编出来的,现实生活里哪有这样完美的人,至少我是没见过……"

话刚落音,直接撞入了身后那人如雪水般冰凉的视线,小姑娘呆在了原地。

过了好半晌,才僵硬地把脖子扭了回去。

"你怎么啦?"说得正起劲的姑娘有些不解。

"没什么……"

陈曳站在两人身后,有些尴尬地朝后退了一小步,然后把口罩往上拉了拉。

排了十几分钟的队,才终于轮到了他。

从那人进入自己视线的那一刻开始,陈曳就再也没有移开过目光了,看着看着,眼底漏出一星笑意,无从掩饰。

她好像胖了点,也变白了不少,应该还是跟以前一样不喜欢出门。也不知道现在,是不是有人对她更好,给她更多。

如果他不在的这段日子里,她始终是一个人,那她是怎样度过这段日子的?

如果已经有了更好的人出现在她的生命里,那自己,又该如何度过接下来漫长的一生?

"咦,刚才排在我们后面的那个人呢,怎么不见了……我刚准备指给你看的……简直就是从书里走出来的人,你没看见,你不知道那种感觉!"短头发女生嘟囔。

"刚才不是你跟我说现实生活里不可能有这种人吗?"小姑娘把之前嫌弃的眼神还了回去。

唐向晚落下"晚"字的最后一笔,忽然有一丝奇异的感觉从心底升了起来,她蓦然抬起头来,朝人群中看去,却只看到攒动的人潮。

周围的声音有些嘈杂,唐向晚放下手中的笔,在那个蝉鸣不知疲惫的夏天里,无声一哂。

余烬赶过来的时候,唐向晚已经结束了,正在和工作人员一起收拾现场。

看到他来了,唐向晚明显愣了愣:"咦,余渣渣?你今天不是要出差吗,怎么到这里来了?"

余烬一看她这没心没肺的样子就开始叹气:"你不会真的要去吧?"

"你这话问得,不是你给我找的地吗?"唐向晚一边收拾东西一边有一搭没一搭地跟他说着话,"这次你可是投了钱的啊,你也希望我写出来的东西不那么假大空吧?"

"你真的是想一出是一出啊,写什么剧本就要去干哪一行,那写恐怖片的人怎么办?"

"我又不写恐怖片。"

唐向晚睇了他一眼,挥开他挡在自己面前的爪子:"你也知道我从来没有写过这种类型的剧本,前段时间发生的事情根本就没有掀起什么波澜,我如果想要让大众来关注这件事情,当然要付出努力啊。被拐卖的孩子真的太无辜了,要撕开社会的痛角,肯定要设身处地到事件发生的环境里去。"

"我知道你是怎么想的,就是担心你不适应。"

"有这时间跟我在这儿叨叨,你还是多陪陪你的女朋友们吧。"

唐向晚特意加重了"们"这个字,让余烬嘴角一抽。

"行,你去就去,别待太久了啊。"

"那可不一定,这教书育人又不是一朝一夕的事情。"唐向晚收完了东西,起身走到门口,"再说,像我这么喜欢孩子的人,说不定一辈子就待在那儿不回来了呢。"

"别呀。"

余烬的声音听起来有些不稳,但只是一瞬,他便又恢复了之前玩世不恭的样子:"不回来也行,你不回来,本大爷可太开心了。"

直到唐向晚的背影消失在了他的视线里,余烬才拿出手机,翻开了和祝萌萌的聊天记录,看着她传来的那张照片,上面无意中拍到的侧脸,他再熟悉不过。

余烬低低喟叹了一声。

或许,她能幸福,便是最好的结局。

谷雨。

临桥镇。

时至暮春了,气温也渐渐升了起来,柳絮打在车窗上,带着朦胧的烟火气。

唐向晚一下车便被一大群孩子围了起来。看着那些洋溢着欢喜的小脸,她的心情也变得好了起来,连忙摘下书包,将从平城带来的零食分给大家吃。

一个女孩儿围在唐向晚身边问:"老师,您就是我们新来的语文老师吗?"

一个男孩儿插嘴:"老师和照片上一样好看!"

唐向晚笑嘻嘻地回答:"是啊,我就是接替秦博老师的唐向晚,唐老师。以后,我就教你们语文啦。"

孩子们叽叽喳喳,声音却十分整齐:"老师,我们认识你,我们知道你是谁。"

听了这话,唐向晚愣了一下,以为他们是从什么新闻上看过自己,于是有些不好意思地笑了笑:"认识就好,认识就好,那咱们就是熟人了。"

一开始过来跟她说话的女孩儿悄悄走到她旁边,在她耳朵旁边说着悄悄话:"老师,我知道您是来找谁的。"

"找谁?"唐向晚一头雾水地看着女孩儿。

突然,那个插嘴的男孩儿抓着唐向晚的衣角就朝前面拉,似乎要把她朝某一个地方带,她连回头看看自己的书包都没来得及。

没想到一来到这里就被拉着跑了个圈,唐向晚气喘吁吁地停了下来,正要用纸巾擦擦汗,却突然顿住了。

透过半开的玻璃窗,可以看见一双正在弹电子琴的手。

修长,骨节分明,是她再熟悉不过的样子。

岁月跌宕,时光翻腾,转瞬而过,面色苍白的唐向晚僵在原地,没有任何征兆,泪就从眼眶里跑了出来,鼻端隐约有酸涩的气息掠过,全世界只剩下那人温柔的琴声。

"陈老师,师娘来找您啦!"小孩子闹着叫着冲进了教室,围在了陈曳的身边。

"你们看,我没骗你们吧,唐老师就是陈老师口中的师娘。"刚才第一个冲过去说话的女孩子拿着一张有些年头的照片,小大人模样似的说,"秦博老师诚不欺我呀!"

唐向晚什么也没有听清,她屏住了呼吸,周遭只能听见小孩儿喧闹的声音。

她曾经想过无数次再见后的场景,也许是在人潮汹涌的大街上,也许是在梦里。

但她从未想过,多年来的第一次见面,居然是以这种方式。

陈曳停下了手,看见孩子们涌进来的那一瞬间,他甚至有些紧张,不知道自己接下来将要面对什么。

他心中闪过了无数个念头,最终定格。

那个姑娘,有点恃才傲物,还有点优柔寡断,但是从来都有着自己的立场。那个姑娘长得不算顶漂亮,脾气还不小,却是他心中唯一所念,唯一所爱。

良久,他将目光缓缓投向了窗外,只是一瞬,便如释重负般扬起了眼角。

"你来啦。"

那一刻,天地之间,多出了一种颜色。

世上千千万万人,时间千千万万年。

你在我身边,不早不晚。

—— 全文完

大鱼文化 & 小花阅读
面向全国招聘兼职签约作者
长期有效哦！

公司介绍：

　　大鱼文化是中国一线青春文学图书策划公司，多年来与数十家国内出版社深度合作，每年向市场推出三百余个品种的青春类畅销图书，每年签约推出新人作者近百名。
　　其中公司子品牌"小花阅读"立足传统纸质出版，引导青年休闲阅读风向，主力打造和发掘新人创作者，采用编辑指导创作模式，创作出适合市场的优质阅读产品。
　　现面向全国各高校招聘兼职新作者。

我们的工作说明：

　　还未毕业？有其他正式工作？看清楚了，我们这次招的就是兼职！
　　从未有过发表史？国内一线青春编辑亲自教你点滴成文！
　　想要出版一本属于自己的图书？国内一线出版公司专业签约护航！
　　想要一份收入稳定岁月静好的兼职工作？做做白日梦写写小说最适合不过。

兼职的要求及待遇：

　　年龄不限，学历不限；爱看小说，想要创作。
　　每天只要2~3个小时，日过稿只要三千字，宅在室内，风雨不惊，月兼职收入不低于三千元！

我们需求的题材　　清新恋爱，青春校园，都市言情，甜宠萌文，古风言情，悬疑推理，奇幻武侠，科幻冒险……

应聘的流程：

　　1. 上网下载一份标准简历模版，按自己的真实情况填写。
　　2. 自行构思一个自己最想创作的长篇故事内容，撰写三百字内容简介，将故事分为12~20个章节，每个章节用100字以内说明本节讲述的主要情节（内容简介和章节内容加起来不超过2000字）。
　　3. 将上述内容用WORD文档整理好，格式清楚，一起发送到以下邮箱：dayuxiaohua@sina.com　（两周内百分之百回复，如两周内未收到回复则可视为发送途中邮件丢失，可再次投递）。
　　4. 简历和创作大纲如有合作可能，公司将于两周内派出专业编辑一对一联系，进行下一步沟通，指导创作、签约等流程。如暂时不符合合作条件，则可再次努力。
　　5. 一经签约，作品将按国家出版规定签订标准出版合同，成为正式出版物，所有程序遵守国家法律法规要求。

其他说明：

　　了解大鱼文化图书产品风格类型，有助于提高签约成功率。

了解途径：

　　公司产品广布于全国各大新华书店青春文学专架、全国各大网络书城、淘宝大鱼文化图书专营店及各大天猫书店。
　　微信公众号"大鱼文学"和"大鱼小花阅读"均有签约作者作品试读。
　　关注新浪微博官方号"大鱼文学"，有每月产品即时消息发布。